中华诗词研究院 编

杨天石 主编

高昌 编选

二十世纪中国诗选书系

新诗卷

（1917~1949）

文物出版社

图书在版编目（CIP）数据

二十世纪中国诗选书系．新诗卷/中华诗词研究院编；
高昌选编．—北京：文物出版社，2023.6
ISBN 978 – 7 – 5010 – 7498 – 3

Ⅰ.①二… Ⅱ.①中… ②高… Ⅲ.①诗集 – 中国 –
现代 Ⅳ.①I22

中国版本图书馆 CIP 数据核字（2022）第 076044 号

二十世纪中国诗选书系·新诗卷

编　　者：中华诗词研究院
主　　编：杨天石
编　　选：高　昌

责任编辑：刘永海
装帧设计：刘　远
责任印制：张道奇

出版发行：文物出版社
社　　址：北京市东城区东直门内北小街 2 号楼
邮　　编：100007
网　　址：http://www.wenwu.com
经　　销：新华书店
印　　刷：宝蕾元仁浩（天津）印刷有限公司
开　　本：710mm×1000mm　1/16
印　　张：28.75
版　　次：2023 年 6 月第 1 版
印　　次：2023 年 6 月第 1 次印刷
书　　号：ISBN 978 – 7 – 5010 – 7498 – 3
定　　价：160.00 元

《二十世纪中国诗选书系》前言

杨天石

　　1900年，八个帝国主义列强打进中国、打进北京，西太后挟光绪皇帝仓皇西奔，中国面临前所未有的亡国危机，于是，爱国救亡、推行新政、共和革命、实业救国、共产革命等运动相继兴起。从19世纪末叶就开始起步的中国社会转型进一步向前发展：从农业文明转向工业文明，专制主义转向民主主义，传统文化转向现代文化。相应地，作为文化一部分的传统诗歌也在发展、变化。

　　中国传统诗歌源远流长，繁荣丰富，产生过无数各具特色的流派和繁星满天、各有独特魅力的诗人。千百年来，他们的作品脍炙人口，传诵不绝，既表达，也同时塑造着中国人的精神世界。但是，在进入20世纪之际，中国传统诗歌却必须随着变化。这是因为：

　　时代变了，中国面临着救亡、改革、革命等新课题；

　　世界变了，中国人面临着前所未见的新世界、新事物；

　　思想变了，马克思主义以及西方的各种思潮、流派，东方近邻日本以及北方苏俄的思想、文化相继输入；

　　语言变了，产生了大量的新词汇和新的语法结构与句式。

　　这四大变化要求作为语言艺术的诗歌也发生相应的变化，其结果便是"诗界革命""新派诗"和"白话新诗"的相继出现。

　　戊戌变法前夜，约光绪二十二年至二十三年（1896～1897）之间，夏曾佑、谭嗣同、梁启超三人相约"作诗非经典语不用"。当时，维新派正企图融合佛教、儒家、基督教三教的思想资料，建设为维新运动服务的"新学"，所谓"经典语"，即三家著作中的词汇。这类诗，被称为"新学之诗"。其代表作为谭嗣同的《金陵听说法》："而为上首普观察，承佛威神说偈言。一任法田卖人子，独从性海救灵魂。纲伦惨以喀私德，法会盛于巴力门。大地山河今领取，庵摩罗果掌中伦。"诗中"卖人子"一典取自《新约·路加福音》，"喀私德"为英语Caste的译音，用来指印度封建社会把人分为几种等级的种姓制度；巴力门为英语Parliament译音，指英国议会；法田、性海、庵摩罗果均为佛家语。谭嗣同通过这首诗批判封建等级制，表达对英国议会制度的向往。主题是积极的，思想是先进的，但是，全诗堆砌来自"三教"的新名词，使诗的语言源泉更为窄小，完全忽视诗的艺术特点，既算不上诗，也算不上好的政治宣传品。

1898年的戊戌变法失败后，梁启超流亡日本，继续推进"诗界革命"。他在《清议报》《新民丛报》《新小说》等刊物开辟《诗界潮音集》等专栏，又发表《饮冰室诗话》，提倡"以旧风格含新意境"。他说："欲为诗界之哥伦布、玛赛郎，不可不备三长：第一要新意境，第二要新语句，而又须以古人之风格入之，然后成其为诗。"又曾在《夏威夷游记》中表示："竭力输入欧洲之新思想，以供来者诗料。"梁启超的这一段议论，鼓励开创、革新，虽提倡用"新语句"，但将"新意境"列为首位，这样就既符合诗歌的艺术特点，又纠正了早期"诗界革命"者的形式主义偏颇。中国古典诗歌在漫长的岁月里创造了多种多样的诗体和相应的格律，积累了丰富的艺术经验，梁启超要求接受这些诗体、格律、经验和遗产，"以旧风格含新意境"，"保持古人之风格"，貌似软弱、调和或不彻底，实际上方向正确，是一条正道。

黄遵宪是最早走出国门的中国外交官之一，也是最早描写域外风物"吟到中华以外天"的诗人，题材、内容都空前扩大，风格上也相应有所变化。"费君半月官书力，读我连篇新派诗"，他将自己的这些具有新特点的诗作称为"新派诗"，以与传统诗词相区别。在《饮冰室诗话》中，梁启超大力推崇黄遵宪，树之为"诗界革命"的样板和主将。康有为的诗风和黄遵宪有所不同，但他在和人论诗时主张借助"欧亚"的思想和资料，以"新声"表现"新世"，即所谓："新世瑰奇异境生，更搜欧亚造新声。"可见，他和黄遵宪、梁启超都是同调。

在"诗界革命"中，梁启超虽主张"革其精神，非革其形式"，但是，在西方音乐教育传入，歌词写作兴起之后，传统诗词的格律和形式也受到挑战。黄遵宪写作的《军歌》，梁启超赞美"其文藻为二千年所未有"，是"诗界革命""至斯而极"的顶峰之作。《江苏》杂志发表的几首歌词也得到梁启超的充分肯定，希望作者们由此精进，出现中国的莎士比亚和弥尔顿。黄遵宪的诗作早年受到梅县民间山歌的影响，1902

年，他向梁启超建议，进一步向民间文学学习，发表《杂歌谣》，"斟酌于弹词、粤讴之间"，或三言，或五言，或七言，或九言，或长短句。梁启超接受这一建议，除刊出《爱国歌》《新少年歌》等新式歌词外，也发表《粤讴·新解心》和《新粤讴》一类作品。这些作品，在格律上已经和传统诗词大相径庭，但梁启超仍然高度评价其艺术成就，赞美其"芳馨悱恻，有《离骚》之意"。

晚清时期，维新派、革命党人为了争取下层群众的理解和支持，纷纷提倡白话文，《无锡白话报》《杭州白话报》《中国白话报》等纷纷兴起。于是，长期统治书面语言的文言文受到冲击，白话文盛行一时，但是，白话报的创办者们普遍认为，白话文只适用于"普及"，供"种田的、做手艺的、做买卖的、当兵的以及孩子们、妇女们"之用，不能用以写作高雅的文学作品。南社发起人陈去病就曾写诗说："女学萌芽魄量低，要须俚俗导其迷。梁园文采邹枚笔，一例推崇待异时。"话说得很明白，为了启蒙，为了导迷，语言必须"俚俗"，至于如西汉时的梁园一样，集中一批如邹阳、枚乘、司马相如等第一流高手，写出第一流的高雅之作，那是要等待未来的。

1915年，民国初建的第四个年头，胡适首次提出"文学革命"的号召。他在送梅光迪进入美国哈佛大学的诗中说："神州文学久枯馁，百年未有健者起。新潮之来不可止，文学革命其时矣。"诗中，胡适连用11个外国名词，自称是"文学史上一种实地试验"。同时又在赠任鸿隽诗中提出"诗国革命"的号召，要求在美国绮色佳读书的中国同学共同努力。1916年4月，胡适研究中国文学的变迁，批评文言是一种"半死文字"，盛赞明代以"俚语"写作的文学为"活文学"。他力主用白话作文、写诗、写戏曲及小说，相信白话作品可以进入"世界第一流文学之林"。这是文学语言和文学观念的一次真正的"大转变"和"大革命"。1917年2月1日，胡适在《新青年》第2卷6号上发表《白话诗》8首，这是中国文学史上在明确理论和自觉意识指导下创作的第一批白话诗。1918年5月，《新青年》第4卷第1号推出胡适、刘半农、沈尹默三人的白话新诗，被称为"现代新诗的第一次出现"。1920年，胡适的《尝试集》出版，这是中国诗歌史上第一部白话诗集。

对胡适的白话诗，当时的南社领导人、诗坛盟主柳亚子却不以为然。他认为，"文学革命"，"所革当在理想，不在形式，形式宜旧，理想宜新"，"若白话诗，则断断不能通"。柳亚子的意见立即遭到胡适的反驳。胡适肯定柳亚子"理想宜新"的主张，认为"形式宜旧"的主张"则不成理论"。他反问柳亚子等南社诗人，何以不采用周朝的宗庙乐歌

《清庙》《生民》的古老形式，而要用后起的"近体"诗与更"近体"的词来写作，以此说明诗的形式是可变的，事实上也在不断变化。胡适的反驳很有力。1924年，柳亚子终于承认：文学是善于变化的东西，中国诗由四言变而为五七言，由五七言古体变而为近体，再变而为词，为曲，是中国诗歌发展中的已然事实，因此由有韵变而为无韵，也是"自然变化的原则"。1921年8月，郭沫若的诗集《女神》出版，这部诗集反映五四时期的时代精神，以其冲决一切的昂扬、奔放激情震动了中国的文坛和思想界，显示白话诗的实绩。柳亚子特别称赞其中的《匪徒颂》，誉为"有高视阔步，不可一世的气概"，是"白话诗集中无上的作品"。柳亚子的态度转变反映了传统派诗人对白话诗成绩的肯定。此后，白话诗迅速成为诗坛主流。

白话诗，如其名所示，以白话写作。初期的白话诗人，如胡适，其作品还留有脱胎旧体和文言的痕迹。至郭沫若，则纯用口语，既不讲格律，也不用严格押韵，激情所至，信口道出，信笔写来，不受任何拘束，可以说彻底扫除了传统诗词的一切格律和形式的羁绊。当然，也有人，例如闻一多，试探过"带着脚镣跳舞"，企图建立新的格律体或半格律体；或者，引进日本的俳句；或者，引进苏联马雅可夫斯基式的"楼梯诗"。五四运动以后中国的新诗坛，出现了思潮汹涌、流派众多、名家辈出、作品如林的局面，既前所未有的繁荣，也前所未有的复杂。有人认为："我们的新诗很伟大，新诗的建树了不起，要说唐诗是伟大的，中国新诗也是伟大的。"甚至说："新诗一百年，在艺术上一步步地达到了她的高峰。""只要有一丝阳光照进来，穿上她应穿上的漂亮衣服，她仍然是在世最美的美人。"不过，也有人持完全相反的论调。

五四运动以来的新诗流派众多。最早出现的是20世纪20年代的尝试派、文学研究会（人生派）、创造社（早期浪漫主义）、湖畔诗派、新格律诗派（新月派）、中国早期象征诗等流派；30年代出现过中国现代派诗群、七月派等流派；40年代出现过九叶诗派和以《王贵与李香香》为代表的民歌派；50年代出现过中国现实主义、新现代主义（现代派诗群）、蓝星诗群（蓝星诗社）、创世纪诗群（创世纪诗社）；70年代出现过朦胧派（今天派）、白洋淀诗群、中国新现实主义等流派；80年代出现过新边塞诗派、大学生诗派、第三代诗群（新生代诗群、新世代）等流派；90年代出现过网络诗歌（网络诗人）、民间写作、第三条道路写作、中间代、信息主义、70后诗人等流派；至1997年，则出现新时代派。

以诗人论，除前述胡适、郭沫若外，先后出现沈尹默、俞平伯、康白情、刘半农、刘大白、周作人、王统照、冰心、朱自清、宗白华、王独清、冯乃超、穆木天、应修人、汪静之、徐志摩、孙大雨、林徽因、闻一多、朱湘、邵洵美、卞之琳、陈梦家、李金发、戴望舒、何其芳、李广田、冯文炳、林庚、冯至、纪弦、辛笛、徐迟、艾青、胡风、田间、牛汉、鲁藜、绿原、阿垅、邹荻帆、李季、李瑛、郭小川、公刘、张志民以及闻捷、邵燕祥、舒婷、北岛等众多名家。

在白话新诗成为主流的情况下，传统诗和传统派诗人退居边缘，文学刊物、报章杂志通常不登旧体诗词，书写、记录中国新文学发展历史的著作通常也不讲旧体诗和旧体诗作者。

这是一种两极化的思维方式，既不可取，也不足为法。

然而，世间事大体都是复杂的。白话诗虽然成了诗坛主流，几乎一统天下，但是却只在部分知识青年中流行。推其缘由，可能在于它口语化、散文化、欧化、朦胧化、怪诞化的情况过于严重，既脱离中国传统诗歌的艺术传统，也脱离人民群众的欣赏习惯。它既不好记忆，又不便吟唱，因此，流传不起来。一些熟悉旧体诗或写惯旧体诗的人还是愿意用旧体诗词的格式写作。他们坚守旧域，默默写作，默默出版、流传。一些推进和引领时代的革命者和文化人也继续利用旧体诗词的格式抒情言志，表现新的思想和新的生活，毛泽东、朱德、陈毅、叶剑英以至鲁迅、赵朴初、聂绀弩诸人，都乐于用旧体写作。他们也确实写出了一批能上继传统，又为人民群众所喜爱的优秀作品，说明传统诗词的格律和形式虽然古老，但却仍然拥有强大的生命力。

1957年1月，《诗刊》创刊，毛泽东曾给《诗刊》的首任主编臧克家写了一封信。内称："《诗刊》出版，很好，祝它成长发展。诗当然应以新诗为主体，旧诗可以写一些，但是不宜在青年中提倡，因为这种体裁束缚思想，又不易学，这些话仅供你们参考。"毛泽东的这封信和同时发表的18首诗词在当时曾经产生很大影响。尽管毛泽东认为诗应该"以新诗为主体"，但他本人却仍然喜欢并以传统诗词的格律和形式写作。值得注意的是，一些新诗开创者，如郭沫若、臧克家等人，到晚年也回头写旧诗。近年来，越来越多的人喜用旧格律、旧形式写作，发表旧体的诗刊、诗社风起云涌，出现了诗歌创作向旧体复归的现象。这些现象，值得人们的重视和研究。如何既得心应手地反映新的时代和生活，揭示、抒发人们丰富、优美、多姿多彩的感情世界，而又保持中国诗歌好记能唱，境界鲜明而又意味深长的优良传统，可能需要人们长期的努力和探索。"万物并育而不相害，道并行而不相悖"，在文学艺术领域，在新诗的创作和发展中，可能更需要中国自古就有的这种兼容并包、百花齐放的精神，而不能定于一，止于一，唯一是从。有一段时期，只认白话诗为诗，旧体诗，写得再好，也不能写进文学史，这是一种形式主义的错误做法。

众川入海，万流成洋，中国古代诗歌史、现代诗歌史的客观事实是众体并存，我们在编辑20世纪中国诗选时也力求众体并录，因此本书系分为《古近体诗卷》《词卷》《散曲卷》《新诗卷》《歌词卷》《歌谣卷》等，共六卷，辅以《理论卷》六卷（编辑中），旨在展示20世纪以来中国各派诗人、各种体裁的创作面貌和曾经有过的理论研究与争议，以期总结历史经验，探讨未来的发展道路，既为读者提供一部阅读和借鉴的选本，也为研究者提供一部分析和研究的资料。

写诗难，选诗也并不易。20世纪的中国诗歌有如浩瀚的大海。据统计，五四运动以来，仅仅公开出版的新体诗集，就有1万余种，旧体诗词集更难以计数。作为选本，自然要拣选思想和艺术都好的诗；作为资料，自然要选录能代表其流派、其风格特点的诗。要做到这两点，选好、选准，以艺术性为主，兼顾思想性、学术性与资料性，是件很难的事。我们的篇幅有限，入选的大家、名家，所选者也只能寥寥几首，至多，也只能一二十首。要选好、选准，自然难上加难。而且，见仁见智，各有所爱，我们虽邀请专家，多次讨论，反复斟酌，屡易其稿，但自感学力不足，水平有限，可资参考的资料不多，加之时间匆促，缺漏不当之处肯定很多，期望听取广大读者的意见，不断修订、完善，我们将不断更新，为读者提供日益完善的选本。

应该说明的是，近代社会发展迅速，人物经历变化多端。有些作者，或一度居于时代前列，写过较好，甚至很好的作品，或代表当时重要的诗歌流派及其风格，有过重要影响。这其中的少数人，后来逆潮流而动，不是拉车前进，而是拉着车屁股向后，甚至堕落为民族败类，大节亏污。但是，我们为再现20世纪中国诗坛的真实发展和整体面貌，对于此类作者，在指出其亏污，予以批判的同时，也酌收其作品，对此，读者当能理解。

2018年8月17日写定

啊，新诗！

————————

新诗的出现，是20世纪中国最重要的文学现象之一。

这一崭新诗体应和着五四新文化运动的激情呐喊，挣脱锁链和桎梏，带着火焰和雷电，扑面而来，勇立潮头。

新的语言形式是它的面目，新的思想方式是它的灵魂，新的情感状态是它的血脉。

新诗是活的。

活的呼吸，活的体温，活的生命。

新诗之新，体现在新理念、新境界、新形式、新内容。其中最直观的是白话口语，最核心的是现代理念。胡适将新诗称作"诗体的大解放"。而诗体解放的前提，是心灵的自由和灵魂的觉醒。

一

谈论新诗，首先要谈论新人。新诗的价值取向和美学流变，是20世纪中国文学的一笔巨大的精神财富。科学与民主的时代风潮，席卷一切陈腐意识和朽臭观念。帝制的剧烈崩塌、中西文化的激情交会、今古文脉的对撞对流，带来的是"人的文学"的时代景观。

新文化运动的澎湃洪流，冲开了各种礼教、家法的重重堤坝。恋爱自由、婚姻自主的呼声，在当年那种封闭沉闷的心理环境中激起了澎湃的巨浪。《妇女杂志》《学生杂志》等新式报刊纷纷推出"爱的专号""配偶选择专号""青年与恋爱专号"甚至"离婚专号"，各种爱情观念在这一阶段的新诗题材中占了巨大的份额，也给我们今天的阅读带来强烈的历史感和在场感。

自我意识的觉醒，个性情感的宣泄直至性爱观念的变化，是社会理念变化的一个最直观的标志。傅绍先在1926年出版的情诗选集《恋歌》的卷头语中说："我们中国，向来禁谈情爱，男女爱欲，差不多大家看做一件不道德的事情。但是上帝造人的时候，早拿情爱注在我们祖先的血管里，流传下来，直到今日。所以我们一面虽被桎梏般的礼教束缚着，一面仍旧要任情地歌唱，将我胸中的悲哀、欢乐、愉快、抑郁完全抒写出来……恋爱是创造人间唯一的工具。我们知道社会的文明，是由生物进化而来，那生物进化不是由两性爱来的吗？所以可以大胆地说，恋爱是神圣的，是艺术的，板着面孔的道学先生，固不配反对，就是我们也无所用其忌讳。亲爱的青年男女们，你爱她吗？你爱他吗？快尽情的唱。道旁的弟兄，园中的姊妹，正在这里等着你们，——唱呵，尽情的唱呵。"这段话写在新诗诞生后的第一个十年即将结束的时候，这里的"尽情"二字，尤其值得关注。

郭沫若在1920年1月18日致宗白华的一封信中说："只要是我们心中的诗意诗境底纯真的表现，命泉中流出来的Strain，心琴上弹出来的Melody，生底颤动，灵底喊叫，那便是真诗，好诗，更是我们人类底欢乐底源泉，陶醉的美酿，慰安的天国。"这里的"生底颤动，灵底喊叫"，其实也就是"尽情"二字而已。

新诗的时代意义，不仅仅是为中国诗坛带来长达百年的语言新变，更重要的是为中国的社会文化心理带来了理念上和气场上的崭新气象。

梁启超在1899年12月25日写道："以为诗之境界被千余年来鹦鹉名士(余尝戏名词章家为鹦鹉名士，自觉过于尖刻)占尽矣。虽有佳章佳句，一读之，似在某集中曾相见者，是最可恨也。"新诗的出现，是和新人的出现紧密联系着的。20世纪初叶的新诗作者大声疾呼着"务去陈言"，宣示着"反对'琢镂粉饰'"的主张，实际上更是以一种截然异质的扬弃姿态和文化自觉，对因袭沉靡颓唐的晚清诗风进行了激烈的反抗。新诗可不是哼唱着温柔敦厚的古典节拍优雅登场的，它一亮相就是一个叛逆的姿势，一种战斗的表情。胡适先生说："白话文学的作战，十仗之中，已胜了七八仗。现在只剩一座诗的壁垒，还须全力去抢夺。待到白话征服这诗国时，白话文学的胜利就可说是十足的了……"新诗带着天然的自由的叛逆的精神胎记来到舞台中央，把旧思想、旧道德、旧文化的陈腔老调打了个落花流水，把传统诗学中的整齐、对称、音乐性、节奏感、起承转合、中庸和合等等井然有序的惯性元素也统统打了个七零八落、稀里哗啦。正所谓"我手写我口，古岂能拘牵"，设身处地，遥想当年，同光体和桐城派那些平平仄仄的细麻绳和之乎者也的小皮筋，怎么能束缚得住那奔流汹涌的思想波涛呢？

二

关于新诗的起源，学界说法众多。胡适在1919年的《谈新诗》中将新诗的出现称作"八年来的一件大事",是从1911年辛亥革命来算的。而就目前史料所见,还是以胡适1917年2月在2卷6号《新青年》发表《白话诗八首》为最鲜明的一个标志。此前此后,出现了众多的尝试者和探索者,"牛人"纷呈,"大神"众多,共同组建了新诗初年的灿烂星座。其中以胡适和郭沫若的光芒最为灿烂。

胡适在理论创新和创作实践方面,都为新诗的发展做出了奠基般的建设,进行了开拓性的贡献。1920年3月他在上海亚东图书馆初版的《尝试集》被称为中国现代文学史上第一部白话新诗集。《尝试集》以谦恭的书名和谨慎的情怀,为中国新诗迈出了轰轰烈烈的第一步。当时的东南大学教授胡先骕断言:"胡君之《尝试集》,死文学也。以其必死必朽也。"并认为胡适的诗"卤莽灭裂趋于极端,正其必死之征耳",胡适自己也谦称这本诗集"很像一个缠过脚后来放大了的妇人回头看他一年一年的放脚鞋样,虽然一年放大一年,年年的鞋样上总还带着缠脚时代的血腥气",但是生涩中有生气,稚拙中有天真,其自觉而顽强的尝试精神,还是为中国新诗彰显了最初的艺术尊严和文学意义。

郭沫若1921年8月在上海泰东图书局初版的《女神》,使中国新诗的面貌焕然一新。诗人带着"建设一个第三中国——美的中国"的美好憧憬和雷霆狂飙般的激情,迸发出强悍、炽烈、自信的个性解放的颂歌:"我是全宇庙底Energy底总量!""我飞奔,我狂叫,我燃烧……"一连串的"我"字在这本诗集中闪闪发光,以其瑰丽想象、磅礴气势、粗犷形式、激越节奏和晓畅语言,开创了真正的壮美刚健的"一代诗风"。张扬个性、自我发现的强烈意识,汪洋恣肆、无拘无束的奔放胸臆,勇气十足、昂扬进取的创造热情,大破大立、"如大海一样地狂叫"的叛逆精神以及火山爆发般的语言宣泄和表达方式,都体现了鲜明的时代特征,直观展示了白话新诗的诗体魅力。

三

从五四运动时期到1949年,中国新诗的版图星光灿烂,留下了一个觉醒了的民族的坎坷心路和精神谱系。每个历史的关键节点,都有代表性的名字和纪念碑式的作品。每个特殊的复杂区域,都有独具特色的诗人和个性十足的诗篇。站在21世纪的风帆下回首那些起伏波涛和跌宕风云,可以开列出一个很长的名单……

"新青年"时期的沈尹默、俞平伯、康白情、刘大白、刘半农、鲁迅、周作人、宗白华、冰心、朱自清们,把"有缺陷的人生"锤炼成精金般的精美诗行,在一个开放包容艺术生态中绽放出各自的精彩;创造社的田汉、穆木天、王独清、郭沫若、成仿吾、冯乃超们，把心底的浪漫情怀轻轻一吹，就化成满天花雨；湖畔诗社的汪静之、潘漠华、冯雪峰、应修人们，把美丽的爱情吟唱成深情的心曲；新月派的徐志摩、闻一多、朱湘、刘梦苇、林徽因、邵洵美、方玮德、陈梦家们，以其打通古今中外的不凡气度重建了新诗的形式美和音乐美；带着象征色彩和现代格调的李金发、戴望舒、路易士（纪弦）、徐迟们，给新诗吹送来一缕缕奇异的香风；汉花园里的卞之琳、何其芳、李广田们，用清新的白海螺抒发着对年青的神的深挚情怀；七月派的艾青、田间、胡风、公木、阿垅、鲁藜、邹荻帆、绿原、曾卓们，用青春焕发的诗笔记录了血肉长城的悲壮大美；九叶派的穆旦、杜运燮、辛笛、唐祈、唐湜、袁可嘉、杭约赫、郑敏、陈敬容们，以冷峻的哲思和深奥的意象营造时代精神的心象；还有国统区的臧克家、马凡陀、方敬、苏金伞、力扬们，沦陷区的南星、朱英诞、路易士、梅娘们，少数民族的铁衣甫江们，以及吴奔星、锡金、侯汝华、吴兴华、柳木下等等，今天检阅这支纵横诗坛的队伍是令人振奋的。他们或华美、或质朴、或高昂、或深沉、或直接、或委婉的各种声调，对新诗的审美演进和美学发展做出了可贵建树，代表了中国新诗第一个盛花期的艺术成就和美学贡献。重读他们的佳篇美什，仿佛又回到了那波澜壮阔的年代，心中汹涌着许多说不出的感动。一个个闪光的姓名，一行行滚烫的诗句，就如同一朵朵明亮的火焰在眼前闪耀，在心头跳跃，在血液中燃烧……飘扬的是灵魂的旗帜，体现的是生命的光辉和重量。他们的作品形式不同，风格各异，但那份明亮真诚的大爱、博大宽广的情怀都是共同的，那义无反顾的精神、思考探索的勇气，也是共同的。这些诗歌有自叙色彩，也有时代激情，有史料价值，也有现实意义，滋养了一代又一代读者的心灵，更滋养了我们的诗歌精神。

　　围绕百年新诗，我见过的新诗选本为数甚多。每个选本都有自己的特色，但每一种都只能推选出编者自己眼中有代表性的、具有文化意义的部分诗人和作品，所谓弱水三千，只能取一瓢饮而已。相信每一位编者也会兼顾诗歌的辨识度和诗人的影响力以及文献性、可读性等多种考虑。好在不同的角度和不同的编选眼光交织在一起，给读者勾勒出一个更加接近现代新诗本来面目的大致轮廓。

　　但是无论哪一种视角，我希望今天的读者不要忘记那些用生命写诗的烈士诗人。我也愿意特别提醒读者关注那些用生命的指尖弹奏着时代琴弦留下的一曲曲火焰一样的滚烫旋律。其中的柔石、殷夫、陈辉、蔡梦慰等也都是诗歌名家。但他们不是坐在书斋里小推小敲的高蹈名士，而且流传出来的作品数量也十分有限，甚至还因为岁月风雨而缺字漏句……但他们又是最能打动人心的诗人——不是把诗当做生命的诗人，而是用生命来写诗的诗人。那气壮山河的呐喊、慷慨激昂的正气、斩钉截铁的立场、清白坚贞的品格，是躲在书斋里吟风弄月、叹花惜草的所谓名士们所万万不能及的。真实和真挚，是诗歌的生命，也是诗歌打动人心的力量所在。我读到的某些以纪念新诗百年名义出版的诗歌选本，比较关注个人视角的小情趣，甚至连历史上有人格缺陷的一些诗人作品也当做新的研究成果详细收录，却对艺术性和思想性俱佳的烈士诗歌多有忽略。而其中对延安诗人、晋察冀诗人等诗群有意无意的贬低和漠视，也是不公平的。

四

新诗在历史的行进中完善、发展并走向繁荣。回望新诗的轨迹，可以大致分为四个时期。五四运动时期到1949年，可以说是第一个发展阶段；1949年到1978年，可以说是第二个发展阶段；1978年到2016年，可以说是第三个发展阶段；2016年至今，则可以说进入了不断蜕化、变革的第四个发展阶段。新诗的第一个发展阶段最为辉煌。这一阶段并没有割裂中国诗歌传统，反而在大喊大叫的反传统口号下，顽强地承继和延续了中国传统的诗歌精神。新诗人们尽管对旧诗普遍歧视和警惕，其中的很多人却又很自然地回归到对节奏、韵律等传统诗歌技术的认同和探索。比如新月派的格律化努力就最为明显也最有成绩，对新诗的诗体建设也有着鲜明的现实意义。

最近系统地读了一些新月派的作品，颇多感慨。为什么徐志摩他们那拨儿新月派的高手一个个学贯东西，又洋又酷，留下来的东西却和公众没有什么距离感。不仅雅俗共赏，而且还能歌能唱、四处流传？他们的笔下多性灵之作，多赤子之心。除了朴素的真情实感打动人心之外，他们在诗艺上的努力一刻也没有停止过。这诗艺包括格律化努力，也包括音乐性的追求。春水似的悠扬的节奏感和和谐整齐的形式，把汉语言的张力和弹性发挥得淋漓尽致，同时也架构起一条通向读者心灵的永恒的桥梁。

一首好诗不应仅仅是平面的，它还应该是立体的，是让眼睛看的，也是让耳朵听的。形式、节奏和韵律是诗歌的翅膀，需要下大力气研究。新月诗人的字里行间可以看到外国诗歌的影响，但更多的则是古典诗词和民歌的浸润和熏陶。闻一多先生声称要做"中西艺术结婚的宁馨儿"，他的《死水》《洗衣妇》《忘掉她》等诗歌名篇中，西方诗歌的影响是隐形的，而浓酽的中国古典诗歌和民歌的韵味，却随处可见。闻一多以为："中国韵极宽；用韵不是难事，并不足以妨害词义。"但是即使押韵这种方式在古典诗歌和民歌中司空见惯，在很多现代诗人的笔下却也已经生疏多年、不屑一押了。回眸第三个发展阶段的新诗，一个很明显的印象就是年轻诗友们对诗歌的音乐性和格律性的生硬、坚决的摒弃。

新诗亮相之初，诗人们更多关注的是白话形式，是"如何摆脱旧诗的藩篱"，而不是"如何建设新诗的根基"。其实旧体诗的写作经验，对新诗而言并不是绊脚石，而是宝贵的营养基。可以说，从颠覆格律到重建格律，是现代新诗的一个基本的审美流向。闻一多、何其芳、卞之琳等诗人对新诗格律化的提倡和尝试，为中国新诗的发展带来了亲切的审美期待和广阔的前瞻性、丰富的可能性。

五

按年代或标签臆造出几个新名词，然后以之来分析、框定复杂、鲜活的诗歌流变，目前在脑筋很懒而又很有发言欲的评论家中间，是很有典型性的一种研究"秘径"。过去人们习惯于用阶级、族群等概念来划分诗人群，现在则尤其热衷于按时间顺序或者派系标签来分封诗歌诸侯。不同观念和审美态度的诗人，只要年龄相仿，或者地域相同，境遇一致，就统统混淆在一起，成为互相纠缠和粘结的"盛大"阵容。对每一位优秀诗人而言，都有一个相对独立的个人精神世界，他们开拓了个人的叙述空间，更贴近个人的表现方式。诗歌创作毕竟是一种个体性的劳动，它对于社会的追忆和感受都是个人化的，对生活的体验取自个人经验和认知，因人而异，千差万别，决不因为在同一年代出生、同一境遇生活就成为一"派"。通览中国新诗的发展轨迹就会有个明显的感悟，诗歌的国度里，最为人看重的还是"那一个"，而不是"那一群"。

经历过岁月的淘洗，现在可以从纯文本的角度来谈一谈中国新诗的经典问题了。经典的标准至少应该有四条：一是时代影响，二是社会价值，三是个性辨识，四是美学创新。以此标准衡量从五四时期到1949年的中国新诗，答案是令人欣慰的。我注意到这一时期的诗歌成果已经形成了自己的一套文本符号和价值体系。不同的诗人有着不同的独特情感标识和文本记忆，同时又有着共通的美学特征和时代背板。这一时期的新诗超越特定环境、特定读者，可以适应广泛的阅读心理和精神需求。

我很高兴能够把这些经典品格和年代质量的诗歌作品呈现在读者面前，也相信它们的光辉不会令人失望，同时还希望这些诗歌能够为当下诗坛提供一些新鲜的元素和经验，从而激活诗歌参与当下生活的更加激越的创造活力。

高昌

编选说明

新诗的出现是 20 世纪中国最重要的文学现象之一。史料浩繁，作者众多，影响深远。以"打倒"传统诗歌的面目出现的白话体新诗甫一问世，便迅速遮蔽了传统诗体在学术研究与公众领域的传播，甚至"垄断"了现代诗歌史，得以独享现代诗歌之名。20 世纪前半叶的新诗，流派纷呈，名家辈出，名作如林。《新诗卷》从中遴选出公认的思想性与艺术性俱佳的作品约 400 首，借此勾勒这一时期新诗发展的脉络，展现新诗创作的实绩，为广大诗歌爱好者提供一种雅俗共赏的新诗读本。

本书收录的最早作品是胡适 1917 年发表的《白话诗八首》（选四），因而选录范围即以 1917 年至 1949 年为时间界限，以现代文学教学与研究中重点引用和涉及的诗人和作品为关注点，主要收录篇幅短小的新诗作品，适当选录或节选少量有史料价值和重要文学贡献的长篇抒情诗和叙事诗。

入编作品以人为目，生年为序，重要诗人作品数量以不超过 11 首为度，其他诗人适当缩减。收录作品以常见版本为主，同一位作者不同时期的作品均集中收录在一处，除明显错字和标点、断行错误之外，编者未做其他改动。

由于条件所限，编选中一定有遗珠之憾和权衡失当之处，恳请方家批评指正。

目 录

23

新诗卷（1917~1949）

刘大白

刘大白（1880～1932）原名金庆楼，后改姓刘，名靖裔，字大白，别号白屋。浙江绍兴人，曾东渡日本，南下印尼，先后在浙江第一师范、复旦大学、上海大学执教。后任教育部常务次长、中央政治会议秘书等职。著有新诗集《旧梦》《邮吻》和旧体诗集《白屋遗诗》等。

是谁把？

选自《旧梦》，商务印书馆，1924年。

是谁把心里相思，
种成红豆？
待我来辗豆成尘，
看还有相思没有？

是谁把空中明月，
捻得如勾？
待我来搏勾作镜，
看永久团圆能否？

1921年

我愿

选自《邮吻》，开明书店，1927年。

我愿把我金钢石也似的心儿，
琢成一百单八粒念珠，
用柔韧得精金也似的情丝串着，
挂在你雪白的颈上，
垂到你火热的胸前，
我知道你将用你底右手掐着。

当你一心念我的时候，
念一声"我爱"，
掐一粒念珠；
缠绵不绝地念着，
循环不断地掐着，
我知道你将往生于我心里的净土。

1923年

秋江的晚上

选自《邮吻》，开明书店，1927年。

归巢的鸟儿，
尽管是倦了，
还驮着斜阳回去。

双翅一翻，
把斜阳掉在江上；
头白的芦苇，
也妆成一瞬的红颜了。

旧梦（节选）

选自《旧梦》，商务印书馆，1924年。

二六

最重的一下，
扣我心钟的，
是月黑云低深夜里，
一声孤雁。

三六

少年是艺术的，
一件一件地创作；
壮年是工程的，
一座一座地建筑；
老年是历史的，
一叶一叶地翻阅。

九〇

恋人底小影，
只有恋者底眼珠，
是最适当的框子。

邮吻

选自《邮吻》，开明
书店，1927 年。

我不是不能用指头儿撕，
我不是不能用剪刀儿剖，
只是缓缓地
轻轻地
很仔细地挑开了紫色的信唇；
我知道这信唇里面，
藏着她秘密的一吻。

从她底很郑重的折叠里，
我把那粉红色的信笺，
很郑重地展开了。
我把她很郑重地写的
一字字一行行，
一行行一字字地
很郑重地读了。

我不是爱那一角模糊的邮印，
我不是爱那幅精致的花纹，
只是缓缓地
轻轻地
很仔细地揭起那绿色的邮花；
我知道这邮花背后，
藏着她秘密的一吻。

1923 年

李叔同

李叔同（1880～1942），生于天津，祖籍山西洪洞。谱名文涛，幼名成蹊，学名广侯，字息霜，别号漱筒；后剃度为僧，法名演音，号弘一，晚号晚晴老人。后被人尊称为弘一法师。著名音乐家、美术教育家、书法家、戏剧活动家，是中国话剧的开拓者之一。从日本留学归国后担任过教师、编辑之职。1942年10月13日在福建泉州开元寺圆寂。著有《李叔同集》等。

落花

选自《李叔同诗全编》，浙江文艺出版社，1955年。

纷纷，纷纷，纷纷，纷纷；
纷纷，纷纷，纷纷，纷纷。
唯落花委地无言兮，化作泥尘。
寂寂，寂寂，寂寂，寂寂；
寂寂，寂寂，寂寂，寂寂。
何春光长逝不归兮，永绝消息。
忆春风之日暄，芳菲菲以争妍；
既垂荣以发秀，倏节易而时迁。
春残。览落红之辞枝兮，伤花事其阑珊；
已矣，春秋其代序以递嬗兮，俯念迟暮。
荣枯不须臾，盛衰有常数。
人生之浮华若朝露兮，泉壤兴衰；
朱华易消歇，青春不再来。

清凉歌

选自《清凉歌集》，开明书店，1936年。

清凉月，
月到天心，光明殊皎洁。
今唱清凉歌，心地光明一笑呵！
清凉风，
凉风解愠，暑气已无踪。
今唱清凉歌，热恼消除万物和！
清凉水，
清水一渠，涤荡诸污秽。
今唱清凉歌，身心无垢乐如何？
清凉，清凉，无上究竟真常！

鲁迅

鲁迅（1881～1936），原名周樟寿，后改为周树人，笔名鲁迅，字豫山、豫亭，后改名为豫才。浙江绍兴人。曾任南京临时政府和北京政府教育部部员、佥事等职，后曾在北京大学、女子师范大学、中山大学等校授课。1918年5月首次用"鲁迅"笔名发表现代文学史上第一篇白话小说《狂人日记》。著有《鲁迅全集》等。

梦

原载1918年5月《新青年》第4卷第5号。

很多的梦，趁黄昏起哄。
前梦才挤却大前梦时，后梦又赶走了前梦。
去的前梦黑如墨，在的后梦墨一般黑；
去的在的仿佛都说，"看我真好颜色。"
颜色许好，暗里不知；
而且不知道，说话的是谁？

暗里不知，身热头痛。
你来你来！ 明白的梦。

爱之神

原载1918年5月《新青年》第4卷第5号。

一个小娃子，展开翅子在空中，
一手搭箭，一手张弓，
不知怎么一下，一箭射着前胸。
"小娃子先生，谢你胡乱栽培！
但得告诉我：我应该爱谁？"
娃子着慌，摇头说，"唉！
你是还有心胸的人，竟也说这宗话。
你应该爱谁，我怎么知道。
总之我的箭是放过了！
你要是爱谁，便没命的去爱他；
你要是谁也不爱，也可以没命的去自己死掉。"

桃花

原载 1918 年 5 月《新青年》第 4 卷第 5 号。

春雨过了，太阳又很好，随便走到园中。
桃花开在园西，李花开在园东。
我说："好极了！ 桃花红，李花白。"
（没说，桃花不及李花白。）
桃花可是生了气，满面涨作"杨妃红"。
好小子！ 真了得！ 竟能气红了面孔。
我的话可并没得罪你，你怎的便涨红了面孔！
唉！ 花有花道理，我不懂。

他们的花园

原载 1918 年 7 月《新青年》第 5 卷第 1 号。

小娃子，卷螺发，
银黄面庞上还有微红，—— 看他意思是正要活。
走出破大门，望见邻家：
他们大花园里，有许多好花。
用尽小心机，得了一朵百合；
又白又光明，像才下的雪。
好生拿了回家，映着面庞，分外添出血色。
苍蝇绕花飞鸣，乱在一屋子里 ——
"偏爱这不干净花，是胡涂孩子！"
忙看百合花，却已有几点蝇矢。
看不得；舍不得。
瞪眼望天空，他更无话可说。
说不出话，想起邻家：
他们大花园里，有许多好花。

人与时

原载 1918 年 7 月《新青年》第 5 卷第 1 号。

一人说，将来胜过现在。
一人说，现在远不及从前。
一人说，什么？
时道，你们都侮辱我的现在。
从前好的，自己回去。

将来好的，跟我前去。
这说什么的，
我不和你说什么。

他

原载1919年4月《新青年》第6卷第4号。

一

"知了"不要叫了，
他在房中睡着；
"知了"叫了，刻刻心头记着。
太阳去了，"知了"住了，——还没有见他，
待打门叫他，——锈铁链子系着。

二

秋风起了，
快吹开那家窗幕。
开了窗幕，会望见他的双靥。
窗幕开了，——一望全是粉墙，
白吹下许多枯叶。

三

大雪下了，扫出路寻他；
这路连到山上，山上都是松柏，
他是花一般，这里如何住得！
不如回去寻他，——呵！ 回来还是我家。

章士钊

章士钊(1881～1973)，字行严，笔名黄中黄、青桐、秋桐，湖南省善化县（今长沙市）人。北洋政府时期曾任司法总长兼教育总长等，1949年后曾任全国人大常委会委员、全国政协常委、中央文史研究馆馆长等。著有《柳文指要》等。

赠胡适

转引自《略论章士钊与胡适》，载《社会科学战线》，1996年第2期。

你姓胡，
我姓章，
你讲甚么新文学，
我开口还是我的老腔。
你不攻来我不驳，
双双并坐，各有各的心肠。
将来三五十年后，
这个相片好作文学纪念看。
哈，哈，
我写白话歪词送把你，
总算是老章投了降。

沈尹默

沈尹默(1883～1971)，原名君默，祖籍浙江湖州，生于陕西汉阴。早年留学日本，后任《新青年》编辑、北京大学教授和校长、辅仁大学教授。1949年后历任中央文史研究馆副馆长，上海市人民委员会委员，全国人大代表等。著有《二王法书管窥》《沈尹默手书词稿四种》《沈尹默入蜀词墨迹》《秋明室杂诗》《秋明室长短句》等。

月夜

原载1918年1月《新青年》第4卷第1号。

霜风呼呼的吹着，
月光明明的照着。
我和一株顶高的树并排立着，
却没有靠着。

鸽子

原载1918年1月《新青年》第4卷第1号。

空中飞着一群鸽子，
笼里关着一群鸽子，
街上走的人，
小手巾里还兜着两个鸽子。

飞着的是受人家指使，
带着鞘儿嗡嗡央央，
七转八转绕空飞
人家听了欢喜。

关着的是替人家做生意，
青青白白的毛羽，
温温和和的样子，
人家看了欢喜；
有人出钱便买去，
买去喂点小黄米。

只有手巾里兜着的那两个，
有点难算计。
不知他今日是生还是死；
恐怕不到晚饭时，
已在人家菜碗里。

人力车夫

原载1918年1月《新青年》第4卷第1号。

日光淡淡，白云悠悠，
风吹薄冰，河水不流。

出门去，雇人力车。
街上行人，往来很多；
车马纷纷，不知干些什么？

人力车上人，
个个穿棉衣，个个袖手坐，
还觉风吹来，身上冷不过。

车夫单衣已破，
他却汗珠儿颗颗往下堕。

沈玄庐

沈玄庐（1883～1928），又名沈定一、沈崇焕，本名宗传，字叔言，又字剑侯，号玄庐。新文化运动早期民歌诗体的代表人物，强调新诗应向民歌民谣学习。著有《十五娘》等。

对策

选自许德邻编《白话诗选》，崇文书局，1926年。

镜中一个我，
镜外一个我，
打破了这镜，
我不见了我。
破镜碎纷纷，
生出纷纷我。
我把我打破，
一切镜无我。
我把镜打破，
还有破的我。
破的我也破，
不知多少我。

周作人

周作人（1885～1967），原名櫆寿（后改为奎绶）。字星杓，自号起孟、启明（又作岂明）、知堂、独应等，笔名仲密、药堂、周遐寿等。浙江绍兴人。历任北京大学教授、东方文学系主任，《新青年》编辑、《语丝》主编等。著有《自己的园地》《雨天的书》《瓜豆集》《鲁迅的故家》《知堂回想录》等。

花

我爱这百合花，
她的香气薰的使人醉了，
我愿两手捧住了她，
便在这里睡了。
我爱这蔷薇花，
爱她那酽酒似的滋味，
我便埋头在她中间，
让我就此死罢。

写于1923年10月26日，收入1929年11月由上海北新书局初版印行的《过去的生命》，诗末附记"仿某调，学作情诗，在北京中一区"。

高楼

那高楼上的半年，
她给我的多少烦恼。
只如无心的春风，
吹过一棵青青的小草。
她飘然的过去了，
却吹开了我的花朵。
我不怨她的无情，——
长怀抱着她那神秘的痴笑。

载1923年4月9日《晨报副刊》，诗末有作者附记："我平常很赞成青年人做情诗，但是自己做（情诗）还是初次，我不怕道学家批评我有不道德嫌疑——虽然略略的怕被上海的市侩选入他们的情诗集里去。"

二十世纪中国诗选书系·新诗卷

陈衡哲

陈衡哲（1890～1976），笔名莎菲，原籍湖南衡山，生在江苏武进，1920年获美国芝加哥大学硕士学位，先后在北大、川大、东南大学任教授等。著有《小雨点》《文艺复兴史》《西洋史》《一个中国女人的自传》《衡哲散文集》等。

鸟

1919年5月15日《新青年》第6卷第5期。

狂风急雨，
打得我好苦！
打翻了我的破巢，
淋湿了我美丽的毛羽。
我扑折了翅翮，
睁破了眼珠，
也找不到一个栖身的场所！

窗里一只笼鸟，
依靠着金漆的栏杆，
侧着眼只是对我看。
我不知道他还是忧愁，还是喜欢？

明天一早，
风雨停了。
煦煦的阳光，
照着那鲜嫩的绿草。
我和我的同心朋友。
双双的随意飞去；
忽见那笼里的同胞，
正扑着那双翼在那里昏昏的飞绕：——
要想撞破那雕笼，
好出来重作一个自由的飞鸟。

他见了我们，
忽然止了飞，
对着我们不住的悲啼。
他好像是说：

"我若出了牢笼，
不管他天西地东，
也不管他恶雨狂风，
我定要飞他一个海阔天空！
直飞到精疲力竭，水尽山穷，
我便请那狂风，
把我的羽毛肌骨
一丝丝的都吹散在自由的空气中！"

胡适

胡适（1891～1962），原名嗣穈，学名洪骍，字希疆，笔名胡适，字适之。徽州绩溪人，曾任《新青年》编辑、国民政府驻美大使、北京大学校长等，著有《尝试集》、《胡适文存》（四集）等。

白话诗八首（选四）

原载1917年2月《新青年》第2卷第6号。

朋友

两个黄蝴蝶，双双飞上天。
不知为什么，一个忽飞还。
剩下那一个，孤单怪可怜。
也无心上天，天上太孤单。

湖上

水上一个萤火，
水里一个萤火，
平排着，
轻轻地，
打我们的船边飞过。
他们俩儿越飞越近，
渐渐地并作了一个。

梦与诗

都是平常经验，
都是平常影象，
偶然涌到梦中来，
变幻出多少新奇花样！

都是平常情感，
都是平常言语，
偶然碰着个诗人，
变幻出多少新奇诗句。

醉

醉过才知酒浓，
爱过才知情重；——

你不能做我的诗，
正如我不能做你的梦。

希望

原载《尝试集》，（增订
四版），亚东图书馆，
1922年。

我从山中来，
带得兰花草，
种在小园中，
希望开花好。

一日望三回，
望到花时过；
急坏看花人，
苞也无一个。

眼见秋天到，
移花供在家；
明年春风回，
祝汝满盆花！

从纽约省会（Albany）回纽约市

四百里的赫贞江，
从容的流下纽约湾，
恰像我的少年岁月，
一去了永不回还。

这江上曾有我的诗，
我的梦，我的工作，我的爱。
毁灭了的似绿水长流。
留住了的似青山还在。

写于1938年4月19日，在当天的日记里，胡适写道："一路上看赫贞江的山水，想起二十年前旧事，很想写一诗。"

也是微云

也是微云，
也是微云过后月光明。
只不见去年的游伴，
也没有当日的心情。

不愿勾起相思，
不敢出门看月。
偏偏月进窗来，
害我相思一夜。
1925年

原载赵元任主编《新诗歌集》，商务印书馆，1928年。此诗由赵元任谱曲，作曲者注："1926年作。胡适作词。以前还没有发表过，是胡先生抄给我的。"

陶渊明和他的五柳

当年有个陶渊明，
不爱性命只贪酒；
骨硬不能深折腰，
弃官归来空两手。
瓮中无米琴无弦，
老妻娇儿赤脚走。
先生高吟自嘲讽，
笑指门前五株柳：
"看他风里尽低昂，

原载1928年5月10日《新月》第1卷第3号。

这样腰肢我没有！"

（民国）十七年四月九夜在庐山归宗寺

有感

咬不开，捶不碎的核儿，
关不住核儿里的一点生意；
百尺的宫墙，千年的礼教，
锁不住一个少年的心！

　　此是我进宫见溥仪废帝之后作的一首小
诗。若不加注，读者定不会懂得我指的是谁。
　　　　　　　　1959年12月12日

选自1922年6月6日胡适
的日记，后收入《胡适
之先生诗歌手迹》，台湾
商务印书馆，1964年。

译张籍的《节妇吟》

你知道我有丈夫，
你送我两颗明珠。
我感激你的厚意，
把明珠郑重收起。
但我低头一想，
忍不住泪流脸上：
我虽知道你没有一毫私意，
但我总觉得有点对他不起。
我噙着眼泪把明珠还了，——
只恨我们相逢太晚了！

　　九·八·三〇（1920年8月30日）

原载1920年11月《新
青年》第8卷第3号。

陶行知

陶行知（1891～1946）原名文浚，后改名行知。安徽歙县人，毕业于金陵大学，曾任
南京高等师范学校教务主任，中华教育改进社总干事。先后创办晓庄学校、生活教育
社、山海工学团、育才学校和社会大学。提出了"生活即教育""社会即学校""教学做
合一"三大主张。著有《中国教育改造》《古庙敲钟录》《斋夫自由谈》等。

放爆竹

一个个的放，

一声声的闹。
它把新的惊起，
把旧的吓跑。
放，放，放，
放到旧的不敢再来到。
放，放，放，不住的放；
放到新的不会再睡觉。

1922 年 2 月 6 日

炸弹

选自《行知诗歌集》，
大孚出版公司，1947年。

沉默，沉默，
沉默是你的性格。
你平生只说一句话，
从不顾粉身碎骨，
在惊天动地的爆炸中，
诞生了幸福的新国。

赵元任

赵元任（1892 ~ 1982），江苏常州人，语言学家。早年在清华大学任教授。后在美国
任大学教授，并担任美国语言学会会长，美国东方学会会长。

秋钟

选自《新诗歌集》，商
务印书馆，1928 年。

钟一声一声地响，
风一阵一阵地吹，
吹到天色渐渐的暗了，
钟声也断了，
耳朵里还像似有屑屑屑屑，
吹来吹去，
飞来飞去的落叶，
冬冬冬的钟声，似远似近，
和那轰轰轰的风声，似有似绝。

刘半农

刘半农（1891～1934），原名寿彭，后名复，初字半侬，后改半农，晚号曲庵，江苏
江阴人，曾任《新青年》编辑、北京大学国文系教授等。著有诗集《扬鞭集》《瓦釜集》
和《半农杂文》。

巴黎的秋夜

选自《扬鞭集》，北
新书局，1926年6月。

井般的天井：
看老了那阴森森的四座墙，
不容易见到一丝的天日。

什么都静了，
什么都昏了，
只飒飒的微风，
打玩着地上的一张落叶。

　　　　　1921年8月20日，巴黎

情歌

选自《扬鞭集》，北
新书局，1926年6月。

天上飘着些微云，
地上吹着些微风。
啊！
微风吹动了我头发，
教我如何不想她？

月光恋爱着海洋，
海洋恋爱着月光。
啊！
这般蜜也似的银夜，
教我如何不想她？

水面落花慢慢流，
水底鱼儿慢慢游。
啊！

燕子你说些什么话？
教我如何不想她？

枯树在冷风里摇。
野火在暮色中烧。
啊！
西天还有些儿残霞，
教我如何不想她？

稻棚

选自《扬鞭集》，北
新书局，1926 年 6 月。

　　记得八、九岁时，曾在稻棚中住过一夜。
这情景是不能再得的了，所以把它追记下来。

凉爽的席，
松软的昔，
铺成张小小的床；
棚角里碎碎屑屑的，
透进些银白的月亮光。

一片唧唧的秋虫声，
一片甜蜜蜜的新稻香——
这美妙的浪，
把我的幼年的梦托着翻着……
直翻到天上的天上！……

回来停在草叶上，
看那晶晶的露珠，
何等的轻！
何等的亮！……

相隔一层纸

选自《扬鞭集》，北
新书局，1926 年 6 月。

屋子里拢着炉火，
老爷分付开窗买水果，

说"天气不冷火太热，
别任它烤坏了我。"

屋子外躺着一个叫化子，
咬紧了牙齿对着北风喊"要死"！
可怜屋外与屋里，
相隔只有一层薄纸。

我们俩

好凄冷的风雨啊！
我们俩紧紧的肩并着肩，手携着手，
向着前面的"不可知"，不住的冲走。
可怜我们全身都已湿透了，
而且冰也似的冷了，
不冷的只是相并的肩，相携的手。

1921年，巴黎

选自《扬鞭集》，北新书局，1926年6月。

瓦釜集（选二）

劈风劈雨打熄仔我格灯笼火，
我走过你门头躲一躲。
我也勿想你放脱仔棉条来开我，
只要看看你门缝里格灯光听你唱唱歌。

河边上阿姐你洗格舍衣裳？
你一泊一泊泊出情波万丈长！
我隔子绿沉沉格杨柳听你一记一记捣，
一记一记一齐捣勒笃我心上！

原载1926年4月北新书局印行《刘半农的瓦釜集》，署名刘复。用江阴方言与江阴民歌的声调写成。

郭沫若

郭沫若(1892～1978)，原名郭开贞，字鼎堂，号尚武，乳名文豹，笔名沫若、麦克昂、郭鼎堂、石沱、高汝鸿、羊易之等。四川乐山人，毕业于日本九州帝国大学。曾任中国科学院院长、中国科技大学校长、政务院副总理、全国人大副委员长、全国政协副主席等。著有《女神》《瓶》等。

《瓶》之二

选自郭沫若著《瓶》，上海创造社出版部，1928年。

姑娘哟，你远隔河山的姑娘！
我今朝扣问了三次的信箱
一空，二空，三空
几次都没有你寄我的邮筒

姑娘哟，你远隔河山的姑娘！
我今朝过度了三载的晨光
一冬，二冬，三冬
我想向墓地里呀哭诉悲风

1925年2月20日晨

立在地球边上放号

无数的白云正在空中怒涌，
啊啊！好幅壮丽的北冰洋的晴景哟！
无限的太平洋提起他全身的力量来要把地球推倒。
啊啊！我眼前来了的滚滚的洪涛哟！
啊啊！不断的毁坏，不断的创造，不断的努力哟！
啊啊！力哟！力哟！
力的绘画，力的舞蹈，力的音乐，力的诗歌，力的 Rhythm 哟！

天狗

一

我是一条天狗呀！

我把月来吞了,
我把日来吞了,
我把一切的星球来吞了,
我把全宇宙来吞了。
我便是我了!

二

我是月底光,
我是日底光,
我是一切星球底光,
我是 X 光线底光,
我是全宇宙底 Energy 底总量!

三

我飞奔,
我狂叫,
我燃烧。
我如烈火一样地燃烧!
我如大海一样地狂叫!
我如电气一样地飞跑!
我飞跑,
我飞跑,
我飞跑,
我剥我的皮,
我食我的肉,
我嚼我的血,
我啮我的心肝,
我在我神经上飞跑,
我在我脊髓上飞跑,
我在我脑筋上飞跑。

四

我便是我呀!
我的我要爆了!

太阳礼赞

青沉沉的大海，波涛汹涌着，潮向东方。
光芒万丈地，将要出现了哟 —— 新生的太阳！
天海中的云岛都已笑得来火一样地鲜明！
我恨不得，把我眼前的障碍一概划平！
出现了哟！出现了哟！耿晶晶地白灼的圆光！
从我两眸中有无限道的金丝向着太阳飞放。
太阳哟！我背立在大海边头紧觑着你。
太阳哟！你不把我照得个通明，我不回去！
太阳哟！你请永远照在我的面前，不使退转！
太阳哟！我眼光背开了你时，四面都是黑暗！
太阳哟！你请把我全部的生命照成道鲜红的血流！
太阳哟！你请把我全部的诗歌照成些金色的浮沤！
太阳哟！我心海中的云岛也已笑得来火一样地鲜明了！
太阳哟！你请永远倾听着，倾听着，我心海中的怒涛！

天上的街市

远远的街灯明了，
好像闪着无数的明星。
天上的明星现了，
好像点着无数的街灯。

我想那缥缈的空中，
定然有美丽的街市。
街市上陈列的一些物品，
定然是世上没有的珍奇。

你看，那浅浅的天河，
定然是不甚宽广。
我想那隔河的牛女，
定能够骑着牛儿来往。

我想他们此刻，

定然在天街闲游。
不信，请看那朵流星，
那是他们提着灯笼在走。

凤凰更生歌（节选《凤凰涅槃》）

鸡鸣

听潮涨了，
听潮涨了，
死了的光明更生了。

春潮涨了，
春潮涨了，
死了的宇宙更生了。

生潮涨了，
生潮涨了，
死了的凤凰更生了。

凤凰和鸣

我们更生了，
我们更生了。
一切的一，更生了。
一的一切，更生了。
我们便是他，他们便是我，
我中也有你，你中也有我。
我便是你，
你便是我。
火便是凰。
凤便是火。
翱翔！翱翔！
欢唱！欢唱！

我们新鲜，我们净朗，

我们华美，我们芬芳，
一切的一，芬芳。
一的一切，芬芳。
芬芳便是你，芬芳便是我。
芬芳便是他，芬芳便是火。
火便是你。
火便是我。
火便是他。
火便是火。
翱翔！　翱翔！
欢唱！　欢唱！

我们热诚，我们挚爱。
我们欢乐，我们和谐。
一切的一，和谐。
一的一切，和谐。
和谐便是你，和谐便是我。
和谐便是他，和谐便是火。
火便是你。
火便是我。
火便是他。
火便是火。
翱翔！　翱翔！
欢唱！　欢唱！

我们生动，我们自由。
我们雄浑，我们悠久。
一切的一，悠久。
一的一切，悠久。
悠久便是你，悠久便是我。
悠久便是他，悠久便是火。
火便是你。
火便是我。
火便是他。
火便是火。
翱翔！　翱翔！

欢唱！　欢唱！

我们欢唱，我们翱翔。
我们翱翔，我们欢唱。
一切的一，常在欢唱。
一的一切，常在欢唱。
是你在欢唱？　是我在欢唱？
是他在欢唱？　是火在欢唱？
欢唱在欢唱！
欢唱在欢唱！
只有欢唱！
只有欢唱！
欢唱！
欢唱！
欢唱！

1920 年 1 月 20 日初稿
1928 年 1 月 3 日改删

春之胎动

独坐北窗下举目向楼外四望：
春在大自然的怀中胎动着在了！

远远一带海水呈着雌虹般的彩色，
俄而带紫，俄而深蓝，俄而嫩绿。

暗影与明辉在黄色的草原头交互浮动，
如像有探海灯在转换着的一般。

天空最高处作玉蓝色，有几朵白云飞驰；
白云的缘边色如乳糜，叫人微微眩目。

楼下一只白雄鸡，戴着鲜红的柔冠，
长长的声音叫得已有几分倦意了。

几只杂色的牝鸡偃伏在旁边的沙地中，
那些女郎们都带着些娇情无力的样儿。

海上吹来的微风才在鸡尾上动摇，
早悄悄地偷来吻我的颜面，又偷跑了。

空漠处时而有小鸟的歌声。
几朵白云不知飞向何处去了。

海面上突然飞来一片白帆 ……
不一刹那间也不知飞向何处去了。

静夜

月光淡淡，
笼罩着村外的松林。
白云团团，
漏出了几点疏星。

天河何处?
远远的海雾模糊。
怕会有鲛人在岸，
对月流珠?

月下的司芬克司

——赠陶晶孙

以上选自《郭沫若全集·文学编》，人民文学出版社，1982年。

夜已半，
一轮美满的明月
露在群松之间。

木星照在当头，
照着两个"司芬克司"在走。
夜风中有一段语声泄漏 ——

一个说：
好像在尼罗河畔
金字塔边盘桓。

一个说：
月儿是冷淡无语，
照着我红豆子的苗儿。

汪敬熙

汪敬熙（1893～1968），字缉斋，江苏吴县人。曾就读于北京大学，1920年留学于美国霍普金斯大学。后历任中州大学、中山大学、北京大学教授，中央研究院心理学研究所所长等。1947年后赴法国、美国工作。著有《行为之生理分析》《汗腺分泌的神经调节》等。

方入水的船

原载《新潮》1919年2卷2号。

船！你入了水了！
我做几句诗来祝你：——
我不愿，
你在无边的海里平平安安的走！
越平安，越无生趣。
我愿，
你永远在风浪里冲着往前走！
冲破了浪，便往前进；
冲不破，便沉在海底，
却也可鼓舞后来的船的勇气，
却也可使后来的船知道，
应找别的方法儿走。
走！走！
永远在危险困苦里向前走！

左舜生

左舜生（1893～1969），字舜山，别号仲平，湖南长沙人。上海震旦大学法文系毕业。曾任中华书局编译所新书部主任、《醒狮周报》总经理等，后移居香港，任教于新亚书院。著有《万竹楼随笔》《近三十年见闻杂记》等。

南京

南京，我要和你小别了！
我和你两年多的恋爱，
多谢你送给我许多自然的美，
莫愁湖边的柳，
复城桥上的月，
古道的台城，
暮色的钟山，
柳啊，月啊，
我愿你永远恋着你的湖，
照着你的桥，
我要和你小别了……

南京，我要和你小别了！
我和你两年多的恋爱，
多谢你送给我许多亲爱的朋友，
有的似雨花台畔的石，
有的似扬子江上的水，
有的叫我不能忘记，
有的拖住我的脚了。
让你系着，
让你拖住，
我要和你小别了。

南京，我要和你小别了
我和你两年多的恋爱，
也多谢你送给我许多的烦恼，
你把烦恼完全交付给我了，
我要和你小别了。

写于1919年2月14日，选自许德邻编《白话诗选》，上海崇文书局，1926年。

陆志韦

陆志韦（1894～1970），别名陆保琦，浙江省吴兴县人，曾任燕京大学校长、全国政协委员、中国科学院心理研究所筹备委员会主任、中国文字改革委员会委员、汉语拼音方案委员会委员等。著有《古音说略》《诗韵谱》等。

子夜歌

夜深了么？ 看天河渐渐的白。
琥珀光拥护这满山的松柏。
窝里的小鸟没有一些声息，
只有我那，脚踏着路旁的荆棘。

倘使

倘使你回到山里去，
山涧里捧一些凉水，
浇浇你火热的颜面，
享一刻没有梦的睡……

倘使你左手提了爱，
右手牵了一切希望，
放一夜的犹豫不决
在无意识的天秤上……

倘使你为你的理想
做出一件惊人的事，
甚至于犯了大不韪，
静悄悄的含笑到死……

倘使你对这根青草
不再问他有无究竟，
倘使你对于你自己
不再问有没有良心……

下午，你正好渡河。
柳丝儿一根也不动。
黄昏笼罩你的时候，
你的船在山影之中。
　　　　（民国）十一年一月八日

流水的旁边

一

你为我在流水的旁边
造茅屋两三间，
使我梦里见你的时候，
也听见活水流。

二

我早上到流水的旁边
见落花一点点。
我求他们载我的念头
一个个向你流。

三

你回来在流水的旁边，
看看月明风软，
爱活水像爱命的朋友，
能否为你消忧。

三疑问

羊肉店的后面
见小山羊在园里嚼豆苗。
这样洁白的东西
也和我们抢饭吃的么？
这样温厚的东西

选自《渡河》，亚东图
书馆，1923年。

也像我们杀豆苗的么？
这样可疼的东西
也送进羊肉店去的么？

邓中夏

邓中夏（1894～1933），字仲澥，又名邓康，湖南省宜章县人。曾任中共第二届、五届中央委员，第三届、六届中央候补委员，中央临时政治局候补委员。著有《少年同学会改组委员会调查表》等。

胜利

选自《革命烈士诗抄》，中国青年出版社，1962年增订版。

那有斩不除的荆棘？
那有打不死的豺虎？
那有推不翻的山岳？
你只须奋斗着，
猛勇的奋斗着；
持续着，
永远的持续着。
胜利就是你的了！
胜利就是你的了！

徐玉诺

徐玉诺（1894～1958），又名言信，笔名红蠖，河南鲁山县人。曾任《昆明日报》副刊编辑、厦门大学校报编辑部主任、鲁山一中校长等，著有《将来之花园》等。

小诗

湿漉漉的伟大的榕树
罩着的曲曲折折的马路，
我一步一步地走下，
随随便便地听着清脆的鸟声，
嗅着不可名的异味……

这连一点思想也不费，
到一个地方也好，
什么地方都不能到也好，
这就是行路的本身了。

故乡

选自《徐玉诺诗歌精
选》，长江文艺出版
社，2015年。

小孩的故乡
　　藏在水连天的暮云里了。
云里的故乡呵，
　　温柔而且甜美！
小孩的故乡
　　在夜色罩着的树林里小鸟声里
　　唱起催眠歌来了。
小鸟声里的故乡呵，
　　仍然那样悠扬、慈悯！
小孩子醉眠在他的故乡里了。

刘延陵

刘延陵（1894～1988），安徽旌德人。文学研究会会员，中国第一本新诗杂志《诗》月
刊主编。抗战爆发后赴南洋任教，后任新加坡《联合晚报》总编。

水手

选自《诗》创刊号，
1922年元旦。

一

月在天上，
船在海上，
他两只手捧住面孔，
躲在摆舵的黑暗地方。

二

他怕见月儿眨眼，

海儿掀浪，
引他看水天接处的故乡。
但他却想到了
石榴花开得鲜明的井旁，
那人儿正架竹子，
晒她的青布衣裳。

竹

选自《诗》1卷3号，
1922年3月15日。

几千竿竹子
拥挤着立在一方田里，
碧青的，
鲜绿的，——
这是生命的光，
青春的吻所留的润泽呀。
他们自自在在地随风摇摆着，
轻轻巧巧地互相安慰抚摩着，
各把肩上一片片的日光
相与推让移卸着。
这不又是从和谐的生活里
流出来的无声的音乐么？

方令孺

方令孺（1897～1976），安徽桐城人，"新月派"诗人。1923年在华盛顿州立大学和威斯康星大学读书。1929年回国后，先后任青岛大学讲师和重庆国立剧专教授、重庆北碚国立编译馆编审、复旦大学中文系教授、上海市妇联副主席、浙江省文联主席等。著有《信》《方令孺散文选集》等。

诗一首

选自《诗刊》创刊号，
1931年1月。

爱，只把我当一块石头，
不要再献给我，
百合花的温柔，

香火的热，
长河一道的泪流。

看，那山冈上一匹小犊
临着白的世界；
不要说它愚碌，
它只默然
严守着它的静穆。

灵奇

选自《诗刊》第3期，
1931年10月。

有一晚我乘着微茫的星光，
我一个人走上了惯熟的山道，
泉水依然细细的在石上交抱，
白露沾透了我的草履轻裳。

一炷磷火照亮纵横的榛棘，
一双朱冠的小蟒同前宛引领，
导我攀登一千层皑白的石磴，
为要寻找那镌着碑文的石壁。

你，镌在石上的字忽地化成
伶俐的白鸽，轻轻飞落又腾上 ——
小小的翅膀上系着我的希望，
信心的坚实和生命的永恒。

可是这灵奇的迹，灵奇的光，
在我的惊喜中我正想抱紧你，
我摸索到这黑夜，这黑夜的静，
神怪的寒风冷透我的胸膛。

枕江阁

选自《诗刊》第 4 期，
1932 年 7 月。

我愿意永远在焦山上，
听江潮在山边昼夜跌宕，
像是江灵的声音盘问我：
"几回了，我从你心上漾过？"

枕江阁，你系住我的魂，
古槐后的太阳做我的灵灯，
吩咐船夫下帆，江风你歇：
我太爱这秋江的淡泊。
　　　1920 年 8 月 29 日登焦山枕江阁

宗白华

宗白华（1897～1986），曾用名宗之櫆，字白华、伯华，安徽安庆人。曾任上海《时事新报》副刊《学灯》主编、南京大学和北京大学教师、中华美学学会顾问等。著有《美学散步》《宗白华全集》等。

我们

我们并立天河下。
人间已落沉睡里。
天上的双星
映在我们的两心里。
我们握着手，看着天，不语。
一个神秘的微颤。
经过我们两心深处。

世界的花

我怎能采撷你?
世界的花。
我又忍不住要采得你！

想想我怎能舍得你?
我不如一片灵魂化作你!

夜

一时间
觉得我的微躯
是一颗小星
莹然万星里
随着星流

一会儿
又觉得我的心
是一张明镜
宇宙的万星
在里面烁着

解脱

心中一段最后的幽凉
几时才能解脱呢?
银河的月,照我楼上。
笛声远远传来 ——
月的幽凉
心的幽凉
同化入宇宙的幽凉了。

晨兴

太阳的光
洗着我早起的灵魂。
天边的月
犹似我昨夜的残梦。

小诗

生命的树上
凋了一枝花
谢落在我的怀里，
我轻轻的压在心上。
她接触了心中的音乐
化成小诗一朵。

生命的流

以上选自《宗白华全集》，安徽教育出版社，1994年。

我生命的流
是海洋上的云波
永远地照见了海天的蔚蓝无尽。

我生命的流
是小河上的微波
永远地映着了两岸的青山碧树。

我生命的流
是琴弦上的音波
永远地绕住了松间的秋星明月。

我生命的流
是她心泉上的情波
永远地萦住了她胸中的昼夜思潮。

周太玄

周太玄（1895～1968），原名周焯，号太玄，笔名周无。1909年在成都石室中学与郭沫若同学，后赴法国留学，获得法国国家理学博士学位。历任四川大学校务委员会主任委员、中国科学院编译局局长、科学出版社社长兼总编辑。著有《Chrysaora 生活史之研究》（由法国大学出版处印刷发行）、《动物心理学》（商务印书馆1930年初版）等。

过印度洋

发表于1919年的《少年中国》，署名周无，后被赵元任谱曲。

圆天盖着大海，
黑水托着孤舟，
远看不见山，
那天边只有云头，
也看不见树，
那水上只有海鸥。
那里是非洲，
那里是欧洲，
我美丽亲爱的故乡却在脑后！
怕回头，怕回头，
一阵大风，
雪浪上船头。
飕飕，吹散一天云雾一天愁。

叶挺

叶挺（1896～1946），原名叶为询，字希夷，号西平，广东惠阳县人，中国人民解放军创始人之一，新四军重要领导者之一。著有《囚歌》等。

囚歌

选自《革命烈士诗抄》，中国青年出版社，1962年增订版。

为人进出的门紧锁着，
为狗爬出的洞敞开着，
一个声音高叫着：
—— 爬出来吧，给你自由！

我渴望自由，

但我深深地知道 ——
人的身躯怎能从狗洞子里爬出！

我希望有一天
地下的烈火，
将我连这活棺材一齐烧掉，
我应该在烈火与热血中得到永生！

康白情

康白情（1896～1945），四川安岳人。毕业于北京大学文科，创办《新潮》月刊，并在《新潮》上发表白话诗。著有诗集《草儿》《河上集》等。

送客黄浦

送客黄浦，
我们都攀着缆 ——
风吹着我们的衣裳 ——
站在没遮栏的船楼边上。
四围的人籁都寂了，
只有她缠绵的孤月，
尽照着那碧澄澄的风波，
碰着船毗里绷垅地响。
我知道人的素心，
水的素心，
月的素心 —— 一样。
我愿水送客行，
月伴我们归去！
这中间充满了别意，
但我们只是初次相见。

（民国）八年七月十八日

原载1919年8月《少年中国》第1卷1期，又《新潮》第2卷1期，原诗3首，这里选第三首。

草儿

草儿在前，

诗集《草儿》，亚东图书馆，1922年。

鞭儿在后。
那喘吁吁的耕牛，
正担着犁鸯，
睒着白眼，
带水拖泥，
在那里"一东二冬"地走着。

"呼 —— 呼 ……"
"牛也，你不要叹气，
快犁快犁，
我把草儿给你。"

"呼 —— 呼 ……"
"牛也，快犁快犁。
你还要叹气，
我把鞭儿抽你。"

牛呵！
人呵！
草儿在前，
鞭儿在后。

　　　　　　　1919年2月1日，北京

窗外

诗集《草儿》，亚东
图书馆，1922年。

窗外的闲月
紧恋着窗内蜜也似的相思
相思都恼了，
她还涎着脸儿在墙上相窥。
回头月也恼了，
一抽身儿就没了。
月倒没了；
相思倒觉着舍不得了。

和平的春里

诗集《草儿》，亚东
图书馆，1922 年。

遍江北底野色都绿了。
柳也绿了。
麦子也绿了。
水也绿了。
鸭尾巴也绿了。
茅屋盖上也绿了。
穷人底饿眼儿也绿了。
和平的春里远燃着几野火。
　　　1920 年 4 月 4 日津浦铁路车上

江南

选自许德邻编《白话
诗选》，上海崇文书
局，1926 年。

一

只是雪不大了，
颜色还染得鲜艳。
赭白的山，
油碧的水，
佛头青的胡豆。
橘儿担着；
驴儿赶着；
蓝袄儿穿着；
板桥儿给他们过着。

二

赤的是枫叶，
黄的是茨叶，
白成一片的是落叶。
坡下一个绿衣绿帽的邮差
撑着一把绿伞 —— 走着。
坡上踞着一个老婆子，
围着一块蓝围腰，
哼哼地吹得柴响。

三

柳椿上拴着两条大水牛。
茅屋都铺得不现草色了。
一个很轻巧的老姑娘
端着一个撮箕，
蒙着一张花帕子。
背后十来只小鹅
都张着些红嘴，
跟着她，叫着。
颜色还染得鲜艳，
只是雪不大了。

二〇·二·四（1931年2日4日），在沪宁路车中

彭湃

彭湃（1896～1929），乳名天泉，原名彭汉育，曾用名王子安、孟安等，广东省汕尾市海丰县人。曾任中共中央农委书记、中共中央军委委员、中共江苏省委军委书记等。著有《彭湃文集》《海陆丰农民运动》等。

田仔骂田公

选自《革命烈士诗抄》，中国青年出版社，1962年增订版。

冬冬冬！ 田仔骂田公：
田仔做到死，田公吃白米。
冬冬冬！ 田仔打田公。
田公唔知死，田仔团结起。
团结起来干革命，革命起来分田地。
你分田，我分地；
有田有地真欢喜，免食番薯食白米。
冬冬冬！ 田仔打田公。
田公四散走，拿包斗，
包斗大大个，割谷免用还。

成仿吾

成仿吾（1897～1984），原名成灏，笔名石厚生、芳坞、澄实，湖南省新化县人。历任广东大学教授和黄埔军官学校教官，《赤光》主编，中共鄂豫皖省委常委、宣传部长，中华苏维埃中央政府教育委员、中央党校教务主任，陕北公学校长，华北联合大学校长，晋察冀边区参议会议长，中国人民大学校长，东北师范大学校长，山东大学校长等。著有《长征回忆录》等。

序诗（一）

选自《流浪》，创造社，1927 年 9 月。

我生如一颗流星，
不知要流往何处；
我只不住地狂奔，
曳着一时显现的微明，
人纵不知我心中焦灼如许。

是何等辽阔的天空！
又是何等清爽！
我摇摇而奋奔，
我耀耀而遥征，
回顾长空而中心怅惘。

这是何等的运命 ——
这短短的一生，
尽流浪而凋零，
莫或与我相亲，
永远永远孤独而凄清！

人纵在愁苦之中，
皆能强笑而为乐，
欢情的火焰熊熊，
悲哀的幕影犹可潜踪，
我连这种欢情也无从得着。

啊，这是何等的运命 ——
在这无涯的怅惘，

曳着瞬刻的微明，
抱着惨痛的凄情，
我还要不住地奋进而遥往。

啊，我生如一颗流星，
不知要流往何处；
我只不住地狂奔，
曳着一时显现的微明，
人纵不知我心中焦灼如许。

1923 年

爱国犯

选自《解放》，1937
年第 1 卷第 7 期。

一

他们这些人 —— 是所谓的爱国犯，
这可不是千古未闻的奇案？！
翻破古今中外所有的法典，
找出这样个罪名 —— 你可困难。

二

我敢断言，并且用我的一切的保证，
他们没有敢诅咒什么神明，
他们都是些安分守己的绅士，
也不曾冒犯全世界那一帝君。

三

如此说明，由南京传来的广播：
他们主张御侮救亡各党联合，
他们因此违反了三民主义，
他们危害了国家 —— 因为他们爱国！

四

几个月来，他们被锁在监牢，

六十多岁的老人也"王法难逃"；
他们要被审判，要被严重处分，
不管全国人民的悲愤与呼号。

五

他们不该痴爱这危亡的国家，
不该宣传与讨论救亡的方法，
不该表白他们对于祖国的忠诚，
不该，不该把汉奸亲日派辱骂！

六

这可不是千古未闻的奇案？
我们的民族经历着多少忧患！
爱国的运动被无情地镇压与摧残，
先进的战士们要克服更多的磨难。

七

可是天罗地网阻不住爱国的共鸣，
铁的镣铐锁不住救亡的斗争；
一天民众的烦怒终要轰然一声，
把没有心肝的镇压者炸做微尘。

八

奋斗到底呵，你们，伟大的爱国犯！
你们放着比殉道者更大的光芒。
听呵，全国人民激昂的歌唱：
团结御侮，中华民族不亡！

徐志摩

徐志摩（1897～1931）原名章垿，字槱森，留学美国时改名志摩。浙江海宁人。新月派代表诗人，新月诗社成员。曾任教于北京大学、北平女子大学、光华大学、大夏大学、南京中央大学。兼任中华书局、大东书局编辑等。著有《志摩的诗》《翡冷翠的一夜》《猛虎集》《云游》等。

雪花的快乐

假如我是一朵雪花，
翩翩的在半空里潇洒，
　我一定认清我的方向 ——
　　飞扬，飞扬，飞扬，——
这地面上有我的方向。

不去那冷寞的幽谷，
不去那凄清的山麓，
　也不上荒街去惆怅 ——
　　飞扬，飞扬，飞扬，——
你看，我有我的方向！

在半空里娟娟的飞舞，
认明了那清幽的住处，
　等着她来花园里探望 ——
　　飞扬，飞扬，飞扬，——
啊，她身上有朱砂梅的清香！

那时我凭借我的身轻，
盈盈的，沾住了她的衣襟，
　贴近她柔波似的心胸 ——
　　消溶，消溶，消溶 ——
溶入了她柔波似的心胸！

偶然

我是天空里的一片云，
偶尔投影在你的波心 ——
　　你不必讶异，
　　更无须欢喜 ——
在转瞬间消灭了踪影。

你我相逢在黑夜的海上，
你有你的，我有我的，方向；
　　你记得也好，
　　最好你忘掉，
在这交会时互放的光亮！

写于1926年5月，初载同年5月27日《晨报副刊·诗镌》第9期，署名志摩。这是徐志摩和陆小曼合写剧本《卞昆冈》第五幕里老瞎子的唱词。

变与不变

树上的叶子说：
"这来又变样儿了，
你看，
有的是抽心烂，有的是卷边焦！"
"可不是，"
答话的是我自己的心：
它也在冷酷的西风里褪色，凋零。
这时候连翩的明星爬上了树尖；
"看这儿，"
它们仿佛说：
"有没有改变？"
"看这儿，"
无形中又发动了一个声音，
"还不是一样鲜明？"
—— 插话的是我的魂灵。

再别康桥

轻轻的我走了，
　　正如我轻轻的来；
我轻轻的招手，
　　作别西天的云彩。

那河畔的金柳，
　　是夕阳中的新娘；
波光里的艳影，
　　在我的心头荡漾。

软泥上的青荇，
　　油油的在水底招摇；
在康桥的柔波里，
　　我甘心做一条水草！

那榆荫下的一潭，
　　不是清泉，是天上虹
揉碎在浮藻间，
　　沉淀着彩虹似的梦。

寻梦？撑一支长篙，
　　向青草更青处漫溯，
满载一船星辉，
　　在星辉斑斓里放歌。

但我不能放歌，
　　悄悄是别离的笙箫；
夏虫也为我沉默，
　　沉默是今晚的康桥！

悄悄的我走了，
　　正如我悄悄的来；
我挥一挥衣袖，
　　不带走一片云彩。

火车擒住轨

火车擒住轨，在黑夜里奔：
过山，过水，过陈死人的坟：

过桥，听钢骨牛喘似的叫，
过荒野，过门户破烂的庙；

过池塘，群蛙在黑水里打鼓，
过嘿口的村庄，不见一粒火；

过冰清的小站，上下没有客，
月台袒露着肚子，象是罪恶。

这时车的呻吟惊醒了天上
三两个星，躲在云缝里张望；

那是干什么的，他们在疑问，
大凉夜不歇着，直闹又是哼，

长虫似的一条，呼吸是火焰，
一死儿往暗里闯，不顾危险，

就凭那精窄的两道，算是轨，
驮着这份重，梦一般的累坠。

累坠！那些奇异的善良的人，
放平了心安睡，把他们不论

俊的村的命全盘交给了它，
不论爬的是高山还是低洼，

不问深林里有怪鸟在诅咒，
天象的辉煌全对着毁灭走；

作于1931年7月19日，初载同年10月5日《诗刊》第3期，署名志摩。此诗原名《一片糊涂帐》，是徐志摩最后一篇诗作。

只图眼着过得，裂大嘴打呼，
明儿车一到，抢了皮包走路！

这态度也不错！愁没有个底；
你我在天空，那天也不休息，

睁大了眼，什么事都看分明，
但自己又何尝能支使运命？

说什么光明，智慧永恒的美，
彼此同是在一条线上受罪，

就差你我的寿数比他们强，
这玩艺反正是一片湖涂账。

黄鹂

一掠颜色飞上了树。
"看，一只黄鹂！"
有人说。翘着尾尖，
它不作声，
艳异照亮了浓密
—— 像是春光，
火焰，像是热情。
等候它唱，
我们静着望，怕惊了它。
但它一展翅，
冲破浓密，化一朵彩云；
它飞了，不见了，
没了
—— 像是春光，火焰，像是热情。

"我不知道风是在哪一个方向吹"

我不知道风
是在那一个方向吹 ——
我是在梦中,
在梦的轻波里依洄。

我不知道风
是在那一个方向吹 ——
我是在梦中,
她的温存,我的迷醉。

我不知道风
是在那一个方向吹 ——
我是在梦中,
甜美是梦里的光辉。

我不知道风
是在那一个方向吹 ——
我是在梦中,
她的负心,我的伤悲。

我不知道风
是在那一个方向吹 ——
我是在梦中,
在梦的悲哀里心碎!

我不知道风
是在那一个方向吹 ——
我是在梦中,
黯淡是梦里的光辉!

我有一个恋爱

以上未注明出处的均选自《徐志摩诗选》，浙江文艺出版社，2004年。

我有一个恋爱——
我爱天上的明星；
我爱它们的晶莹：
　　人间没有这异样的神明。

在冷峭的暮冬的黄昏，
在寂寞的灰色的清晨，
在海上，在风雨后的山顶——
　　永远有一颗，万颗的明星！

山涧边小草花的知心，
高楼上小孩童的欢欣，
旅行人的灯亮与南针——
　　万万里外闪烁的精灵！

我有一个破碎的魂灵，
像一堆破碎的水晶，
散布在荒野的枯草里——
　　饱啜你一瞬瞬的殷勤。

人生的冰激与柔情，
我也曾尝味，我也曾容忍；
有时阶砌下蟋蟀的秋吟，
引起我心伤，逼迫我泪零。

我袒露我的坦白的胸襟，
　　献爱与一天的明星：
任凭人生是幻是真，
地球存在或是消泯——
　　太空中永远有不昧的明星！

王统照

王统照（1897～1957），字剑三，笔名息庐、容庐。山东诸城人。曾任中国大学教授兼出版部主任，《文学》月刊主编，开明书店编辑，暨南大学、山东大学教授。1949年后历任山东省文联主席、山东大学中文系主任、山东省文化局局长。著有《一叶》《童心》《山雨》《夜行集》等。

小诗

多年的秋灯之前，
一夕的温软之语，
如今随着飞尘散去，
不知那时的余音，
又落在谁的心里？

王统照《小诗》76首连载于1922年3月5日至18日北京《晨报副刊》，这里选其一首。

爆竹

谁不是在挣扎中裹住一颗沉重的心？
谁不是喜欢晴空中光与声的耀动？
重压下似是茫昧的希求？
盼到一天，指尖上有火花飞迸。

谁也是具有热烈欢欣的少年的心情，
谁也是在沉静的生活中希求放纵！
一年能有几天，一生能得几次？
把人生的"法绳"略略放松。

说到怜悯么？ 荒村中饿骨强撑，
兵马在大道上纵横，
天火燃着了不安定的人心，
霹雳震动蛰虫的觉醒。

也许是孩子与年轻人的狂兴？
爆竹声中挑起激越的心情。
听！ 这是古灵的回声还是新生喊叫？
暗夜间火花明映着群星。

1933年1月

眼光的流痛

原载诗集《童心》，商务印书馆，1925 年。

我愿依偎着你的发畔，
永远嗅得甜美的香，
我便不向人生之网中乱撞了。
我愿常听见你的言语，
如音乐般的调谐，
我便不愿去听那空山的流泉。
但被你润湿的眼光向我无言般地注视时，
我便觉得情愿到人生之网中去冲撞去！
情愿在空山中寂寞地去听流泉！
眼光的流痛，
使我要抛弃一切了！

朱自清

朱自清（1898～1948），原名自华，字佩弦，号秋实。原籍浙江绍兴，生于江苏东海，曾任清华大学中文系教授、系主任。代表作品有《踪迹》《背影》《春》《欧游杂记》《你我》等。

细雨

原载《踪迹》，亚东图书馆，1924 年 12 月。

东风里
掠过我脸边，
星呀星的细雨，
是春天的绒毛呢。

1923 年 3 月 8 日

沪杭道上的暮

原载《踪迹》，亚东图书馆，1924 年 12 月。

风澹荡，
平原正莽莽，
云树苍茫，苍茫；
暮到离人心上。

11 月 18 日沪杭车中

灯光

原载《踪迹》，亚东图书馆，1924年12月。

那泱泱的黑暗中熠耀着的，
一颗黄黄的灯光呵，
我将由你的熠耀里，
凝视她明媚的双眼。

2月22日

新年

原载《踪迹》，亚东图书馆，1924年12月。

新年天半飞来，
啊，好美丽鲜红的两翅！
她口中含着黄澄澄的金粒 ——
"未来"的种子。
翅子"拍拍"的声音，
惊破了寂寞。
他们血一样的光，
照彻了夜幕，
幕中人醒，看见新年好乐！
新年交给他们
那颗圆的金粒；
她说，"快好好地种起来，
这是你生命的秘密！"

不足之感

《雪朝》第3集，上海商务印书馆，1922年，列入"文学研究会丛书"。

他是太阳，
我像一枝烛光；
他是海，浩浩荡荡的，
我像他的细流；
他是锁着的摩云塔，
我像塔下徘徊者。
他像鸟儿，有美丽的歌声，
在天空里自在飞着；
又像花儿，有鲜艳的颜色，
在乐园里盛开着；
我不曾有什么，
只好暗地里待着了。

光明

原载《踪迹》，亚东图书馆，1924年12月。

风雨沉沉的夜里，
前面一片荒郊。
走尽荒郊，
便是人们底道。
呀！黑暗里歧路万千，
叫我怎样走好？
"上帝！快给我些光明罢，
让我好向前跑！"
上帝慌着说，"光明？
我没处给你找！
你要光明，
你自己去造！"

邓均吾

邓均吾（1898～1969），本名邓成均，笔名均吾、默声。四川古蔺人。曾任《浅草》《创造季刊》编辑，中共古蔺县委书记，中华文艺界抗敌协会理事。著有诗集《心潮篇》《白鸥》《遗失的星》等。

太阳的告别

首次发表在1922年第1卷第2号《创造季刊》。

靠近小楼窗前，
握着卷海涅诗篇，
领略那心声的幽远，
哦，一轮橙红的落日
正挂在屋角西檐。
流送她临别的眼波，
好像在向我赠言：
"我要到地球那边，
恐怕我的爱人们，
已经望穿两眼。
朋友呀！我们明天再见。"

王独清

王独清(1898～1940)，陕西蒲城人，历任《秦镜日报》总编辑、《救国日报》编辑、《创造月刊》主编、上海艺术大学教务长等。著有诗集《圣母像前》《死前》《埃及人》《威尼市》《锻炼》《独清诗选》《我从 Café 中出来》等多种。

我从 Café 中出来

我从 Café 中出来，
身上添了
中酒的
疲乏，
我不知道
向哪一处走去，才是我底
暂时的住家……
啊，冷静的街衢，
黄昏，细雨！

我从 Café 中出来，
在带着醉
无言地
独走，
我底心内
感着一种，要失了故园的
浪人底哀愁……
啊，冷静的街衢，
黄昏，细雨！

但丁墓前

现在我要走了（因为我是一个飘泊的人）！
唉，你收下罢，收下我留给你的这个真心！
我把我底心留给你底头发，
你底头发是我灵魂底住家；
我把我底心留给你底眼睛，

以上选自《圣母像前》，上海光华书局，1926年。

你底眼睛是我灵魂底坟茔……
我，我愿作此地底乞丐，忘去所有的忧愁，
在这出名的但丁墓旁，用一生和你相守！
可是现在除了请你把我底心收下，
便只剩得我向你要说的告别的话！
Addio，mia bella！

现在我要走了（因为我是一个飘泊的人）！
唉，你记下罢，记下我和你所经过的光阴！
那光阴是一朵迷人的香花，
被我用来献给了你这美颊；
那光阴是一杯醉人的甘醇，
被我用来供给了你这爱唇……
我真愿作此地底乞丐，弃去一切的忧愁，
在我倾慕的但丁墓旁，到死都和你相守！
可是现在我唯望你把那光阴记下，
此外应该说的只有平常告别的话！
Addio，mia Cara！

月光

月儿，你像向着海面展笑，
在海面上画出了银色的装饰一条。
这装饰画得真是奇巧，
简直是造下了，造下了一条长桥。
风是这样的轻轻，轻轻，
把海面吻起了颤抖的叹息。
月儿，你底长桥便像是有了弹性，
忽高忽低地只在闪个不停。

哦，月儿，我愿踏在你这条桥上，
就让海底叹息把我围在中央，
我好一步一步地踏着光明前往，
好走向，走向那辽远的，
人不知道的地方……

选自《王独清诗歌代表作》，亚东图书馆，1938年。

田汉

田汉（1898～1968），字寿昌，曾用笔名伯鸿、陈瑜、漱人、汉仙等。湖南长沙人。中华人民共和国国歌《义勇军进行曲》的词作者。曾任左翼戏剧家联盟党团书记、文化部戏曲改进局和艺术局局长等。著有《田汉文集》等。

南归

选自《田汉文集》，中国戏剧出版社，1983年。

模糊的村庄迎在面前，
礼拜堂的塔尖高耸昂然，
依稀还辨得出五年前的园柳，
屋顶上寂寞地飘着炊烟。
从耕夫踏着暮色回来，
我就伫立在她的门前，
月儿在西山沉没了，
又是蛋白的曙天。
我无所思，
也忘了疲倦，
只是痴痴地伫立
在她的门前。
我是这样沉默啊！
沉默而无言；
我等待着天落入我的怀里，
我伫立在她的门前。
渐渐听得传言：
她已经嫁给别人了，
在你离家后的第一年；
她终因忧伤而殒命了，
在你离家后的第三年。

毕业歌

同学们，大家起来，
担负起天下的兴亡！
听吧，满耳是大众的嗟伤！

看吧，一年年国土的沦丧！
我们是要选择"战"还是"降"？
我们要做主人去拼死在疆场，
我们不愿做奴隶而青云直上！
我们今天是桃李芬芳，
明天是社会的栋梁；
我们今天弦歌在一堂，
明天要掀起民族自救的巨浪！
巨浪，巨浪，不断地增长！
同学们！ 同学们！
快拿出力量，
担负起天下的兴亡！

义勇军进行曲

起来，不愿做奴隶的人们！
把我们的血肉筑成我们新的长城。
中华民族到了最危险的时候，
每个人被迫着发出最后的吼声。
起来！ 起来！ 起来！
我们万众一心，冒着敌人的炮火，前进！
冒着敌人的炮火前进！ 前进！ 前进！ 进！

方志敏

方志敏（1899～1935），原名远镇，乳名正鹄，号慧生。江西省弋阳人，江西中共党组织的创始人之一，闽、浙、皖、赣革命根据地的创建者。曾任江西省委书记、军区司令员，中华苏维埃共和国中央主席团委员、党中央委员。著有《可爱的中国》《清贫》等。

同情心

选自《革命烈士诗抄》，中国青年出版社，1962年增订版。

在无数的人心中摸索，
只摸到冰一般的冷的，

铁一般的硬的，
烂果一般烂的，
它，怎样也摸不着了——

把快要饿死的孩子的口中的粮食挖出来喂自己的狗和马；
把雪天里立着的贫人底一件单衣剥下，抛在地上践踏；
他人的生命当馒餐，
他人的血肉当羹汤，
啮着，喝着，
还觉得平平坦坦，
哦，假若还有它，何至于这样？

爱的上帝呀！
你既造了人，
如何不给个它！

老舍

老舍（1899～1966），本名舒庆春，字舍予，北京满族正红旗人。曾任政务院文教委员会委员、中国文联副主席、北京市文联主席等职。其代表作品有《茶馆》《骆驼祥子》《四世同堂》《龙须沟》等。

长期抵抗

好小子，你敢打？
我立刻通电骂你的祖宗！
并且高喊，长期抵抗！
一定：你的耳朵当然不聋？
你在这边打，打吧；
我上那边去出恭。
敢过来不敢，小子？
敢！好，你小子是发了疯。
你真过来？咱们明天再见，
和疯狗打架算不了英雄。
我今天不打你，明天不打你，

后天，噢，后天是年节我歇工。
这么办吧，过了新年再说，
你不前进，我犯不上改守为攻；
你若前进，自讨没脸，
我决定长期抵抗，一辈子不和你交锋。
啊，长期抵抗，长期抵抗，
难道你听着就无动于衷？
一年，二年，你有多少炮弹，
敢老拍拉拍拉向我轰？
假如你自己震破了手，
难道你妈妈就不心疼？
你看我，身体发肤受之父母，
讲究未曾开炮先去鞠躬。
小子，你也学着点礼貌，
好好的邻居何必冰火不相容？
况且为何不向老美老俄先瞪瞪眼，
他们和你正是对手相逢。
没事偏来找寻我，我又不是
铁做的脑袋，穿不了大窟窿。
再不然，你不是炮弹太多无处用吗？
何不去打火山，也省得地震咕咚咚。
劝你不听，我也无法，只好
长期抵抗，一直退到云南或广东。
到了广东，
你还能再打，你还敢
炮轰香港惹翻你的老同盟？
凡事该得就得别过火，
善恶有报不要逞能！
长期抵抗，慷慨激昂！
听见没有？ 来，放下枪炮咱们先喝一盅。

何植三

何植三（1899～1977）浙江诸暨人。"五四"时期著名诗人。曾加入北大"歌谣研究会"，从事民间歌谣的搜集与研究，发表论文《歌谣与新诗》。出版诗集《农家的草紫》等。

农家杂诗（二）

田事忙了，
去也是月，
回也是月。

闻一多

闻一多（1899～1946），本名闻家骅，字友三、友山，生于湖北省黄冈市浠水县，1912年考入北京清华留美预备学校，在清华度过十年学生生涯。1922年赴美国留学，先后在芝加哥美术学院、珂泉科罗拉多大学和纽约艺术学院进行学习，1925年回国后历任北京艺术专科学校教务长、《晨报》副刊《诗镌》编辑、青岛大学文学院院长兼国文系主任、清华大学中文系教授、西南联合大学教授等。1946年7月15日在云南大学举行的李公朴追悼大会上发表了《最后一次演讲》，后被特务杀害。著有《死水》《红烛》等。

火柴

这些都是君王底
樱桃艳嘴的小歌童：
有的唱出一颗灿烂的明星，
唱不出的，都拆成两片枯骨。

烂果

我的肉早被黑虫子咬烂了。
我睡在冷辣的青苔上，

索性让烂的越加烂了，
只等烂穿了我的核甲，
烂破了我的监牢，
我的幽闭的灵魂
便穿着豆绿的背心，
笑迷迷地要跳出来了！

口供

我不骗你，我不是什么诗人，
纵然我爱的是白石的坚贞，
青松和大海，鸦背驮着夕阳，
黄昏里织满了蝙蝠的翅膀。
你知道我爱英雄，还爱高山，
我爱一幅国旗在风中招展，
自从鹅黄到古铜色的菊花。
记着我的粮食是一壶苦茶！

可是还有一个我，你怕不怕——
苍蝇似的思想，垃圾桶里爬。

死水

这是一沟绝望的死水，
清风吹不起半点漪沦。
不如多扔些破铜烂铁，
爽性泼你的剩菜残羹。

也许铜的要绿成翡翠，
铁罐上绣出几瓣桃花；
再让油腻织一层罗绮，
霉菌给他蒸出些云霞。

让死水酵成一沟绿酒，

漂满了珍珠似的白沫；
小珠笑一声变成大珠，
又被偷酒的花蚊咬破。

那么一沟绝望的死水，
也就夸得上几分鲜明。
如果青蛙耐不住寂寞，
又算死水叫出了歌声。

这是一沟绝望的死水，
这里断不是美的所在，
不如让给丑恶来开垦，
看他造出个什么世界。

静夜

这灯光，这灯光漂白了的四壁；
这贤良的桌椅，朋友似的亲密；
这古书的纸香一阵阵的袭来；
要好的茶杯贞女一般的洁白；
受哺的小儿喽呷在母亲怀里，
鼾声报道我大儿康健的消息……
这神秘的静夜，这浑圆的和平，
我喉咙里颤动着感谢的歌声。
但是歌声马上又变成了诅咒，
静夜！我不能，不能受你的贿赂。
谁希罕你这墙内尺方的和平！
我的世界还有更辽阔的边境。
这四墙既隔不断战争的喧嚣，
你有什么方法禁止我的心跳？
最好是让这口里塞满了沙泥，
如其他只会唱着个人的休戚！
最好是让这头颅给田鼠掘洞，
让这一团血肉也去喂着尸虫；

如果只是为了一杯酒，一本诗，
静夜里钟摆摇来的一片闲适，
就听不见了你们四邻的呻吟，
看不见寡妇孤儿抖颤的身影，
战壕里的痉挛，疯人咬着病榻，
和各种惨剧在生活的磨子下。
幸福！我如今不能受你的私贿，
我的世界不在这尺方的墙内。
听！又是一阵炮声，死神在咆哮。
静夜！你如何能禁止我的心跳？

发现

我来了，我喊一声，迸着血泪，
"这不是我的中华，不对，不对！"
我来了，因为我听见你叫我；
鞭着时间的罡风，擎一把火，
我来了，不知道是一场空喜。
我会见的是噩梦，那里是你？
那是恐怖，是噩梦挂着悬崖，
那不是你，那不是我的心爱！
我追问青天，逼迫八面的风，
我问，（拳头擂着大地的赤胸）
总问不出消息；我哭着叫你，
呕出一颗心来，——在我心里！

一句话

有一句话说出就是祸，
有一句话能点得着火。
别看五千年没有说破，
你猜得透火山的缄默？
说不定是突然着了魔，

突然里晴天一个霹雳
爆一声：
咱们的中国！

这话叫我今天怎么说？
你不信铁树开花也可，
那么有一句话你听着：
等火山忍不住了缄默，
不要发抖，伸舌头，顿脚，
等到晴天里一个霹雳
爆一声：
咱们的中国！

1927 年

祈祷

请告诉我谁是中国人，
启示我，如何把记忆抱紧；
请告诉我这民族的伟大，
轻轻的告诉我，不要喧哗！

请告诉我谁是中国人，
谁的心里有尧舜的心，
谁的血是荆轲聂政的血，
谁是神农黄帝的遗孽。

告诉我那智慧来得离奇，
说是荷马献来的馈礼；
还告诉我这歌声的节奏，
原是九苞凤凰的传授。

请告诉我戈壁的沉默，
和五岳的庄严？又告诉我
泰山的石霤还滴着忍耐，

大江黄河又流着和谐？

再告诉我，那一滴清泪
是孔子吊唁死麟的伤悲？
那狂笑也得告诉我才好，——
庄周，淳于髡，东方朔的笑。

请告诉我谁是中国人，
启示我，如何把记忆抱紧；
请告诉我这民族的伟大，
轻轻的告诉我，不要喧哗！

幻中之邂逅

太阳落了，责任闭了眼睛，
屋里朦胧的黑暗凄酸的寂静，
钩动了一种若有若无的感情，
——快乐和悲哀之间底黄昏。

仿佛一簇白云，蒙蒙漠漠，
拥着一只素氅朱冠的仙鹤——
在方才淌进的月光里浸着，
那娉婷的模样就是他么？

我们都还没吐出一丝儿声响，
我刚才无心地碰着他的衣裳，
许多的秘密，便同奔川一样，
从这摩触中不歇地冲洄来往。

忽地里我想要问他到底是谁，
抬起头来 …… 月在哪里？ 人在哪里？
从此狰狞的黑暗，咆哮的静寂，
便扰得我辗转空床，通夜无睡。

闻一多先生的书桌

以上选自《闻一多全集》，湖北人民出版社，2004年。

忽然一切的静物都讲话了，
忽然间书桌上怨声腾沸：
墨盒呻吟道"我渴得要死！"
字典喊雨水渍湿了他的背；

信笺忙叫道弯痛了他的腰，
钢笔说烟灰闭塞了他的嘴，
毛笔讲火柴烧秃了他的须，
铅笔抱怨牙刷压了他的腿；

香炉咕喽着，这些野蛮的书
早晚定规要把你挤倒了！
大钢表叹息快睡锈了骨头；
"风来了！ 风来了！"稿纸都叫了。

笔洗说他分明是盛水的，
怎么吃得惯臭辣的雪茄灰；
桌子怨一年洗不上两回澡，
墨水壶说"我两天给你洗一回。"

"什么主人？ 谁是我们的主人？"
一切的静物都同声骂道，
"生活若果是这般的狼狈，
倒还不如没有生活的好！"

主人咬着烟斗迷迷的笑，
"一切的众生应该各安其位。
我何曾有意的糟蹋你们，
秩序不在我的能力之内。"

俞平伯

俞平伯(1900～1990)，原名俞铭衡，字平伯。浙江湖州人。为新潮社、文学研究会、语丝社成员。1919年毕业于北京大学。历任上海大学、燕京大学、北京大学、清华大学教授，中国社会科学院文学研究所研究员等，著有《红楼梦研究》《杂拌儿》《燕知草》《古槐梦遇》《燕郊集》等。

所见

骡子偶然的长嘶，
鞭儿抽着，没声气了。
至于嘶叫这件事情，
鞭丝拂他不去的。

原载诗集《冬夜》，上海亚东图书馆，1922年3月。

小诗呈佩弦

微倦的人，
微红的脸，
微温的风色，
在微茫的街灯影里过去了。

载诗集《西还》，上海亚东图书馆，1924年。

忆（选三）

一

有了两个桔子，
一个是我底，
一个是我姊姊的。

把有麻子的给了我，
把光脸的她自己有了。

"弟弟，你的好
绣花的呢。"

选自诗集《忆》，朴社出版，志成印书馆，1925年12月。

真不错！
好桔子，我吃了你吧，
真正是个好桔子啊！

十一

爸爸有个顶大的斗蓬。
天冷了，它张着大口欢迎我们进去。

谁都不知道我们在那里，
他们永找不着这样一个好地方。

斗蓬裹得漆黑的，
又在爸爸底腋窝下，
我们格格的好笑：
"爸爸真个好，
怎么会有这个又暖又大的斗蓬呢？"

十七

离家的燕子，
在初夏一个薄晚上，
随轻寒的风色，
懒懒的飞向北方海滨来了。

双双尾底蹁跹，
渐渐退去了江南绿，
老向风尘间，
这样的，剪啊，剪啊。

重来江南日，
可怜只有脚上的尘土和它同来了，
还是这样的，剪啊，剪啊。

暮

选自《雪朝》第3集，上海商务印书馆，1922年初版。列入"文学研究会丛书"。

敲罢了三声晚钟，
把银的波底容，
黛的山底色，
都销融得黯淡了，
在这泠泠的清梵音中。

暗云层叠，
明霞剩有一缕；
但湖光已染上金色了。
一缕的霞，可爱哪！
更可爱的，只这一缕哪！

太阳倦了，
自有暮云遮着；
山倦了，
自有暮烟凝着；
人倦了呢？
我倦了呢？

刘梦苇

刘梦苇（1900～1926），别名刘国钧，笔名刘梦苇、梦苇等。湖南安乡人，曾任《飞鸟》主编，著有《孤鸿集》。

铁路行

我们是铁路上面的行人，
爱情正如两条铁轨平行。
许多的枕木将它们牵连，
却又好像在将它们离间。

我们的前方像很有希望，
平行的爱轨可继续添长；
远远看见前面已经交抱，
我们便努力向那儿奔跑。

我们奔跑到交抱的地方，
那铁轨还不是同前一样？
遥望前面又是相合未分，
便又勇猛的向那儿前进。

爱人只要前面还有希望，
只要爱情和希望样延长：
誓与你永远的向前驰驱，
直达这平行的爱轨尽处。

示娴

请将你的心比一比我的心：
看谁的狠，谁的硬，谁的冷？
为你我已经憔悴不成人形。
啊娴！到如今你才问我一声：
你当真爱了我吗？人，你当真？

但我总难信爱人会爱成病，
你还在这般怀疑我的病深。
啊娴！你把世界看得太无情。
今后只有让我的墓草证明，
它们将一年一年为你发青。

最后的坚决

今天我才认识了命运的颜色，
——可爱的姑娘，请您用心听；

不再把我的话儿当风声！——
今天我要表示这最后的坚决。

我的命运有一面颜色红如血；
—— 可爱的姑娘，请您看分明，
不跟瞧我的信般不留神！——
我的命运有一面颜色黑如墨。

那血色是人生的幸福的光泽；
—— 可爱的姑娘，请您为我鉴定，
莫谓这不干您什么事情！——
那墨色是人生的悲惨的情节。

您的爱给了我才有生的喜悦；
—— 可爱的姑娘，请与我怜悯，
莫要把人命看同鹅绒轻！——
您的爱不给我便是死的了结。

假使您心冷如铁的将我拒绝；
—— 可爱的姑娘，这您太无情，
但也算替我决定了命运！——
假使您忍心见我命运的昏黑。

这倒强似有时待我夏日般热；
—— 可爱的姑娘！ 有什么定准？
倘上帝特令您来作弄人！——
这倒强似有时待我如岭上雪。

致某某

雀鸟喧噪在门前树间，
　　晨光偷进我深沉的梦境：
惊醒后起来奔赴到院前，
　　领略朝阳初现时的美景；

以上选自《新月诗选》，
新月书店，1931年。

但我重忆起了你底华颜，
　　你比朝阳还要娇艳几分！

炎日燃烧在清朗的中天，
　　树荫下只有我独在纳闷：
碧澄澄的池水蒸发升烟，
　　我春情的海潮已经沸腾，
但我重忆起了你底情焰，
　　你比炎日还要热烈几分！

夕照悬挂在幽邃的林边，
　　向人间赠送最后的离情：
叹气似地吐轻雾在树巅，
　　缕缕袅绕穿过黄昏底心；
但我重忆起了你底爱恋，
　　你比夕照还要缠绵几分！

1926 年 5 月 11 日

万牲园底春

选自《新月派诗选》，人
民文学出版社，2002 年。

碧绿的春水如青蛇条条，
蜿蜒地溜过了大桥小桥：
被多情的春风狂吻之后，
微波有如美女们底娇笑。

美丽的小鸟鼓舞着欢乐，
在阳光流金里对春颂歌；
说它们底音波比情人底
恋曲更动听，你可相信我？

悠长的流水畔绿草茸茸，
柳丝低垂宛同柔情的梦；
花蝶般随风飘送的香雨，
是春底心事，是点点落红。

落红和少女底珠泪滴滴，
一般地使我珍视而怜恤！
我欲收拾起它们的残骸，
带回去警告美丽的玛丽。

1926年4月1日，北京

杨骚

杨骚（1900～1957），字古锡，号维铨，祖籍福建华安县，生于漳州市。历任印尼雅加达《生活报》总编辑兼社长、广州作协副主席、中国作协广东省分会常务理事等。著有《受难者的短曲》《春的伤感》《半年》等。

两个小孩

选自诗集《受难者的短曲》，上海开明书店，1928年11月。

风从云间落下，
雨自天边吹来！
椰树急着躲避弯了腰，
蕉叶笨着战栗，裂开，
草埔中的积水点点跃起，
窗板上的报纸片片飞散……
哦！ 在这乌沉沉的天地骚动中，
看呀，那两个小孩！
他们横断草埔，穿过椰林，
慢慢地，慢慢地，走上市街；
人们凄惶恐惧逃奔，
他们两小正和暴风雨点嬉戏。

和着暴风雨点嬉戏，
他们横断草埔，笑着蕉叶，
慢慢地，慢慢地，走上街市，
他们将回家去，
晓得家有母亲姐姐，
替她们洗脚换衣；
活动的他们更不怕湿病了身体。

人们凄惶恐惧逃奔，
他们晓得天地没有恶意。

晓得天地没有恶意，
他们慢慢地，慢慢地，
玩了暴风急雨，
横断草埔，
穿过椰林，
笑着蕉叶，
走上街市，
快快乐乐地回家去。

1927 年 9 月 30 日

冰心

冰心（1900～1999），原名谢婉莹。福建长乐人。历任日本东京大学教授、中国文联副主席、全国政协常委等，著有《繁星》《春水》《超人》《冰心文集》等。

春水（节选）

选自《春水》，北新书局，1923 年。

二十

山头独立
　宇宙只一人占有了么？

三三

墙角的花！
你孤芳自赏时，
　天地便小了。

六五

只是一颗孤星罢了！
　在无边的黑暗里
　已写尽了宇宙的寂寞。

七一

当我浮云般
自来自去的时候
真觉得宇宙太寂寞了！

一一二

浪花愈大，
　　凝立的磐石
　　在沉默的持守里。
　　　快乐也愈大了。

一七四

青年人！
珍重的描写罢，
时间正翻着书页，
请你着笔！

纸船（寄母亲）

选自《繁星》，新潮商
务印书馆，1926 年。

我从来不肯妄弃了一张纸，
　　总是留着 —— 留着，
叠成一只一只很小的船儿，
　　从舟上抛下在海里。

有的被天风吹卷到舟中的窗里，
　　有的被海浪打湿，沾在船头上。
我仍是不灰心的每天的叠着，
　　总希望有一只能流到我要他到的地方去。

母亲，倘若你梦中看见一只很小的白船儿，
　　不要惊讶它无端入梦。
这是你至爱的女儿含着泪叠的，万水千山
　　求他载着她的爱和悲哀归去。
　　　　　　1923 年 8 月 27 日

繁星（节选）

一

繁星闪烁着 ——
　　深蓝的太空
　　何曾听得见它们对语？
沉默中，
　　微光里，
　　　　他们深深的互相颂赞了。

一九

我的心，
　　孤舟似的，
　　穿过了起伏不定的时间的海。

四八

弱小的草呵！
骄傲些罢，
　　只有你普遍的装点了世界。

五一

常人的批评和断定，
　　好像一群瞎子，
　　　　在云外推测着月明。

一零八

心是冷的；
　　泪是热的；
心 —— 凝固了世界
　　泪 —— 温柔了世界。

心爱的

逛心爱的湖山，定要带着心爱的诗集的。
柳丝娇舞时我想读静之底诗了；
晴风乱飚时我想读雪峰底诗了；
花片纷飞时我想读漠华底诗了。
漠华的使我苦笑；
雪峰的使我心笑；
静之的使我微笑。
我不忍不读静之底诗；
我不能不读雪峰底诗；
我不敢不读漠华底诗。

西湖，1922 年 4 月 1 日

选自《湖畔》，湖畔诗社出版，1922 年"油菜花黄时"。

应修人

应修人（1900～1933），字修士，笔名丁九、丁休人。浙江慈溪人。早年在上海钱庄当学徒，五四时期开始创作新诗。1922 年、1923 年同潘漠华等合出诗集《湖畔》《春的歌集》。1925 年加入中国共产党，1927 年赴苏联留学，1930 年回国后曾任中共江苏省委秘书长、宣传部部长等。1933 年在上海牺牲。著有童话《旗子的故事》和《金宝塔银宝塔》等。

小小儿的请求

不能求响雷和闪电底归去，
只愿雨儿不要来了；
不能求雨儿不来，
只愿风儿停停吧！
再不能停停风儿呢，
就请缓和地轻吹；
倘然要决意狂吹呢，
请不要吹到钱塘江以南。
钱塘江以南也不妨，
但不吹到我的家乡；
还不妨吹到我家，

千万请不要吹醒我底妈妈，
—— 我微笑地睡着的妈妈！
妈妈醒了，
伊底心就会飞到我底船上来，
风浪惊痛了伊底心，
怕一夜伊也不想再睡了。
缩之又缩的这个小小儿的请求，
总该许我了，
天呀？

—— 修人，沪甬航道，船上，1920 年 9 月 24 日

到邮局去

异样闪眼的繁的灯。
异样醉心的轻的风。
我带着那封信，
那封紧紧的封了的信。

异样闪眼的繁的灯。
异样醉心的轻的风。
手指儿近了信箱时，
再仔细看看信面字。

妹妹你是水

选自《应修人潘漠华选集》，人民文学出版社，1958 年。

妹妹你是水 ——
你是清溪里的水。
　无愁地镇日流，
　率真地长是笑，
　自然地引我忘了归路了。

妹妹你是水 ——
你是温泉里的水。
　我底心儿他尽是爱游泳，

我想捞回来，
烫得我手心痛。

妹妹你是水 ——
你是荷塘里的水。
　借荷叶做船儿，
　借荷梗做篙儿，
　妹妹我要到荷花深处来！

夏明翰

夏明翰（1900～1928），字桂根，生于湖北秭归县。秋收起义的组织者之一。曾任中共湖北省委常委等。著有《就义诗》《金鱼》《童谣》等。

就义诗

砍头不要紧，
只要主义真。
杀了夏明翰，
还有后来人。

童谣

民家黑森森，
官家一片灯。
民家锅朝天，
官家吃汤丸。

以上选自《革命烈士诗抄》，中国青年出版社，1962年增订版。

夏衍

夏衍（1900～1995），原名沈乃熙，字端先，浙江省余杭县人。历任文化部副部长、中国文联副主席、全国政协常委等。著有《夏衍选集》等。

献词

选自《中国影人诗选》，北京出版社，1992年。

献给一个人，
献给一群人，
献给支撑着的，
献给倒下了的；
我们歌，
我们哭，
我们"春秋"我们的贤者。
天快亮，
我们颂赞我们的英雄。
已经走了一大段路了，
疲惫了的圣·克里斯托夫回头来望了
一眼背上的孩子，
啊，你这累人的
快要到来的明天！

1943年秋

穆木天

穆木天（1900～1971），原名穆敬熙，吉林伊通人，1926年毕业于日本东京大学，曾任中山大学、吉林省立大学、桂林师范学院、同济大学、暨南大学、复旦大学、东北师范大学、北京师范大学教授。著有《旅心》等。

苏武 呈沫若兄

选自《创造月刊》，1926年第1卷第1期。

明月照耀在荒凉的金色沙漠，
明月在北海面上扬着娇娇的素波。

寂寂地对着浮荡的羊群，直立着，
他觉得心中激动了狂涛，怒海，一泻的大河。

一阵的朔风冷冷的在湖上渡过，
一阵的朔风冷冷的吹进了沙漠。
他无力的虚拖着腐乱的节杖，沉默，
许多的诗来在他的唇上，他不能哀歌。

远远的天际上急急地渡过了一个黑影。
啊！谁能告诉他汉胡的胜败，军情！
时时断续着呜咽的，萧凉的笳声。

秦王的万里城绝隔了软软的暖风。
他看不见阴山脉，但他忘不了白登。
啊！明月一月一回圆！啊！月月单于点兵。

1925年6月17日

苍白的钟声

苍白的　钟声　衰腐的　朦胧
疏散　玲珑　荒凉的　蒙蒙的　谷中
—— 衰草　千重　万重 ——
听　永远的　荒唐的　古钟
听　千声　万声

古钟　飘散　在水波之皎皎
古钟　飘散　在灰绿的　白杨之梢
古钟　飘散　在风声之萧萧
—— 月影　逍遥　逍遥 ——
古钟　飘散　在白云之飘飘

一缕　一缕　的　腥香
水滨　枯草　荒径的　近旁
—— 先年的悲哀　永久的　憧憬　新愁 ——

听 一声 一声的 荒凉
从古钟 飘荡 飘荡 不知哪里 朦胧之乡

古钟 消散 入 丝动的 游烟
古钟 寂蛰 入 睡水的 微波 潺潺
古钟 寂蛰 入 淡淡的 远远的 云山
古钟 飘流 入 茫茫 四海 之间
——瞑瞑的 先年 永远的 欢乐 辛酸

软软的 古钟 飞荡随 月光之波
软软的 古钟 绪绪的 入 带带之银河
——呀 远远的 古钟 反响 古乡之歌
渺渺的 古钟 反映出 故乡之歌
远远的 古钟 入 苍茫之乡 无何

听 残朽的 古钟 在灰黄的 谷中
入 无限之 茫茫 散淡 玲珑
枯叶 衰草 随 呆呆之 北风
听 千声 万声 —— 朦胧 朦胧 ——
荒唐 茫茫 败废的 永远的 故乡 之 钟声
听 黄昏之深谷中

1926 年 1 月 2 日东海道上

落花

我愿透着寂静的朦胧 薄淡的浮纱，
细听着淅淅的细雨寂寂的在檐上激打，
遥对着远远吹来的空虚中的嘘叹的声音，
意识着一片一片的坠下的轻轻的白色的落花。

落花掩住了藓苔 幽径 石块 沉沙。
落花吹送来白色的幽梦到寂静的人家。
落花倚着细雨的纤纤的柔腕虚虚的落下。
落花印在我们唇上接吻的余香啊！ 不要惊醒了她！

啊！不要惊醒了她，不要惊醒了落花！
任她孤独的飘荡！飘荡，飘荡，飘荡在
我们的心头，眼里，歌唱着，到处是人生的故家。
啊，到底哪里是人生的故家？啊，寂寂的听着落花，

妹妹 你愿意罢 我们永久的透着朦胧的浮纱，
细细的深尝着白色的落花深深的坠下，
你弱弱的倾依着我的胳膊，细细的听歌唱着她，
"不要忘了山巅，水涯，到处是你们的故乡，到处你们是落花。"

1925年6月9日

水声

以上选自《中国新诗库第一辑 —— 穆木天卷》，长江文艺出版社，1988年。

水声歌唱在山间
水声歌唱在石隙
水声歌唱在墨柳的荫里
水声歌唱在流藻的梢上

妹妹 你知道不
那里是水的故乡

月亮的银针跳跃在灰色的桧梢
月亮的银针与鹅茸般的涟漪相照
看啊 宿鱼儿急急地逃走了
那里荡漾着我们的灰影与纤纤的小桥

来 拾起我们的腐朽的棹杆
去荡那只方舟到灰色的芦苇中间
我们听着水声明月的唱和
我们遥望着那澹淡的鱼灯点点

我们要找水声到鱼人的网眼
我们要找水声到山间的泉源
我们要找水声到海口的沙滩

我们要找水声到那里的江湾

我们要找水声在稻田的沟里
我们要找水声到修竹的薮间
来　拾起我们那朽腐的棹杆
我们共荡在夜暮里我们那孤孤的小船

妹妹　水声是否歌唱在你的眼尖
妹妹　水声是否歌唱在你的胸膛
妹妹　水声是否歌唱在你的发梢
妹妹　水声是否歌唱在你的鬓旁

妹妹　你知道不
哪里是水的故乡

来　拾起我们那腐朽的棹杆
趁着这月色朦胧　天光轻淡
我们在河上轻轻的荡漾我们的小舟
捋着空间的灰色小花　直找到水乡的尽处

二五·三·二一

李金发

李金发（1900～1976）原名李淑良，又名李权兴，笔名金发。广东梅州人。早年就读于香港圣约瑟中学，后至上海入南洋中学留法预备班。1919年赴法勤工俭学，1921年就读于第戎美术专门学校和巴黎帝国美术学校。曾任杭州国立艺术院雕塑系主任、广州美术学院校长。后移居美国纽约。著有《微雨》《为幸福而歌》《食客与凶年》等。

琴的哀

微雨溅湿帘幕，
正是溅湿我的心。
不相干的风，

原载诗集《微雨》，北新书局，1925年。导言标注写作日期为"1923年2月柏林旅次"。

踱过窗儿作响，
把我的琴声，
也震得不成音了！

奏到最高音的时候，
似乎预示人生的美满。
露不出日光的天空，
白云正摇荡着，
我的期望将太阳般露出来。

我的一切的忧愁，
无端的恐怖，
她们并不能了解呵。
我若走到原野上时，
琴声定是中止，或柔弱地继续着。

律

选自《微雨》，北新
书局，1925 年。

月儿装上面幕，
桐叶带了愁容，
我张耳细听，
知道来的是秋天。

树儿这样消瘦，
你以为是我攀折了
他的叶子么？

弃妇

选自《微雨》，北新
书局，1925 年。

长发披遍我两眼之前，
遂隔断了一切羞恶之疾视，
与鲜血之急流，枯骨之沉睡。
黑夜与蚊虫联步徐来，
越此短墙之角，

狂呼在我清白之耳后，
如荒野狂风怒号：
战栗了无数游牧。

靠一根草儿，与上帝之灵往返在空谷里。
我的哀戚唯游蜂之脑能深印着；
或与山泉长泻在悬崖，
然后随红叶而俱去。
弃妇之隐忧堆积在动作上，
夕阳之火不能把时间之烦闷
化成灰烬，从烟突里飞去，
长染在游鸦之羽，
将同栖止于海啸之石上，
静听舟子之歌。

衰老的裙裾发出哀吟，
徜徉在丘墓之侧，
永无热泪，
点滴在草地
为世界之装饰。

题自写像

即月眠江底，
还能与紫色之林微笑。
耶稣教徒之灵，
吁，太多情了。

感谢这手与足，
虽然尚少
但既觉够了。
昔日武士被着甲，
力能搏虎！
我么！害点羞。

热如皎日，
灰白如新月在云里。
我有草履，仅能走世界之一角，
生羽么，太多事了呵！

有感

如残叶溅
血在我们
脚上，

　　生命便是
死神唇边
的笑。

　　半死的月下，
载饮载歌，
裂喉的音
随北风飘散。
吁！
抚慰你所爱的去。

　　开你户牖
使其羞怯，
征尘蒙其
可爱之眼了。
此是生命
之羞怯
与愤怒么？

　　如残叶溅
血在我们
脚上

生命便是
死神唇边
的笑。

燕羽剪断春愁

燕羽剪断春愁，
还带点半开之生命的花蕊，
唯期晨兴的微珠，
构成这沉寂之芳香。
你不听钟儿敲着么？
上帝正眼睁这等嘈切之音，
我们无处躲此罪恶，
但愿一饮溪涧之余滴，
灵魂就得死所了。

燕羽剪断春愁，
联袂到原野去，
临风的小草战抖着，
山茶，野菊和罂粟，
有意芬香我们之静寂。
我用抚慰，你用微笑，
去找寻命运之行踪，
或狂笑这世纪之运行。

时之表现

一

风与雨在海洋里，
野鹿死在我心里。
看，秋梦展翼去了，
空存这委靡之魂。

二

我追寻抛弃之意欲，
我伤感变色之樱唇。
呵，阴黑之草地里，
明月收拾我们之沉静。

三

在爱情之故宫，
我们之 Noces 倒病了，
取残弃之短烛来，
黄昏太弥漫田野。

四

我此刻需要什么？
如畏阳光曝死！
去，园门已开了栅，
游蜂穿翼鞋来了。

五

我等候梦儿醒来，
我等觉儿安睡，
你眼泪在我瞳里，
遂无力观察往昔。

六

你傍着雪儿思春，
我在衰草里听鸣蝉，
我们的生命太枯萎，
如牲口践踏之稻田。

七

我唱无韵的民歌，
但我心儿打着拍，

寄你的哀怨在我胸膛来，
将得到疗治的方法。

八

在阴处的睡莲，
不明白日月的光耀，
打桨到横塘去，
教他认识人间一点爱。

九

我们之 Souvenirs，
在荒郊寻觅归路。
故乡山水大清平，
无力唤取归来同住。

十

清晨之夜气，
愈走愈远了，
而我之臂膀适得其反，
留心点无使一个遁逃了。

记取我们简单的故事

记取我们简单的故事：
秋水长天，
人儿卧着，
草儿碍了簪儿
蚂蚁缘到臂上，
张惶了，
听！指儿一弹，
顿销失此小生命，
在宇宙里。

记取我们简单的故事：
月亮照满村庄，
—— 星儿哪敢出来望望，——
另一块更射上我们的面。
谈着笑着，
犬儿吠了，
汽车发生神秘的闹声，
坟田的木架交叉
如魔鬼张着手。

记取我们简单的故事：
你臂儿偶露着，
我说这是雕塑的珍品，
你羞赧着遮住了
给我一个斜视，
我答你一个抱歉的微笑，
空间静寂了好久。
若不是我们两个，
故事必不如此简单。

心愿

我愿你的掌心
变了船儿，
使我遍游名胜与远海
迨你臂膀稍曲，
我又在你的心房里。

我愿在你眼里
找寻诗人情爱的舍弃，
长林中狂风的微笑，
夕阳与晚霞掩映的色彩。
轻清之夜气，
带到秋虫的鸣声，
但你给我的只有眼泪。

我愿你的毛发化作玉兰之朵，
我长傍花片安睡，
游蜂来时平和地唱我的梦；
在青铜的酒杯里，
长印我们之唇影，
但青春的欢爱，
勿如昏醉一样销散。

迟我行道

以上选自《中国现代文学补遗书系·诗歌卷》，明天出版社，1991年。

远处的风唤起橡林之呻吟，
枯涸之泉滴的单调。
但此地日光，嘻笑着在平原，
如老妇谈说远地的风光
低声带着羡慕。
我妒忌秋花长林了，
更怕新月依池塘深睡。

呵，老旧之钟情，
你欲使我们困顿流泪，
不！纵盛夏从芦苇中归来，
饱带稻草之香，
但我们仍是疾步着，
拂过清晨之雾，午后之斜晖。

白马带我们深夜逃遁，
——呵，黑鸦之群你无味地的呼噪了，……
直到有星光之岩石下，
可望见远海的呼啸，
吁，你发儿散乱，
额上满着露珠。
我杀了临歧的坏人，
——真理之从犯！——
血儿溅满草径，
用谁的名义呵。

废名

废名（1901～1967），原名冯勋北，宇焱明，号蕴仲，学名冯文炳，湖北黄梅人，曾任北大国文系教授、东北人民大学（后更名为吉林大学）教授等，著有《桥》《阿赖耶识论》等。

星

满天的星，
颗颗说是永远的春花。
东墙上海棠花影，
簇簇说是永远的秋月。
清晨醒来是冬夜梦中的事了。
昨夜夜半的星，
清洁真如明丽的网，
疏而不失，
春花秋月也都是的，
子非鱼安知鱼。

十二月十九夜

深夜一支灯，
若高山流水，
有身外之海。
星之空是鸟林，
是花，是鱼，
是天上的梦，
海是夜的镜子，
思想是一个美人，
是家，
是日，
是月，
是灯，
是炉火，
炉火是墙上的树影，
是冬夜的声音。

人类

人类的残忍
正如人类的面孔
彼此都是相识的。

人类的残忍
正如人类的思想
痛苦是不相关的。

宇宙的衣裳

灯光里我看见宇宙的衣裳，
于是我离开一幅面目不去认识它，
我认得是人类的寂寞，
犹之乎慈母手中线
游子身上衣 ——
宇宙的衣裳，
你就做一盏灯吧，
做诞生的玩具送给一个小孩子，
且莫说这许多影子。

理发店

理发店的胰子沫
同宇宙不相干，
又好似鱼相忘于江湖。
匠人手下的剃刀
想起人类的理解，
画得许多痕迹。
墙下等的无线电开了，
是灵魂之吐沫。

海

我立在池岸，
望那一朵好花，
亭亭玉立
出水妙善，——
"我将永不爱海了。"
荷花微笑道：
"善男子，
花将长在你的海里。"

街头

行到街头乃有汽车驰过，
乃有邮筒寂寞。
邮筒 PO
乃记不起汽车的号码 X，
乃有阿拉伯数字寂寞，
汽车寂寞，
大街寂寞，
人类寂寞。

寄之琳

以上选自《废名集》，北京大学出版社，2009年。

我说给江南诗人写一封信去，
乃窥见院子里一株树叶的疏影，
他们写了日午一封信。
我想写一首诗，
犹如日，犹如月，
犹如午阴，
犹如无边落木萧萧下，——
我的诗情没有两片叶子。

蒋光慈

蒋光慈（1901～1931），原名蒋如恒（儒恒），又名蒋光赤、蒋侠生，自号侠僧，安徽霍邱人，曾任上海大学教授等。著有诗集《新梦》《哀中国》，小说《短裤党》《野祭》。

今夜月明如镜

选自《蒋光慈诗文选集》，人民文学出版社，1955年第1版。

今夜月明如镜，
妹妹，我想起你：
倘若你在此地
我将与你作缠绵之蜜语。

今夜月明如镜，
妹妹，我想起你：
倘若你在此地，
我将与你对嫦娥而密誓。

今夜月明如镜，
妹妹，我想起你：
倘若你在此地，
我将与你对花影而相倚。

今夜月明如镜，
妹妹，我想起你：
倘若你在此地，
我将与你赋永恋之歌曲。

石民

石民（1901～1941），字影清，湖南邵阳人。著有诗集《良夜与噩梦》，译作《巴黎之烦恼》《德伯家的苔丝》。

是谁

选自《语丝》周刊，1926年4月19日，第75期。

是谁从你的面上舐去了那红艳的色泽？
是谁从你的眼中吸去了那清润的光明？

亲爱的，我吻你，我热烈地问你 ——
唉，你的嘴唇！怎么会如石头一般冷？

分明你卧着在我的怀里，—— 这不是你？
是的，我搂抱着，这样紧紧地；
而且我的手并不曾松，—— 不，我决不离开！
但是，怎么，亲爱的，我叫你，你老是不理？

谢了的蔷薇

不是风吹雨打，无须叹惜，
只是燃烧于热情的阳光里
这些蔷薇便渐渐的谢了 ——
满城残红，青春的灰尘。

黄昏

正是紧敛的严冬
窒塞了万籁的声息，
黄昏挟阴霾以俱来
迷糊着茫茫的大地。

在这可怕的昏暗里
沉锢着多少愁苦，
凉风从枯树上飞过，
呜呜地为谁诉语？

嘶嘎的几声悲啼，
是漂泊无归的寒鸦，
惊起了蛰伏的灵魂，
凄凄的无言 ……
泪下。

以上选自《良夜与噩梦》，北新书局，1929年1月。

冯乃超

冯乃超(1901～1983),笔名冯子韬等。原籍广东南海,生于日本横滨。曾任《创造月刊》和《文化批判》编辑、中国艺术剧社文学部长、"左联"党团书记兼宣传部长等,1949年后长期任教中山大学。著有诗集《红纱灯》等。

消沉的古伽蓝

一

树林的幽语,嗡嗡;
暮霭的氛氲,朦胧;
远寺的古塔,峙空;
沉潜的残照,暗红;
飘零的游心,哀痛;
片片的乡愁,晚钟。

二

消沉的情绪,苍苍;
天空的美丽,凄怆;
祷堂的幽寂,渺茫;
黄昏的气息,颓唐;
万籁的律动,衰亡;
消沉的古寺,深藏。

三

万古的飞翔,沉沦;
夜静的信仰,身殉;
无言的缄默,巡逡;
苍茫的怀古,无尽;
传奇的情热,灰烬;
墓坟的纪念,青春。

红纱灯

森严的黑暗的深奥的深奥的殿堂之中央
红纱的古灯微明地玲珑地点在午夜之心。

苦恼的沉默呻吟在夜影的睡眠之中
我听得鬼魅魑魅的跫声舞蹈在半空

乌云丛簇地丛簇地盖着蛋白色的月亮
白练满河流若伏在野边的裸体的尸僵

红纱的古灯缓缓地渐渐地放大了光晕
森严的黑暗的殿堂撒满了庄重的黄金

愁寂地静悄地黑衣的尼姑踱过了长廊
一步一声怎的悠久又怎的消灭无踪

我看见在森严的黑暗的殿堂的神龛
明灭地惝恍地一盏红纱的灯光颤动

残烛

追求柔魅的死底陶醉
飞蛾扑向残烛的焰心
我看着奄奄垂灭的烛火
追寻过去的褪色欢忻

焰光的背后有朦胧的情爱
焰光的核心有青色的悲哀
我愿效灯蛾的无智
委身作情热火化的尘埃

烛心的情热尽管燃
丝丝的泪绳任它缠
当我的身心疲瘁后
空台残柱缭绕着迷离的梦烟

我看着奄奄垂灭的烛火
梦幻的圆晕罩着金光的疲怠
焰光的背后有朦胧的情爱
焰光的核心有青色的悲哀

现在

选自《中国新诗库第一辑——冯乃超卷》长江文艺出版社，1988年。

我看得在幻影之中，
苍白的微光颤动；
一朵枯凋无力的蔷薇，
深深吻着过去的残梦。

我听得在微风之中，
破琴的古调 —— 琤琤；
一条干涸无水的河床，
紧紧抱着沉默的虚空。

我嗅得在空谷之中，
馥郁的兰香沉重；
一个晶莹玉琢的美人，
无端地飘到我的心胸。

滕固

滕固（1901～1941），字若渠，江苏宝山月浦镇（今属上海）人。早年毕业于上海美术专科学校，后留学日本获硕士学位。再赴德国柏林大学留学，1933年获美术史学博士学位，曾任重庆中央大学教授、昆明国立艺术专科学校校长等。著有《唐宋绘画史》《抱芬室文存》等。

我记起你的一双眼

选自《屠苏》，狮吼社，1926年。

我记起你的一双眼，
　像两颗明星；
当你宁静地注视我，
　辉在天空，是威灵的神明。

我记起你的一双眼，
　像两颗明珠；
当你活泼地斜视我，
　滚在盘中，指间儿捉摸不住。

我记起你的一双眼，
　像双生的叶子；

当你欢笑的时候，
　　迎着风儿，翻覆飞舞不住。

我记起你的一双眼，
　　像双生的花朵；
当你哭泣的时候，
　　掉在银河里，呜咽的苦诉。

柯仲平

柯仲平（1902～1964），原名柯维翰。曾用笔名仲平、仲屏、平、南云。云南宝宁（今广南）人。北京政法大学肄业。1949年后历任西北军政委员会文教委员会副主任兼西北艺术学院院长、中国作家协会副主席、全国人大代表等。著有《边区自卫军》和《平汉路工人破坏大队》等。

赠爱人

选自《从延安到北京》，人民文学出版社，1950年。

看后面，
后面是我们血染成的大道；
看前面，
前面是我们要开辟的峦野荒郊；
想什么空头心事呀？
走，走，走，
机警地走！
壮勇地走！
按着一定路线走！
赠爱人，
年年有红花绿草；
辟道路，
手里是斧头镰刀；
想什么空头心事呀？
走，走，走，
机警地走！
壮勇地走！
按着一定路线走！

　　　　1936年，未到延安时

柔石

柔石（1902～1931），原名赵平福，后改为平复，笔名柔石、金桥、赵璜、刘志清等。浙江宁海人。历任《语丝》编辑、左联执行委员、编辑部主任等。1931年2月7日在南京被当局秘密杀害。遗著有《柔石选集》《二月》《三姊妹》《为奴隶的母亲》等。

战！

选自《革命烈士诗抄》，中国青年出版社，1962年增订版。

尘沙驱散了天上的风云，
尘沙埋没了人间的花草；
太阳呀，呜咽在灰黯的山头，
孩子呀，向着古洞深林中奔跑！

陌巷与街衢，
遍是高冠大面者的蹄迹，
肃杀严刻的兵威，
利于三冬刺骨的飞雪！
真的男儿呀，醒来罢，
炸弹！手枪！
匕首！毒箭！
古今武器，罗列在面前，
天上的恶魔与神兵，
也齐来助人类战，
战！
火花如流电，
血泛如洪泉，
骨堆成了山，
肉腐成肥田。
未来子孙们的福荫之宅，
就筑在明月所清照的湖边。

呵！战！
剜心也不变！
砍首也不变！
只愿锦绣的山河，
还我锦绣的面！

呵！战！
努力冲锋，
战！

1925年7月8日夜

饶孟侃

饶孟侃（1902～1967），江西南昌人，别名饶子离。江西南昌人。曾任四川大学外文系教授等职。著有诗集《泥人集》，小说集《梧桐雨》等。

送别

—— 给仲明

原载上海《时事新报·文艺周刊》1927年9月10日。

我想对你说句离别的话，
但是但是叫我怎么样讲。
好的都让前人给说尽了，
我又不愿去借别人的光！
这样一晚上没打定主意，
从鸡初啼到纸窗儿透亮。

我又想找一件礼物送你，
这事情这事情也够为难。
古琴宝剑如今那儿会有，
又搬移不动那黄河泰山；
无意中拾到一片海棠叶，
想送你宅可惜已然凋残。

天问

原载上海《时事新报·文艺周刊》1927年12月3日。

你知道，你知道
我今天再也忍不住了沉默，
忍不住要大胆地问一声天；

为什么，为什么
记忆在我肩头一天天沉重，
一片问号总浮在我的眼前；

是不是，是不是
人世里不该有生死和聚散，
不该有刀兵永远伴着死亡？

明知道，明知道
天给的回答还是一个谜语，
无奈问号把镰刀挂在心上。

走

选自《新月诗选》，新
月书店，1931年。

我为你造船不惜匠工，
我为你三更天求着西北风，
只要你轻轻说一声走，
桅杆上便立刻满挂着帆篷。

蘅

选自《新月诗选》，新
月书店，1931年。

梦神问我有心事没有，
我随口答到"不曾，不曾！"
她对我掏出一面镜子，
里面映出的分明是蘅。

笑一笑她把镜子收起，
我心里好像打着秋千；
正想问一问蘅的下落，
不提防梦神已经杳然。

呼唤

有一次我在白杨林中，
　　听到亲切的一呼唤；
那时月光正望着翁仲，
　　翁仲正望着我看。

再听不到呼唤的声音，
　　我吃了一惊，四面寻找；——
翁仲只是对月光出神，
　　月光只对我冷笑。

　　　　　　7月27日

原载《新月》第1卷第6号，1928年8月10日。

懒

懒的世界是暮春三月天：
桃花醉落了，接着是蚕眠，
杜鹃再不愿啼它的心血，
呆笨锁住了黄莺的舌尖。
因此我也懵然忘了岁月，
像青峰上那忘年的积雪，
满怀的壮志早僵成了冰，
眼前更没有希望的宫阙；
只剩一片冻云似的因循，
在身前身后无味的氤氲，——
无奈推他不动，挥它不去，
谁真要它来献这份殷勤。
怪都只怪自己流年不利，
赶明儿我一定争这口气。

选自《文学月刊》，新月书店，1934年第1卷第1期。

沈从文

沈从文（1902～1988），原名沈岳焕，笔名休芸芸、甲辰、上官碧、璇若等，乳名茂林，字崇文。湖南凤凰县人，曾任教于西南联大、山东大学、北京大学，1949年后在中国历史博物馆和中国社会科学院历史研究所工作。著有《边城》《长河》《中国古代服饰研究》等。

春月

原载1925年5月《晨报》副刊，署名休芸芸。

虽不如秋来皎洁，
但朦胧憧憬：
又另有一种
凄凉意味。

有软软东风，
飘裙拂鬓；
春寒似犹堪怯！

何处济亮笛声，
若诉烦冤，
跑来庭院？

嗅着淡淡荼蘼，
人如在，
黯澹烟霭里。

薄暮

原载1926年6月《晨报》副刊，署名茹。

一块绸子，灰灰的天！
点了小的"亮圆"；——
白纸样剪成的"亮圆！"
我们据了土堆，
头上草虫乱飞。

平林漠漠，前村模样！

烟雾平平浮漾！——
长帛样振荡的浮漾！
不见一盏小灯，
遥闻唤鸡声音。

  注："亮圆"苗语月。
   —— 在北京西山

我喜欢你

原载1926年3月《晨报》
副刊，署名小兵。

你的聪明像一只鹿，
你的别的许多德性又像一匹羊，
我愿意来同羊温存，
又耽心鹿因此受了虚惊，
故在你面前只得学成如此沉默；
（几乎近于抑郁了的沉默！）

你怎么能知？

我贫乏到一切：
我不有美丽的毛羽，
并那用言语来装饰他热情的本能亦无！
脸上不会像别人能挂上点殷勤，
嘴角也不会怎样来常深着微笑，
眼睛又是那样笨 ——
追不上你意思所在。

别人对我无意中念到你的名字，
我心就抖战，
身就沁汗！
并不当到别人，
只在那有星子的夜里，
我才敢低低的喊叫你的名字。
    二月于北京

无题

选自《新月诗选》，新月书店，1931年。

妹子，你的一双眼睛能使人快乐，
我的心依恋在你身边，比羊在看羊的
女人身边还要老实。

白白的脸上流着汗水，我是走路倦了的人，
你是那有绿的枝叶的路槐，可以让我歇憩。
我如一张离了枝头日晒风吹的叶子，半死，
但是你嘴唇可以使她润泽，还有你颈脖同额。

胡风

胡风（1902～1985），原名张光人、张光莹，笔名谷非、高荒、张果等。湖北蕲春人。曾任中国文联委员、中国作家协会理事、全国人大代表，《人民文学》编委、中国作家协会主席团成员等。著有评论集《文艺笔谈》，诗集《野花与箭》。

虽然不是爱人

虽然不是爱人，
但这熟悉的步履和衣声，
使我依依而怀恋哩。

听着整理行装的声音，
虽有满怀的不安
也只得装着随便地踱去，
用几句随便的话儿询问。

将去时，
轻轻地向我说声"再会"，
我微笑地祝她平安，
但不能送下楼去，
因为我们不是爱人哩。

然而，我惘然，

微笑消失了！
迅速地轻步到栏干畔，
俯视着她的背影。

虽然不是爱人，
这背影却如此的亲切，
我茫然地望着，
虽然她已消失在转弯的树影里。

这常有笑声的小楼，
如今寂静了；
我虽可以无拘束地踱来踱去，
但怎奈何这四壁的空虚。

虽然不是爱人，
但心儿总不能宁静，
望着那什物凌乱的空房，
似乎它曾是我底甜蜜的梦境。

夕阳之歌

夕阳快要落下了，
夜雾也快要起了，
兄弟，我们去罢，
这是一天中最美的时候。

遥空里有一朵微醉的云，
慈慧地俯瞰着那座林顶，
林那边无语如镜的池中，
许在漾着恋梦似的倒影。

穿过那座忧郁的林，
走完这条荒萋的路，
兄弟，我们去罢，
这是一天中最美的时候。

林这边只有落叶底沙沙，
林那边夕阳还没有落下，
梦这边阴影黑发似地蔓延，
林那边夕阳正烧红了山巅。

连绵的山尽是连绵，
可以望个无穷的远，
夕阳是火犹是红红，
可以暖暖青春的梦。

去了青春似萎地的花瓣，
拾不起更穿不成一顶花冠，
且暖一暖凄凉的昨宵之梦，
趁着这夕阳的火犹是红红。

夕阳正照着林梢，
听着我底歌牵我的手，
兄弟，现在，我们去罢，
这是一天中最美的时候。

为祖国而歌

在黑暗里　在重压下　在侮辱中
苦痛着　呻吟着　挣扎着
是我底祖国
是我底受难的祖国！

在祖国
忍受着面色底痉挛
和呼吸底喘促
以及茫茫的亚细亚的黑夜，
如暴风雨下的树群
我们成长了
为有明天
为了抖去苦痛和侮辱底重载

朝阳似地
　　绿草似地
　　生活会笑
祖国呵
你底儿女们
　　歌唱在你底大地上面
　　战斗在你底大地上面
　　喋血在你底大地上面

在卢沟桥
在南口
在黄浦江
在敌人底铁蹄所到的一切地方，
迎着枪声　炮声　炸弹声底呼啸 ——
祖国呵
为了你
为了你底勇敢的儿女们
为了明天
我要尽情地歌唱：
用我底感激
　　我底悲愤
　　我底热泪
　　我底也许迸溅在你底土壤上的活血！
人说：无用的笔呵
　　把它扔掉好啦。

然而，祖国呵
就是当我拿着一把刀
　　或者一枝枪
在丛山茂林中出没的时候罢
依然要尽情地歌唱
依然要倾听兄弟们底赤诚的歌唱 ——
迎着铁底风暴
　　火底风暴
　　血底风暴
歌唱出郁积在心头上的仇火

歌唱出郁积在心头上的真爱
也歌唱盘结在你古老的灵魂里的一切死渣和污秽
为了抖掉苦痛和侮辱底重载
为了胜利
为了自由而幸福的明天
为了你呵，生我的　养我的
教给我什么是爱，什么是恨的
使我在爱里恨里苦痛的，辗转于苦痛里
但依然能够给希望给我力量的
我底受难的祖国！

我从田间来

选自《胡风诗选》，人民文学出版社，1986年。

我从田间来，
蒙着满脸的灰尘
—— 望望这喧嚣的世界，
不自由地怯生生。

我从田间来，
穿着一身的老布衣
—— 在罗绮丛中走过，
留下些儿泥土的气味。

我从田间来，
心想再听不见哀音
—— 才踏入这外边的世界，
声声的苦叫刺痛了我的心。

我从田间来，
远别了慈祥的笑脸
—— 身儿在这里奔驰，
心儿在那里盘旋。

我从田间来，
带着赤心一颗
—— 遇着新奇的事儿，

要印上花纹朵朵。

我从田间来，
抱着热血满腔
—— 叫我洒向何处呢，
对着无际的苍茫？……

1925 年 1 月

汪静之

汪静之（1902～1996），安徽绩溪人。曾与潘漠华、应修人、冯雪峰创立湖畔诗社，曾任《革命军日报》《劳工月刊》编辑，上海建设大学、安徽大学、暨南大学、复旦大学教授，人民文学出版社编辑等。著有《蕙的风》《寂寞的国》《作家的条件》《李杜研究》等。

蕙的风

是哪里吹来
这蕙花的风 ——
温馨的蕙花的风？

蕙花深锁在园里，
伊满怀着幽怨。
伊底幽香潜出园外，
去招伊所爱的蝶儿。

雅洁的蝶儿，
薰在蕙风里：
他陶醉了；
想去寻着伊呢。

他怎寻得到被禁锢的伊呢？
他只迷在伊底风里，
隐忍着这悲惨而甜蜜的伤心，

醺醺地翩翩地飞着。

伊的眼

伊的眼是温暖的太阳；
不然，何以伊一望着我，
我受了冻的心就热了呢？

伊的眼是解结的剪刀；
不然，何以伊一瞧着我，
我被镣铐的灵魂就自由了呢？

伊的眼是快乐的钥匙；
不然，何以伊一瞅着我，
我就住在乐园里了呢？

伊的眼变成忧愁的引火线；
不然，何以伊一盯着我，
我就沉溺在愁海里了呢？

过伊家门外

我冒犯了人们的指摘
一步一回头地瞟我意中人：
我怎样欣慰而胆寒啊。

无题曲

悲哀是无边的天空，
快乐是满天的星星。
吾爱！我和你就是
那星林里的月明。

深深的根就是悲哀，

碧绿的叶是快乐。
吾爱！生在那上面的
花儿就是你和我。

海中的水是快乐，
无涯的海是悲哀，
海里游泳的鱼儿就是
你和我两人，吾爱！

悲哀是无数的蜂房，
快乐是香甜的蜂蜜。
吾爱！那忙着工作的
蜂儿就是我和你。

笛声

——寄绿漪

以上选自《汪静之文集》，西泠印社出版社，2006年。

去年雪压梅花的冬天
月亮吻西湖的夜里
我们游孤山的时候
她为我吹了一回笛

吹得白雪微笑地轻舞
吹得小星滴下了泪
吹得湖水露出了笑影
吹得梅花想提前吐蕊

今夜我怀念吹笛的人
就到孤山去寻笛声
山儿沉默着一动不动
湖水死一样地冷清

潘漠华

潘漠华（1902～1934），原名训，又名恺尧，学名潘训，笔名潘四、田言、锡田、若迦、季明等。浙江宣平（今属武义）人。曾与冯雪峰、应修人、汪静之结成湖畔诗社，合出诗集《湖畔》《春的歌集》。1934年12月24日病逝于狱中。

怅惘

伊有一串串的话儿，
想挂在伊底眼角传给我。
伊看看青天上的白雁儿，
想请他衔了伊底心传给我。
眼梢弯了，挂不住；
白雁儿远了，不能飞回；
伊于是只有堆伊底忧虑，
在伊四披的乌发上了。

若迦夜歌·三月二十七朝

我静思冥想，
我生前，你心是我底坟墓；
我死后，你心也是我底坟墓，
你发呀，就是我底墓草。
说不尽的思恋，
走不尽思路底蜿蜒；
妹妹呀，远离恋人的旅客，
是如何如何的日长夜长呀！
把我手指当做一把锄，
尽力锄我头顶的荒地，
那是思念得莫奈何了，
狂乱梳掠我纷披的头发。
夜来了，我就狂跑，
茶店里去吃茶，酒店里去吃酒，
但不幸，在一般无聊的伴侣底中间，
又望见你底明眼来了！

静静坐在墙角的藤椅上，
放眼在园底黑暗的四围；
这是如何的一幅美丽的画图呵，
一对儿女，偎抱在夜色里！
独自的出去，又独自的归来，
数尽路上的石块，也拨尽
坐旁的迷迷的春草，
这是如何的倦人呀，妹妹！

离家

选自《应修人潘漠华选集》，
人民文学出版社，1958年。

我底衫袖破了
我母亲坐着替我补缀
伊针针引着纱线
却将伊底悲苦也缝了进去

我底头发太散乱了
姊姊说这样出外去不太好看
也要惹人家底讨厌
伊拿了头梳来替我梳理
后来却也将伊底悲苦梳了进去

我们离家上了旅路
走到夕阳傍山红的时候
哥哥说我走得太迟迟了
将要走不尽预定的行程
他伸手牵头我走
但他的悲苦
又从他微微颤跳的手掌心传给了我

现在就是碧草红云的现在啊
离家已有六百多里路
母亲底悲苦从衣缝里出来
姊姊的悲苦，从头发里出来
哥哥底悲苦，从手掌心里出来
他们结成一个缜密的悲苦的网

将我整个网着在那儿了

于赓虞

于赓虞（1902～1963），名舜卿，字赓虞，河南西平人。曾任河南大学文史系副教授等，著有诗集《晨曦之前》《魔鬼的舞蹈》《骷髅上的蔷薇》《孤灵》等。

若有

选自诗合集《春云》，
1923年7月。

我若有一把想像的巨扇，
虽赤着身，
附着病，要将
宇宙间的恶魔病鬼，
扇入汪洋之底。

我若有一把想像的宝刀，
虽冒犯人间的成见，
责我以残酷，要将
宇宙间的野心横暴家，
杀个血肉不分！

我的天女

我的天女，夜夜在你面前我低首虔诚祈祷，
今宵在银白的月光下我见你期待的惨笑。
你双眼仰视天空，金红的长发漫披于臂梢，
生命光焰在胸颜照耀，显示着隐动的苍老。
紫蓝天色的气氛漫散于曲微赤裸的身脚，
那蔷薇的双唇像要唱出韵淡灵魂之长啸。

我的天女，夜夜在你面前我低首虔诚祈祷，
日月悄然的逝去，窗外的秋叶已随风飞飘。
你见了，我献你的鲜妍花朵今已散落砚沼，
期待终于是梦幻，不如饮此新酒度今宵。

光明，情爱，天知道，这消息只在绝望中飘渺。

红酒曲

以上选自《世纪的脸》，
上海北新书局，1934年。

红酒，红酒，我的生命，
你的香艳宛如女人的玫唇；
一杯，两杯，满瓶已尽，
现在才知你之可贵与鲜新。

饮罢，饮罢，我的好人，
有谁能享受自己真的欢运；
吻罢，吻罢，时已飞进，
现在才知生命之来路无痕。

红酒，红酒，我的生命，
在此宇宙你以外我无知心；
一杯，两杯，满瓶已尽，
现在才知你将消散如流云。

胡也频

胡也频（1903～1931），别名胡崇轩，福建福州人。曾参与编辑《京报》副刊《民众文艺周刊》，《中央日报》副刊《红与黑》，1930年加入"左联"，被选为执行委员，并任工农兵文学委员会主席。1931年在上海龙华被杀害，左联五烈士之一。著有《胡也频选集》《胡也频小说选》。

因我心未死

因我心未死
复梦见这世纪的内幕：
技巧是无上的光荣，
恋爱须受金钱的抚摩。

衣冠楚楚之人儿，

全整容向权利作揖，
且不消一瞬的犹豫，
即能鄙视那万种贫困。

友谊等于死狗，
遗弃于荒邱之深壑；
唯有巧言与谄笑，
方是这人间之宝藏。

饱醉于物质之上，
吁，谁哀遍野死尸，遍地难民？
哭声与笑声混合，
我毒恶如是造成之人类。

温柔

以上选自《胡也频选集》，人民文学出版社，1982年。

你坐在荷花池畔的草地上，
将清脆的歌声流荡到花香里，
并诱惑我安静的心儿，
像飘渺的白云引着月亮。

你倦了，以明媚的眼光睨我
又斜过你含笑的脸儿，
如春阳里雪捏的美人，
软软地须要持撑。

我偷望远处的飘忽袖影，
灿烂在树上的艳冶阳光……
你的发儿已散漫到我的胸前了
并语我：那鸭群戏水是无意思。

啊！ 当你单独地走过绿荫，
那流泉岩畔的芷草，路旁的玫瑰，
与藕香亭下的百合，都羞怯了，
我不能唱着歌儿描你的美丽。

欲雨的天色

选自《红黑》1929年
第7期。

已经是太阳出山的时候，
丛立在地上的树林，
尚不现一枝之影。

圆天早失了边界，
只是黯淡，朦胧，
如一团炊烟之散漫。

气压低低的，
倘再遇故事中的杞人，
必忧天之将崩坠。

到处是一重阴郁，
即在最近的屋端，
亦不见乌鸦或孤雁的飞翔。

呵，这欲雨的天色，
如小孩子的哭脸，
又如新时代的青年之苦闷。

冯雪峰

冯雪峰（1903～1976），原名福春，笔名雪峰、画室、洛阳等，浙江义乌人。曾任"左联"党团书记、瑞金中共中央党校副校长等。1934年参加长征。1949年后曾任人民文学出版社社长兼总编，《文艺报》主编，中国作协副主席、党组书记等。著有《真实之歌》《雪峰的诗》《灵山歌》等。

火

火！哦，如果是火！
你投掷在黑夜！
你燃烧在黑夜！
我心中有一团火，

我要投出到黑夜去！
让它在那里燃烧，
而它越燃越炽烈！
熊熊的火！
炽烈的火！
黑夜吞没着它，
黑夜燃烧着它！

米色的鹿

选自《真实之歌》，重庆作家书屋，1943年。

啊，米色的鹿
黝绿的平原！我多么熟识！
仿佛一个单独的音色的波浪，跳跃在
沉郁的湖面，
仿佛一只白鸽翻飞在碧玉似的青天，
仿佛太阳光点点闪在森林的深处，
仿佛初下的雪飞舞在暗夜的大野的空间。……

啊，波涛起伏的丛山的海！
海似的暗黑的森林！我也多么熟识！
高峰和高峰竞走，相接而又相离，滚滚地
泻着奔飞的河；
而米色的鹿在那儿游戏。
森林的尽头，连接着陡削的悬岩，
下面是深不可测的沟壑；
而米色的鹿一跃就跃过！……

但是，看！这也是多么好的一种景色！
太阳已经上升，而大地冻着一片的雪，
可是，多么美丽的荒野的雪地！
多么年轻的仆倒着的尸体！
他僵硬了的两手，还做着快跑的姿势，
他露出的年迈的脸，还浮着不能收住的
青春的微笑；
而冬日早晨的太阳正在照着，
而终夜被逐的米色的鹿，在颤抖着，

在不远的前面喘息着。……

花影

憔悴的花影倒入湖里，
水是忧闷不过了；
鱼们稍一跳动，
伊的心便破碎了。
被拒绝者底墓歌
他死了，人把他葬在山里，
连他底幽恨葬在一起。
小山底脚下，靠着衰林，
是他底坟儿，低低的。
他底爱情未曾死；
也有春风在墓头吹来荡去。
只是那无情的樵女们
清丽的歌声，却总隔着林儿的。
将有一天，他以未死的爱情，
在墓上开放烂漫的花；
春风吹送出迷人的幽香，
他不能忘情的姑娘会重新诱上。
等她姗姗地步来撷花的时候，
花刺儿已把她底裙裳钩住了。
呵，他将钩住不放，
等她业已懊恼了。

夜

夜色掷落到山峰，
那么沉重！
听不见声音，
但是，
那么沉重！
屹崛的尖塔，
永远直立，

永远孤贞，
但也悚然一震。
伸出窗口，
把愤怒的手，
我想抓来什么，紧紧握上，
向空中掷去；但是，
北天的星，
多么晶莹！
我立刻收手，
重新站直，
一片星早已对着我的眼睛！
它们澄清，
明澈，
我的心也澄净，明清；
我直想
站立到天明。

孤独

哦，孤独，你嫉妒的烈性的女人！
你用你常穿的藏风的绿呢大衣
盖着我，
像一座森林
盖着一个独栖的豹。

但你的嘴唇滚烫，
你的胸膛灼热，
一碰着你，
我就嫉妒着世界，心如火炙。

以上选自《雪峰文集》，人民文学出版社，1983年。

聂绀弩

聂绀弩（1903～1986），原名聂国棪，笔名绀弩、耳耶、悍膂、臧其人、史青文、甘努、二鸦、澹台灭阒、箫今度、迈斯等，曾任新四军文化委员会委员兼秘书、军部刊物《抗敌》文艺编辑、《文汇报》主编、人民文学出版社副总编辑、全国政协委员等。著有《散宜生诗》《聂绀弩旧体诗全编》等。

一个高大的背影倒了

选自《鲁迅先生纪念集》，北新书局，1936年12月30日。

一个高大的背影倒了，
在无花的蔷薇的路上 ——
那走在前头的，
那高擎着倔强的火把的，
那用最响亮声音唱着歌的！
那比一切人都高大的背影倒了，
在暗夜，在风雨连天的暗夜！
在暗夜，
风吼着；
拔倒参天的古木，
卷起破碎的屋瓦，
卷起一切可以卷起的东西，
打向我们底行列 ——
这悠长的行列，
这肃穆的行列！
这愤怒的行列！
那引头的背影倒了！
在暗夜，
雨淋着，
在我们底头上，
在我们底身上，
在我底心上！
泥水拖住我们底腿，
无花的蔷薇刺进我们底脚心，
一切肮脏的东西溅在我们底身上！
我们是一条悠长的行列 ——
饥饿的行列，

褴褛的行列,
奴隶的行列!
那走在一切人前头的背影倒了!
我们是强健的,
然而受伤了;
我们是勇敢的,
然而受伤了!
我们是固执的,
然而受伤了!
在无花的蔷薇的路上,
在风雨连天的暗夜,
没有一点伤痕的,
不在我们底行列里。
那伤得最厉害的人倒了!
他是我们中间的第一个 ——
第一个争自由的波浪,
第一个有自己底思想的人民,
第一个冒着风吹雨打和暗夜底一切,
在无花的蔷薇的路上,
高唱着自己底歌的人民。
这第一个人民倒了!
惊天动地的响声,
晴天霹雳般的响声,
我们中间的第一个倒了!
那高大的背影没有了,
那倔强的火把没有了!
那响亮的歌声没有了!
千万人底嚎哭,
千万人底喊叫,
千万人底悲痛,
赎不回这无比的损失!
高大的引路人,
你知道么?
谁在哀悼着你!
前面是平坦的路底边沿,
白天底边沿,

晴明底边沿，
能够忘记么，
你第一个向它走去的人！
安息吧，亲爱的朋友！
永别了，人民底同志！
我们要从你底尸身上走过，
踏着你的肉和骨和血，
踏着你指引过的路，
用我们的眼泪，
用我们的歌，
用我们的脚印，
造成你的坟墓！
愿你的英灵永远和我们同在！

刘绍南

刘绍南（1903～1928），别名刘自棠，湖北省沔阳县人。曾任中共沔南区区委书记、沔阳临时县委书记、湘鄂西党委书记兼武装总指挥等职。著有《壮烈歌》《答敌人审问》等。

壮烈歌

选自《革命烈士诗抄》，中国青年出版社，1962年增订版。

壮，好汉！
铡刀下，把话讲：
土豪劣绅，一群狗党，
万恶滔天，刮民血汗。
休要太猖狂！
革命人，你杀不完。
有朝一日 ——
血要用血还。
刀放头上不胆寒，
英勇就义 ——
壮！壮！壮！
烈，豪杰！
铡刀下，不变节，

要杀就杀，要砍就砍，
要我说党，我决不说。
杀死我一人，
革命杀不绝。
直到流尽了——
最后一滴血，
眼睛哪肯把敌瞥！
宁死不屈——
烈！烈！烈！

梁宗岱

梁宗岱（1903～1983），广西百色人。曾游学于欧洲，与瓦雷里、罗曼·罗兰相识。
回国后在北京大学、清华大学、中山大学任教。著有《梁宗岱选集》，翻译过莎士比亚
的诗歌和歌德的《浮士德》等。

森严的夜

连绵不绝的急雨，
请你滴着低低的音调，
把你的指尖敲着我窗上的玻璃吧。
如此森严的夜
教我的心弦好不颤栗哟！

通宵不住的狂风，
请你唱着柔柔的歌声，
把你的掌心轻轻地拍着我的屋背吧。
如此森严的夜，
教我的魂儿怎样安眠哟！

晚祷

——呈敏慧之二

我独自地站在篱边。

以上选自《梁宗岱文
集》，中央编译出版
社，2003年。

主呵，在这暮霭的茫昧中。
温软的影儿恬静地来去，
牧羊儿正开始他野蔷薇的幽梦。
我独自地站在这里，
悔恨而沉思着我狂热的从前，
痴妄地采撷世界的花朵。
我只含泪地期待着——
期望有幽微的片红
给暮春阑珊的东风
不经意地吹到我的面前：
虔诚地，静谧地
在黄昏星忏悔的温光中
完成我感恩的晚祷。

朱大楠

朱大楠（1903～1932），重庆巴县人，新月派诗人，著有《落日颂》《感慨太多》等。

落日颂

选自《晨报·诗镌》第十一号，1926年6月10日。

在大暑天不劳你鲁阳挥戈，
还望后羿的神箭再射日落，
但喝退了狂吐凶焰的金乌，
这青草池塘里的鼓吹一部。
他偷藏西山背后喘气吁吁，
微芒的残炎喷散淡霞凄迷，
豆麦的清芬弥漫山野水田，
这天边也不容他余影依恋。
看他懊恼的终褪淡了光华；
静默里安息着胜利的青蛙。
成群结队的萤芦苇里游玩，
绿纱影里掩映着红灯一串，
密叶里青虫奏着细乐婉转，
伴我们享用这晚凉的盛筵，

来庆赏这鼓手丰伟的奇迹，
他战退后羿射不掉的红日。

笑

选自《新月诗选》，新月书店，1931年。

赤霞纱晨跳着一炷笑，
轻盈的，是红烛的火苗，
有的笑，温慰你暗淡的长宵。

翠羽湖里摇着一朵笑，
清癯的，是白莲的新苞，
有的笑，清醒你昏沉的初晓。

青铜鞘里跃着一柄笑，
霍霍的，是雪亮的宝刀，
有的笑，割绝你灵府的逍遥。

黄药眠

黄药眠（1903～1987），笔名药眠。广东梅县人。历任上海创造社出版部助理编辑兼暨南大学附中教师，上海华南大学、上海艺术大学教师、共青团中央局宣传部长、武汉国新社编辑等。1949年后任北京师范大学教授、中国文联副秘书长、民盟中央宣传部长。著有《黄花岗上》《英雄颂》《战斗者的诗人》《动荡，我所经历的半个世纪》等。

我梦

选自《黄花岗上》，创造社出版部，1928年5月10日。

我梦作羽薄的白云，
飘流光海无踪 ——
但我终是江波一滴，
向着大海朝宗！

我梦作劲拔的苍松，
挺着绿刺锥风，——
但我终是鲜花一朵，

浥着朝露惺忪！

我梦作凌空的鹏鸟，
俯瞰人寰渺小，——
但我终是杜鹃一只，
躲在花阴哀号！

啊，江水挟着泥泞
滚滚地去了，
鲜花随着春光
纷纷地落了，
我只得挟着血丝哀唱，
把柔弱的歌声，
埋没了自己的悲伤！

囚徒之春

《文艺阵地》第二卷第
十一期，1939年3月
16日。

小鸟在檐前啁啾地叫，
好像是对我们说：
春天已到了江南了。

它们一时向窗前盼睐，
一时又飞到墙外去了，
啊，如果我能成一个飞鸟！

墙头的少女已换上了新装；
但是我们这儿呢，
永远没有春天，永远没有太阳！
      1936年3月1日于莫愁湖边的牢里

钟敬文

钟敬文（1903～2002），原名钟谭宗。广东汕尾人。长期在中山大学、香港达德学院、无锡教育学院等地任教，1949年后历任北京师范大学文学系教授、副教务长、科研室主任，并兼任北京辅仁大学教授和中国民间文艺研究会副会长等。著有《荔枝小品》《海滨的二月》等。

我的这颗心儿

我的这颗心儿，
有如长空皎月：
有时满吐光明，
有时形象亏缺。

我的这颗心儿，
有如风前落花：
有时堕在泥里，
有时飞翔天涯。

我的这颗心儿，
有如秋江寒潮：
忽而澎湃沸腾，
忽而悄然沉寂。

我的这颗心儿，
有如醉后狂徒：
忽而嘻嘻大笑，
忽而痛苦不已。

沉昏

选自《海滨的二月》，
北新书局，1929年。

不是伤春，
也不是怀人，
为甚一个孤另的我，
镇日只是这么沉昏？

金莺儿啼得多清脆，
月季花笑得多嫣妍，
伊们到了我的当前，
仿佛总不闻见。

也不觉悲哀，
也不觉快愉。
眼看着滚滚的生命之波，
随着时光的流长逝！

《未寄的情书》代序

选自《未寄的情书》，
尚志书屋，1929 年。

噙住！ 我们眼眶欲泛的泪流？
　　咽住！ 我们喉头欲吐的哀词！
让眼前俄顷凄凉的沉默，
　　互诉了你我漫胸难形的苦趣！

不用怨天，妹呵，更莫尤人，
　　我们只叹息着彼此的生不逢辰！
任幸福之神振翅飞掠过身旁，
　　只好各紧闭着眼睛，暗暗心伤。

并不是彼此全没有冲锋的神勇，
　　似乎听见谁说，前路也正一样虚空。
我们厌倦，我们尤其哀怆，
　　昏迷跌倒，同偃卧于这途中！

这样野性难驯，却又这样委宛多情，
　　天生呀，我们的身心合装盛着苦痛！
也好，就束着手儿倦教冥神去安排，
　　横竖摆脱不能，叛逆也归于无用！
　　　　　　　——一七，六，一，夜作

梁实秋

梁实秋（1903～1987），原名梁治华，字实秋，号均默，笔名子佳、秋郎、程淑等。曾任山东大学外文系主任兼图书馆长、北京大学教授兼外文系主任、台湾师范学院（后改师范大学）英语系教授兼系主任，后又兼文学院长。著有《雅舍小品》《北平年景》，译作《莎士比亚全集》等。

疑虑

吾爱被绞死！——
怎样弯弯的笑嘴
在林梢挂着呢？

吾爱被风灭！
怎样点点的怜火
在夜幕缀着呢？

冷峻的新月啊！
神秘的深夜啊！

原载《清华周刊》第239期，1922年3月1日。

早寒

遭了秋神谪贬的红叶，
漫地飞舞起来，空剩
那瘦骨嶙嶙的干树枝，
收殓着再世荣华的梦。

宇宙像座斑驳的废堡，
处处显露已往的遗痕，
诱使载满悲哀的诗心，
痛苦命尽途穷的黄昏！

原载《清华周刊》第264期，1922年12月12日。

幸而

原载《清华周刊》第
264期，1922年12月
12日。

幸而我是一只孤雁啊！——
误投进弋者的网罟，
做了情人们婚前的贽礼。

幸而我是一片枯叶啊！——
粘在樵夫的草鞋底，
带我走进山里去。

幸而我是一个恶魔啊！
乘我熟睡了的时候，
缢死我自己的活尸。

赠——

原载《创造季刊》第
一卷第四期，1923年
2月1日。

我想在你卷发覆着的额上
栽下一颗热烈的接吻，
但是再想啊，唉！我不该再想！
又怕热烈的接吻烧毁了你的灵魂！

人们说我的情田生了莠草，
人们说我的爱流溢了良田；
我年青的女郎！可曾知道：
我只是渴望着你，于今一年！

眼角里水似的莹晶，
永远是我浴沐着的大海！
纵是温热，永不冰凝，
融不了我悲哀的重载！

我年青的女郎，这不是失望；
且看取，黄昏紧系着破晓！
让我们平行的爱，继续添长，
终由上帝绾成一个结套！

巴金

巴金（1904～2005），原名李尧棠，字芾甘。四川成都人。历任文化生活出版社总编辑，《文学月刊》《收获》主编，中华全国文艺界抗敌协会理事、中国文联副主席、中国作协主席、全国政协副主席等。著有长篇小说《灭亡》、激流三部曲（《家》《春》《秋》）、《巴金文集》《巴金全集》《巴金译文全集》。

给死者

选自《抗战诗选》，战时文化出版社，1938年2月。

我们再没有眼泪为你们流，
只有全量的赤血能洗尽我们的悔与羞；
我们更没有权利侮辱死者的光荣，
只有我们还须忍受更大的惨痛和苦辛。
我们曾夸耀为自由的人，
我们曾侈说勇敢与牺牲，
我们整日在危崖上酣睡，
一排枪，一片火，毁灭了我们的梦景。
烈火烧毁年轻的生命，
铁蹄踏上和平的田庄，
血腥的风扫荡繁荣的城市，
留下——死，静寂和凄凉。
我们卑怯地在黑暗中垂泪，
在屈辱里寻求片刻的安宁。
六年前的尸骸在荒茔里腐烂了，
一排枪，一片火，又带走无数的生命。
"正义"沦亡在枪刺下，
"自由"被践踏如一张废纸，
侵略者在中国的土地上安排庆功宴，
无辜者的赤血喊叫着"复仇！"
是你们勇敢地从黑暗中叫出反抗的呼声，
是你们洒着血冒着敌人的枪弹前进：
"前进呵，我宁愿在战场作无头的厉鬼，
不要做一个屈辱的奴隶而偷生！"
我们不再把眼泪和叹息带到你们的墓前，
我们要用血和肉来响应你们的呐喊，
你们勇敢的战死者，静静地安息罢，

等我们最后一滴血洒在中国的平原。

我说这是最后一次的眼泪了

选自《巴金全集》，人民
文学出版社，2000年。

我说，这是最后一次的眼泪了，
哭泣是一件很可羞耻的事。
这里躺着一具一具的血腥的尸体，
那里躺着一堆一堆的建筑的余烬。
抢呵，杀呵，烧呵！—— 在一阵疯狂的欢呼中，
武士道的军人摇着太阳旗过去了。
机关枪 —— 炸弹 —— 长铳！
许多兄弟的工作白费了，
许多兄弟的房屋烧毁了，
许多兄弟的生命丧失了。
我们哀哀地哭着。

我说这是最后一次的眼泪了，
哭泣是一件很可羞耻的事。
黑暗的夜，恐怖的日。
火光，枪声，兽的呐喊，人的哀泣。
刺刀上悬挂着小孩的身体，
温暖的血一点一点往下滴；
大街上蜷伏有老妇瘦弱的身躯，
被武士们当作狗一样的乱踢。
许多的母亲，许多的儿子，
就这样被莫名其妙地屠杀了。
我们哀哀地哭着。

我说这是最后一次的眼泪了，
哭泣是一件很可羞耻的事。
眼泪、眼泪、眼泪 …… 我们的眼泪；
哀泣、哀泣、哀泣 …… 我们的哀泣；
屠杀、屠杀、屠杀 …… 武士的屠杀；
狂欢、狂欢、狂欢 …… 武士的狂欢。
武士的酒是我们的血和泪；

武士的肴是我们的骨和肉。
武大道、江户儿、大和魂，
我们的血，我们的泪，我们的心。
武士得意，喉鸣；
我们哀哭，呻吟。
我说这是最后一次的眼泪了，
哭泣是一件很可羞耻的事。

我说这是最后一次的眼泪了，
哭泣是一件很可羞耻的事。
我们的眼泪已经流得够多了！
这给人做枪靶子的生活也过得够多了。
我们的血管里流着人的血，
我们的胸膛里有着人的心：
我们要站起来，像一个人。
我们要表示出来，不是任人屠杀的猪群，羊群，
我们要自己来决定我们的命运。
我说，这是最后一次的眼泪了，
哭泣是一件很可羞耻的事。

林徽因

林徽因（1904 ～ 1955），原名林徽音，福建福州人。曾任北京市都市计划委员会委员兼工程师，人民英雄纪念碑建筑委员会委员，建筑学会理事，并任《建筑学报》编委等。著有《林徽因集》等。

笑

选自《新月诗选》，
1931年9月。

笑的是她的眼睛，口唇，
和唇边浑圆的旋涡。
艳丽如同露珠，
朵朵的笑向
贝齿的闪光里躲。
那是笑 —— 神的笑，美的笑；
水的映影，风的轻歌。

笑的是她惺松的鬘发，
散乱的挨着她的耳朵。
轻软如同花影，
痒痒的甜蜜
涌进了你的心窝。
那是笑 —— 诗的笑，画的笑：
云的留痕，浪的柔波。

深夜里听到乐声

选自《新月诗选》，
1931年9月。

这一定又是你的手指，
轻弹着，
在这深夜，稠密的悲思；

我不禁颊边泛上了红，
静听着，
这深夜里弦子的生动。

一声听从我心底穿过，
忒凄凉
我懂得，但我怎能应和？

生命早描定她的式样，
太薄弱
是人们的美丽的想象。

除非在梦里有这么一天，
你和我
同来攀动那根希望的弦。

山中一个夏夜

选自《新月》四卷七
期，1933年6月。

山中一个夏夜，深得
像没有底一样；
黑影，松林密密的；

周围没有点光亮。
对山闪着只一盏灯 —— 两盏
像夜的眼，夜的眼在看！

满山的风全蹑着脚
像是走路一样；
躲过了各处的枝叶
各处的草，不响。
单是流水，不断的在山谷上
石头的心，石头的口在唱。

均匀的一片静，罩下
像张软垂的幔帐。
疑问不见了，四角里
模糊，是梦在窥探？
夜像在祈祷，无声的在期望
幽郁的虔诚在无声里布漫。

1931年

你是人间的四月天

—— 一句爱的赞颂

选自《学文》一卷一
期，1934年4月5日。

我说你是人间的四月天；
笑响点亮了四面风；轻灵
在春的光艳中交舞着变。

你是四月早天里的云烟，
黄昏吹着风的软，星子在
无意中闪，细雨点洒在花前。

那轻，那娉婷你是，鲜妍
百花的冠冕你戴着，你是
天真，庄严，你是夜夜的月圆。

雪化后那篇鹅黄，你象；新鲜

初放芽的绿，你是；柔嫩喜悦
水光浮动着你梦期待中白莲。

你是一树一树的花开，是燕
在梁间呢喃，—— 你是爱，是暖，
是希望，你是人间的四月天！

深笑

选自《大公报》文艺副
刊，1936年1月5日。

是谁笑得那样甜，那样深，
那样圆转？ 一串一串明珠
大小闪着光亮，迸出天真！
清泉底浮动，泛流到水面上，
灿烂，
分散！

是谁笑得好花儿开了一朵？
那样轻盈，不惊起谁。
细香无意中，随着风过，
拂在短墙，丝丝在斜阳前
挂着
留恋。

是谁笑成这百层塔高耸，
让不知名鸟雀来盘旋？ 是谁
笑成这万千个风铃的转动，
从每一层琉璃的檐边
摇上
云天？

静坐

选自《大公报》文艺副
刊，1937年1月31日。

冬有冬的来意，
寒冷像花，——
花有花香，冬有回忆一把。

一条枯枝影，青烟色的瘦细，
在午后的窗前拖过一笔画；
寒里日光淡了，渐斜……
就是那样地
像待客人说话
我在静沉中默啜着茶。

1936年冬11月

朱湘

朱湘（1904～1933）字子沅，原籍安徽，生于湖南沅陵。曾加入清华文学社、文学研究会等，曾任教于安徽大学外语系。1933年2月5日在上海到南京的客轮上跳水自杀。著有诗集《夏天》《草莽》《石门集》等。

当铺

美开了一家当铺，
专收人的心。
到期人拿票去赎，
它已经关门。

原载1926年6月《小说月报》第17卷第6号，收入《草莽集》，初发表时原题为《美》。"专收人的心"有的版本作"当去人的心"。最初发表时"去"原为"来"。

葬我

葬我在荷花池内，
耳边有水蚓拖声，
在绿荷叶的灯上
萤火虫时暗时明——

葬我在马缨花下，
永做芬芳的梦——
葬我在泰山之巅，
风声呜咽过孤松——

不然，就烧我成灰，
投入泛滥的春江，
与落花一同漂去
无人知道的地方。

红豆

在发芽的春天，
我想绣一身衣送怜，
上面要挑红豆，
还要挑比翼的双鸯 ——
但是绣成功衣裳，
已经过去了春光。

在浓绿的夏天，
我想折一枝荷赠怜，
因为我们的情
同藕丝一样的缠绵 ——
谁知道莲子的心
尝到了这般苦辛？

在结实的秋天，
我想拿下月来给怜，
代替她的圆镜
映照她如月的容颜 ——
可惜月又有时亏，
不能常傍着绣帏。

如今到了冬天，
我一物还不曾献怜，
只余老了的心，
像残烬明暗在灰间，
被一阵冰冷的风
扑灭得无影无踪！

夜歌

唱一支古旧，古旧的歌……
朦胧的，在月下。
回忆，苍白着，远望天边
不知何处的家……

说一句悄然，悄然的话……
有如漂泊的风。
不知怎么来的，在耳语，
对了草原的梦……

落一滴迟缓，迟缓的泪……
与露珠一样冷。
在衣衿上，心坎上，不知
何时落的，无声……

雨景

以上选自《朱湘诗集》，四川文艺出版社，1987年。

我心爱的雨景也多着呀；
春夜春梦时窗前的淅沥；
急雨点打上蕉叶的声音；
雾一般拂着人脸的雨丝；
从电光中泼下来的雷雨——
但将雨时的天我最爱了。
它虽然是灰色的却透明；
它蕴着一种无声的期待。
并且从云气中，不知哪里，
飘来了一声清脆的鸟啼。

有一座坟墓

原载1925年12月《小说月报》第16卷第12号。

有一座坟墓，
坟墓前野草丛生，
有一座坟墓，

风过草像蛇爬行。

有一点萤火，
黑暗从四面包围，
有一点萤火，
睐着如豆的光辉。

有一只怪鸟，
藏在巨灵的树荫，
有一只怪鸟，
作非人间的哭声。

有一钩黄月，
在黑云之后偷窥，
有一钩黄月，
忽然落下了山隈。

废园

有风时白杨萧萧着，
无风时白杨萧萧着；
萧萧外更不听到什么；

野花悄悄的发了，
野花悄悄的谢了；
悄悄外园里更没什么。

原刊1922年1月《小说月报》第13卷第1号，收入《夏天》，商务印书馆，1925年。

常任侠

常任侠（1904～1996），别名季青，安徽省颍上县人。曾任国务院华侨事务委员会委员，北京大学、北京师范大学、中国佛学院教授，中央美术学院教授兼图书馆馆长，著有《亚细亚之黎明》等。

吴淞

选自诗集《毋忘草》，
土星笔会，1935年。

这泱泱的大海
这苍苍的云树
这一排残坏的巨炮，
正像那些负伤的巨蟒，
僵的直的岑寂的横卧着，
向着遥遥的天宇，
张开它残缺的大口。
虽然吼声已经停止了，
喘息已经断绝了，
尚仿佛怀着郁勃的愤怒。

我徘徊于此残墟废堡之间，
海风吹起我的衣襟，
我拥抱这些大炮，
摇撼而且亲吻，
而且嘘唏泣下。
一具钢铁的巨大的战骨，
已经没有丝毫的微温。

我尽力的摇撼与热烈的亲吻
而且嘘唏泣下，
海风吹起我的衣襟。
我回头看大海：
海涛喷着白沫向天卷，
茫茫的无尽的挟着怒吼的声音。
我向天末遥望，
天的尽头仍是一排一排的，
争着向前进的巨浪，

像拼命的狂奔。

我为这些海波所吞噬
所振撼，所兴奋；
海风吹起我的衣襟。
我抱起一颗沉重的残余的炮弹，
用力的向着天高举，
向着海水掷，
许多惊异的眸子向着我望，
我只回答一些寂寞与抑郁的叹息。
这些炮弹不再发出巨大的声响，
只沉卧于乱石与泥沙之下，
我寂寞而叹息而下泪，
望着都市的烟，村落与田野，海与云，
海风哟，海风吹起我的衣襟。

1932年7月11日

罗念生

罗念生（1904～1990），原名懋德，四川省威远县人。曾任中国社会科学院外国文学研究所研究员、中国大百科全书《戏剧》卷顾问兼分支主编等。著有《龙涎》《论古希腊戏剧》等。

时间

选自《龙涎》，上海时代图书公司，1936年。

有人说时间在光影里，但黑暗也不间的
推移；有人说它随着动力转变，
但静止也像在运行；有人说时间
原住在声音里，但沉默也像在拖延。
我忽然望见了时间，那不是一条线，
也不是一道圈；那是一个浑圆的
整体，密密的充塞着天宇，这一点
是太初也是末日，更无从分辨
过去，现在与未来，我们别怨
生命的短促，这短促是永恒的一片。

戴望舒

戴望舒（1905～1950），浙江杭州人，笔名戴梦鸥、江恩、艾昂甫等。早年就读于上海大学、复旦大学，后赴法留学。历任香港《大公报》文艺副刊主编、《星岛日报·星岛》副刊主编等，1949年后担任新闻出版总署国际新闻局法文科科长，从事编译工作。著有《我的记忆》《望舒草》《望舒诗稿》《灾难的岁月》《戴望舒诗选》《戴望舒诗集》等。

白蝴蝶

给什么智慧给我，
小小的白蝴蝶，
翻开了空白之页，
合上了空白之页？

翻开的书页：
寂寞；
合上的书页：
寂寞。

游子谣

海上微风起来的时候，
暗水上开遍青色的蔷薇。
—— 游子的家园呢？

篱门是蜘蛛的家，
土墙是薜荔的家，
枝繁叶茂的果树是鸟雀的家。

游子却连乡愁也没有，
他沉浮在鲸鱼海蟒间：
让家园寂寞的花自开自落吧。

因为海上有青色的蔷薇，
游子要萦系他冷落的家园吗？

还有比蔷薇更清丽的旅伴呢。

清丽的小旅伴是更甜蜜的家园，
游子的乡愁在那里徘徊踟蹰。
唔，永远沉浮在鲸鱼海蟒间吧。

雨巷

撑着油纸伞，独自
彷徨在悠长，悠长
又寂寥的雨巷，
我希望逢着
一个丁香一样的
结着愁怨的姑娘。

她是有
丁香一样的颜色，
丁香一样的芬芳，
丁香一样的忧愁，
在雨中哀怨，
哀怨又彷徨。

她彷徨在寂寥的雨巷，
撑着油纸伞
像我一样，
像我一样地，
默默彳亍着，
冷漠，凄清，又惆怅。

她静默地走近
走近，又投出
太息一般的眼光，
她飘过
像梦一般的
像梦一般的凄婉迷茫。

像梦中飘过
一支丁香地，
我身旁飘过这女郎；
她静静地远了，远了，
到了颓圮的篱墙，
走尽这雨巷。

在雨的哀曲里，
消了她的颜色，
散了她的芬芳，
消散了，甚至她的
太息般的眼光，
丁香般的惆怅。

撑着油纸伞，独自
彷徨在悠长，悠长
又寂寥的雨巷，
我希望飘过
一个丁香一样的
结着愁怨的姑娘。

烦忧

说是寂寞的秋的清愁，
说是辽远的海的相思。
假如有人问我的烦忧，
我不敢说出你的名字。

我不敢说出你的名字，
假如有人问我的烦忧：
说是辽远的海的相思，
说是寂寞的秋的清愁。

秋天的梦

迢遥的牧女的羊铃，
摇落了轻的树叶。

秋天的梦是轻的，
那是窈窕的牧女之恋。

于是我的梦静静地来了，
但却载着沉重的昔日。

哦，现在，我有一些寒冷，
一些寒冷，和一些忧郁。

偶成

如果生命的春天重到，
古旧的凝冰都哗哗地解冻，
那时我会再看见灿烂的微笑，
再听见明朗的呼唤 —— 这些迢遥的梦。

这些好东西都决不会消失，
因为一切好东西都永远存在，
它们只是像冰一样凝结，
而有一天会像花一样重开。

我的记忆

我的记忆是忠实于我的
忠实甚于我最好的友人，
它生存在燃着的烟卷上，
它生存在绘着百合花的笔杆上，
它生存在破旧的粉盒上，
它生存在颓垣的木莓上，
它生存在喝了一半的酒瓶上，
在撕碎的往日的诗稿上，

在压干的花片上，
在凄暗的灯上，
在平静的水上，
在一切有灵魂没有灵魂的东西上，
它在到处生存着，
像我在这世界一样。
它是胆小的，
它怕着人们的喧嚣，
但在寂寥时，
它便对我来作密切的拜访。
它的声音是低微的，
但它的话却很长，很长，
很长，很琐碎，而且永远不肯休；
它的话是古旧的，
老讲着同样的故事，
它的音调是和谐的，
老唱着同样的曲子，
有时它还模仿着爱娇的少女的声音，
它的声音是没有气力的，
而且还挟着眼泪，夹着叹息。
它的拜访是没有一定的，
在任何时间，在任何地点，
时常当我已上床，朦胧地想睡了；
或是选一个大清早，
人们会说它没有礼貌，
但是我们是老朋友。
它是琐琐地永远不肯休止的，
除非我凄凄地哭了，
或者沉沉地睡了，
但是我永远不讨厌它，
因为它是忠实于我的。

我用残损的手掌

我用残损的手掌
摸索这广大的土地：
这一角已变成灰烬，
那一角只是血和泥；
这一片湖该是我的家乡，
（春天，堤上繁花如锦幛，
嫩柳枝折断有奇异的芬芳）
我触到荇藻和水的微凉；
这长白山的雪峰冷到彻骨，
这黄河的水夹泥沙在指间滑出；
江南的水田，你当年新生的禾草
是那么细，那么软……现在只有蓬蒿；
岭南的荔枝花寂寞地憔悴，尽那边，
我蘸着南海没有渔船的苦水……
无形的手掌掠过无限的江山，
手指沾了血和灰，手掌沾了阴暗，
只有那辽远的一角依然完整，
温暖，明朗，坚固而蓬勃生春。
在那上面，我用残损的手掌轻抚，
像恋人的柔发，婴孩手中乳。
我把全部的力量运在手掌，
贴在上面，寄与爱和一切希望，
因为只有那里是太阳，是春，
将驱逐阴暗，带来苏生，
因为只有那里我们不像牲口一样活，
蝼蚁一样死……
那里，永恒的中国！

在天晴了的时候

在天晴了的时候，
该到小径中去走走：
给雨润过的泥路，

一定是凉爽又温柔；
炫耀着新绿的小草，
已一下子洗净了尘垢；
不再胆怯的小白菊，
慢慢地抬起它们的头，
试试寒，试试暖，
然后一瓣瓣地绽透；
抖去水珠的凤蝶儿
在木叶间自在闲游，
把它的饰彩的智慧书页
曝着阳光一开一收。

到小径中去走走吧，
在天晴了的时候：
赤着脚，携着手，
踏着新泥，涉过溪流。

新阳推开了阴霾了，
溪水在温风中晕皱，
看山间移动的暗绿 ——
云的脚迹 —— 它也在闲游。

致萤火

萤火，萤火，
你来照我。

照我，照这沾露的草，
照这泥土，照到你老。

我躺在这里，让一颗芽
穿过我的躯体，我的心，
长成树，开花；

让一片青色的藓苔，

那么轻，那么轻
把我全身遮盖。

像一双小手纤纤，
当往日我在昼眠，
把一条薄被
在我身上轻披。

我躺在这里
咀嚼着太阳的香味；
在什么别的天地，
云雀在青空中高飞。

萤火，萤火
给一缕细细的光线 ——
够担得起记忆，
够把沉哀来吞咽！

萧红墓畔口占

以上选自《戴望舒诗
集》，上海古籍出版
社，2002年。

走六小时寂寞的长途，
到你头边放一束红山茶，
我等待着，长夜漫漫，
你却卧听着海涛闲话。

1944年11月

汪铭竹

汪铭竹（1905～1989），南京人，1931年从中央大学哲学系毕业，先后在南京的中华
中学、安徽中学教书。上世纪30年代曾与程千帆、孙望等组织土星笔会，出版《诗帆》
杂志。后去台湾，余不详。著有《自画像》《纪德与蝶》等。

秋之雨日

秋天是曳着林檎味的；

落雨的日子
也是篇读不完的小品。

瓦楞上，无休歇泼着银白的
柔光，于我是无怨尤的；
只惮惧渍湿了蟋蟀之小居。

焚有檀支香息的书斋，
我将禁足其中，寄遐想于
从破屋顶沥下之雨滴。

如孀女素穆的天，我也将
以橙黄色之笔触，疏朗地
给写上三两行诗句。

秋天是有着澹谧的心的，
而落雨天更是篇读不完的小品；
那是属于东方人之灵魂的。

春光好

一张蓝天，愿溺死其中，不眨一次眼。
我心中底柳枝，已绽裂绿痕了。

血液中，奔腾着雪崩后的山洪；金色
日头，浓郁如波斯贩密售之媚药。

下午三时的道上，蝶之行军；
行人踩着梦，街之树则一阵阵哄笑。

人形之哀

我之心已成群鼠之巢穴；
将任其跳梁，无呵责之勇气。

空着手，藏自己于暗处；
火炬已远了，在他人之掌握中。

或将翱翔于永无樯桅之海洋上，
伤见自己荬之姿影而沉没。

孤愤篇

豺狼当道，我愿为土拨鼠，
钻土牢而自囚。

向后羿借箭，我将射落红日
入大海，反正它早已失去了热力。

就随四下冥黑不辨五指：我要
唤起屈原，让其随我身侧而放歌。

或也蛟龙吸水上天来，我也不造
方舟；听群氓为鱼，为虾，为龟鳖。

吁，五百年必有王者兴：那时候，
我或将扬一扬眉棱。

自画像

在我虬蟠的发上，我将缢死七个灵魂；
而我之心底，是湍洄着万古愁的。
居室之案头，将蹲踞一头黑猫 —— 爱仑坡
所心醉的，它眯起曼泽之眸子，为我挑拣韵脚。
将以一只黑蝙蝠为诗叶之纸镇；墨水盂中，
储有屠龙的血，是为签押于撒旦底圣书上用的。
闭紧了嘴，我能沉默五百年；
像无人居废院之山门，不溜进一点风。
但有时一千句话语并作一句说，冲脱出
齿舌，如火如飙风如活火山喷射之熔石。

以上选自《自画像》，
重庆独立出版社，
1940年3月。

站在生死之门限上，我紧握自己生命
于掌心，誓以之为织我唯一梦之经纬。
于蠢味的肉食者群中，能曳尾泥涂吗；
我终将如南菲之长颈鹿，扬首天边外。
世人呀，如午夜穿松原十里即飞逝之列车矫影，
位在你们灵殿上，我将永远是一座司芬克司，永远地。

韦丛芜

韦丛芜（1905～1978），原名韦崇武，又名韦立人、韦若愚，生于安徽霍邱。曾在天津河北女子师范学院任教，为鲁迅组织领导的未名社成员，《莽原》半月刊撰稿人之一。1949年后，曾任上海新文艺出版社英文编辑等。著有《君山》《冰块》《韦丛芜选集》等。

倘若能达底也罢！

选自《莽原》二卷九期，1927年5月10日。

在无底的深渊和无涯的海洋中我意识地挣扎着；
这挣扎只限于前后左右，而且永远是向下沉去，
无停地向无底地深渊沉去，我意识着，
这心情还不如在地上从高处落下时的恐怖的着实。

我的双手在水中拨动，兴起波纹，
我发现面包，金钱，荣誉，势力在眼前杂沓的晃荡着，被人争抢着，
男的，女的，老的，少的，拥挤着。—— 冲突着或追逐着 ——
啊！我自己原来也在这群中混着，但是永远下沉着。

面，铜，粉，铁，混合一块生出一种难闻的嗅味，
狂笑和痛哭造成一种刺人耳鼓的噪声，
在拥挤中我觉得烦厌了，而且确实疲倦了
我双手无力的垂下，眼前一切均模糊了。

无停的向无底的深渊沉去，我意识着，
这心情还不如在地上从高处落下时的恐怖着实；
唉唉，倘若能达底也罢！
唉唉，倘若我的双手不再拨动也罢！

4月30日

高敏夫

高敏夫（1905～1975），笔名吐真，陕西米脂人。历任中共米脂县委宣传部部长、陕甘宁边区文协秘书长、西北文联及文协常委等。著有《诗风录》《延安晨歌》等。

今天你走向战场

选自《诗风录》，作家出版社，1958年。

今天你走向战场，
我要和你细商量！
你的田地，
有人替你耕种。
你的孩子，
有鲁迅小学教养。
明年你胜利归来时，
将会看到他 ——
健壮的成长！

孙大雨

孙大雨（1905～1997），原名孙铭传，字守拙，号子潜。生于上海。毕业于清华学校高等科。曾先后在美国达德穆文学院和耶鲁大学研究院学习，回国后历任武汉大学、北京师范大学、北京大学、浙江大学、暨南大学、中央政治学校教授等。著有《孙大雨诗文集》《屈原诗选英译》等。

诀绝

选自《新月诗选》，新月书店，1931年。

天地竟然老朽得这么不堪！
我怕世界就吐出他最后
一口气息，无怪老天要破旧，
唉，白云收尽了向来的灿烂，
太阳暗得象死亡的白眼一般，
肥圆的山岭变幻得象一列焦瘤，
没有了林木和林中啼绿的猿猴，
也不再有月泉对着好鸟清谈。

大风抱着几根石骨在摩娑，
海潮披散了满头满背的白发，
悄悄退到了沙滩下独自叹息
去了：就此结束了她千古的喧哗，
就此开始天地和万有的永劫。
为的都是她向我道了一声诀绝！

冯至

冯至（1905～1993），原名冯承植，直隶涿州（今河北涿州市）人。1930年后就读柏林大学、海德堡大学，1935年获得海德堡大学哲学博士。历任同济大学、西南联大教授，中国社会科学院外国文学研究所所长、中国作协副主席等。著有《昨日之歌》《北游及其他》等。

我是一条小河

选自冯至《昨日之歌》，见《中国新诗经典》（第二辑），浙江文艺出版社，1997年。

我是一条小河
我无心由你身边绕过，
你无心把你彩霞般的影儿
投入了我软软的柔波。

我流过一座森林 ——
柔波便荡荡地
把那些碧翠的叶影儿
裁剪成你的裙裳。

我流过一座花丛 ——
柔波便粼粼地
把那些凄艳色的花影儿
编织成你的花冠。

无奈呀，我终于流入了，
流入那无情的大海 ——
海上的风又厉，浪又狂，
吹折了花冠，击碎了裙裳！

我也随着海潮漂漾，
漂漾到无边的地方 ——
你那彩霞般的影儿
竟也同幻散了的彩霞一样！

1925 年

无花果

看这阴暗的、棕绿的果实，
它从不曾开过绯红的花朵，
正如我思念你，写出许多诗句，
我们却不曾花一般地爱过。

若想尝，就请尝一尝吧！
比不起你喜爱的桃梨苹果；
我的诗也没有悦耳的声音，
读起来，舌根都会感到生涩。

1926 年

暮春的花园（三首选一）

你愿意吗，我们一道
走进那座花园？
在那儿只剩下了
黄色的蘼芜没有凋残。

从杏花开到了芍药，
从桃花落到了牡丹：
它们享着阳光的照耀，
受着风雨的摧残。

那时我却悄悄地在房里
望着窗外的天气，
暗自为它们担尽了悲欢：

如今它们的繁荣都已消逝，
我们可能攀着残了的花枝
谈一谈我那寂寞的春天？

给亡友梁遇春二首

一

我如今感到，死和老年人
好像没有什么密切的关联；
在冬天我们不必区分
昼夜，昼夜都是一样疏淡。
反而是那些乌发朱唇
常常潜伏着死的预感；
你像是一个灿烂的春
沉在夜里，宁静而黑暗。

二

我曾意外地认识过许多人，
我时常想把他们寻找。
有的是在阴凉的树林
同走过一段僻静的小道；
有的同车谈过一次心，
有的同席间问过名号……
你可是也参入了他们
生疏的队伍，让我寻找？

1937 年

十四行诗（选二）

原载《十四行集》，
上海文化生活出版
社，1949 年。

18

我们常常度过一个亲密的夜
在一间生疏的房里，它白昼时
是什么模样，我们都无从认识，

更不必说它的过去未来。原野——

一望无边地在我们窗外展开，
我们只依稀地记得在黄昏时
来的道路，便算是对它的认识，
明天走后，我们也不再回来。

闭上眼吧！让那些亲密的夜
和生疏的地方织在我们心里：
我们的生命像那窗外的原野，

我们在朦胧的原野上认出来
一棵树，一闪湖光；它一望无际
藏着忘却的过去，隐约的将来。

22

深夜又是深山，
听着夜雨沉沉。
十里外的山村，
廿里外的市廛。

它们可还存在？
十年前的山川，
廿年前的梦幻，
都在雨里沉埋。

四围这样狭窄，
好像回到母胎；
神，我深夜祈求

像个古代的人：
"给我狭窄的心
一个大的宇宙！"

蛇

我的寂寞是一条长蛇，
冰冷地没有言语——
姑娘，你万一梦到它时
千万啊，莫要悚惧！

它是我忠诚的侣伴，
心里害着热烈的乡思；
它在想着那茂密的草原，——
你头上的，浓郁的乌丝。

它月光一般轻轻地，
从你那儿潜潜走过；
为我把你的梦境衔了来，
像一只绯红的花朵！

南方的夜

以上选自《冯至作品新编》，人民文学出版社，2009年。

我们静静地坐在湖滨，
听燕子给我们讲讲南方的静夜。
南方的静夜已经被它们带来，
夜的芦苇蒸发着浓郁的热情——
我已经感到了南方的夜间的陶醉，
请你也嗅一嗅吧这芦苇丛中的浓味。

你说大熊星总像是寒带的白熊，
望去使你的全身都觉得凄冷。
这时的燕子轻轻地掠过水面，
零乱了满湖的星影——
请你看一看吧这湖中的星象，
南方的星夜便是这样的景象。

你说，你疑心那边的白果松，
总仿佛树上的积雪还没有消融。

这时燕子飞上了一棵棕榈，
唱出来一种热烈的歌声——
请你听一听吧燕子的歌唱，
南方的林中便是这样的景象。

总觉得我们不像是热带的人，
我们的胸中总是秋冬般的平寂。
燕子说，南方有一种珍奇的花朵，
经过二十年的寂寞才开一次——
这时我胸中忽觉得有一朵花儿隐藏，
它要在这静夜里火一样地开放！

施蛰存

施蛰存（1905 ~ 2003），原名施德普，字蛰存，常用笔名施青萍、安华、薛蕙、李万鹤、陈蔚、舍之、北山等，浙江杭州人。相继在云南大学、厦门大学、暨南大学、大同大学、光华大学、沪江大学等校任教。1952年调任华东师范大学教授。著有《施蛰存文集》。

桥洞

小小的乌蓬船，
穿过了秋晨的薄雾，
要驶进古风的桥洞了。

桥洞是神秘的东西哪，
经过了它，谁知道呢，
我们将看见些什么？

风波险恶的大江吗？
纯朴肃穆的小镇市吗？
还是美丽而荒芜的平原？

我们看见殷红的乌柏子了，
我们看见白雪的芦花了，
我们看见绿玉的翠鸟了，

感谢天，我们底旅程，
是在同样平静的水道中。

但是，当我们还在微笑的时候，
穿过了秋晨的薄雾，
幻异地在庞大起来的，
一个新的神秘的桥洞显现了，
于是，我们又给忧郁病侵入了。

银鱼

横陈在菜市里的银鱼，
土耳其风的女浴场，

银鱼，堆成了柔白的床巾，
魅人的小眼睛从四面八方投过来。

银鱼，初恋的少女，
连心都要袒露出来了。

选自《现代派诗选（修订版）》，人民文学出版社，2011年。

臧克家

臧克家（1905～2004），曾用名臧瑗望，笔名少全、何嘉等，山东潍坊诸城人。曾任《诗刊》主编、全国人大代表、全国政协常委、中国作家协会名誉副主席、中国诗歌学会会长等。著有诗集《烙印》《宝贝儿》《臧克家诗选》等。

三代

孩子，在土里洗澡；
爸爸，在土里流汗；
爷爷，在土里埋葬。

1942年

幻光

人生永远追逐着幻光 。
但
谁，把幻光看做幻光，
谁，便沉入了无边的苦海。

春鸟

选自《泥土的歌》，桂
林今日文艺出版社，
1943年。

当我带着梦里的心跳，
睁大发狂的眼睛，
把黎明叫到了我的窗纸上 ——
你真理一样的歌声。
我吐一口长气，
捋一下心胸，
从床上的恶梦
走进了地上的恶梦。
歌声，
像煞黑天上的星星，
越听越灿烂，
像若干只女神的手
一齐按着生命的键。
美妙的音流
从绿树的云间，
从蓝天的海上，
汇成了活泼自由的一潭。
是应该放开嗓子
歌唱自己的季节，
歌声的警钟
把宇宙
从冬眠的床上叫醒，
寒冷被踏死了，
到处是东风的脚踪。
你的口
歌向青山，

青山添了眉眼；
你的口
歌向流水，
流水野孩子一般；
你的口
歌向草木，
草木开出了青春的花朵；
你的口
歌向大地，
大地的身子应声酥软；
蛰虫听到你的歌声，
揭开土被
到太阳底下去爬行；
人类听到你的歌声，
活力冲涌得仿佛新生；
而我，有着同样早醒的一颗诗心，
也是同样的不惯寒冷，
我也有一串生命的歌，
我想唱，像你一样，
但是，我的喉头上锁着链子，
我的嗓子在痛苦的发痒。

1942 年 5 月 22 日晨，万鸟声中写于河南叶县寺庄

烙印

生怕回头向过去望，
我狡猾地说"人生是个谎"，
痛苦在我心上打个印烙，
刻刻警醒我这是在生活。

我不住地抚摩这印烙，
忽然红光上灼起了毒火，
火花里迸出一串歌声，
件件唱着生命的不幸。

我从不把悲痛向人诉说，
我知道那是一个罪过，
浑沌地活着什么也不觉，
既然是谜，就不该把底点破。

我嚼着苦汁营生，
像一条吃巴豆的虫，
把个心提在半空，
连呼吸都觉得沉重。

1932 年

老马

总得叫大车装个够，
他横竖不说一句话，
背上的压力往肉里扣，
他把头沉重地垂下！

这刻不知道下刻的命，
他有泪只往心里咽，
眼里飘来一道鞭影，
他抬头望望前面。

洋车夫

 一片风啸湍激在林梢，
雨从他鼻尖上大起来了，
车上一盏可怜的小灯，
照不破四周的黑影。

他的心是个古怪的谜，
这样的风雨全不在意，
呆着像一只水淋鸡，
夜深了，还等什么呢？

村夜

太阳刚落，
大人用恐怖的故事
把孩子关进了被窝，
（那个小心正梦想着
外面朦胧的树影
和无边的明月）
再捻小了灯，
强撑住万斤的眼皮，
把心和耳朵连起，
机警的听狗的动静。

反抗的手

上帝，给了享受的人
一张口；
给了奴才
一个软的膝头；
给了拿破仑
一柄剑；
同时
也给了奴隶们
一双反抗的手。

1942 年

不久有那么一天

不要管现在是怎样，等着看，
不久有那么一天，
宇宙扪一下脸，来一个奇怪的变！

天空耀着一片白光，
黑暗吓得没处躲藏，
人，长上了翅膀，带着梦飞，

赛过白鸽翻着清风，
到处响着浑圆的和平。

丑恶失了形，美丽慌张着
找不到自己的影，
偶然记起前日的人生，
像一个超度了的灵魂，
追忆几度轮回以前的秽形。

不过，现在你只管笑我愚，
就像笑这样一个疯子，
他说：太阳是从西天出，
黄河的水是清的。

这话于今叫我拿什么证实？
阴天的地上原找不出影子，
但请你注意一件事：
暗夜的长翼底下，
伏着一个明亮的晨曦。

　　　　　　　　　1931 年

有的人

—— 纪念鲁迅有感

选自《臧克家文集》，
山东文艺出版社，
1985 年。

有的人活着
他已经死了；
有的人死了
他还活着。

有的人
骑在人民头上："呵，我多伟大！"
有的人
俯下身子给人民当牛马。

有的人
把名字刻入石头想"不朽";
有的人
情愿作野草,等着地下的火烧。

有的人
他活着别人就不能活;
有的人
他活着为了多数人更好地活。

骑在人民头上的,
人民把他摔垮;
给人民作牛马的,
人民永远记住他!

把名字刻入石头的,
名字比尸首烂得更早;
只要春风吹到的地方,
到处是青青的野草。

他活着别人就不能活的人,
他的下场可以看到;
他活着为了多数人更好活的人,
群众把他抬举得很高,很高。

1949年11月1日

王亚平

王亚平(1905～1983),原名王福全,笔名罗伦、白汀、大威,河北省威县人。曾任《春草诗丛》主编,冀鲁豫文联主任、《人民日报》副刊主编、《新民报》总编辑,北京市文联秘书长等。著有诗集《都市的冬》《十二月的风》《海燕的歌》《生活的谣曲》等。

灯塔守者

白鸥在夜幕里睡熟了,

选自《王亚平诗选》,中国文联出版公司,1986年。

太平洋上没有一丝帆影。

乌云夺去了星月的光辉，
天空矗立着孤独的灯塔。

远处送来惊人的风啸，
四周喧腾着愤怒的涛声。

在这曙色欲来的前夜，
我把生命献给了光明。

　　　　　1935 年 1 月 5 日于栈桥

陈学昭

陈学昭（1906～1991），笔名野渠，浙江海宁人。1935 年获法国克莱蒙大学文学博士学位，历任延安《解放日报》副刊编辑、《东北日报》副刊编辑、浙江大学教授、浙江省文联副主席、全国政协委员等。著有《工作着是美丽的》《春茶》《倦旅》《忆巴黎》《天涯归客》等。

红海月

选自《文学周报》第五卷，1928 年 2 月合订。

月儿从海角飘起，
披着云翳，
黯青无崖的海水，
泠泠然映动了波纹，
波纹似的缕缕往事唷，
疏星似的淡淡，
闷在心头。

你是我梦里的安慰人，
你的冷静，
你的柔情，
多少时来给了我 ——
心的攀援
说道：

永远！ 永远！
我们一样的飘零，
一样的沦落！

月儿高高地悬在天空，
银光凄惨地泻满在甲板上。
我悄悄地归了卧房，
我要以我的梦，
投入你神秘的心胸！

1927年6月17日夜

曹葆华

曹葆华（1906～1978），四川乐山人。历任鲁迅艺术学院教员、中宣部编译处副处长、斯大林全集翻译室副主任、中国社科院外国文学研究所研究员等。著有《寄诗魂》《落日颂》等。

无题草

小窗外吹起朔漠风
在无线电杆上学鬼叫
不知绿灯下译书人
正逼着秃落的笔头
吐出五千年死人的呓语

屋内一阵冷，一阵热
刹那间驰过数十寒暑
恍惚自己是一个梦
忽有手指敲落门环
说是古城上风云紧了。

她这一点头

她这一点头，
是一杯蔷薇酒；

选自《新诗选》，上海教育出版社，1979年。

倾进了我的咽喉，
散一阵凉风的清幽；
我细玩滋味，意态悠悠，
像湖上青鱼在雨后浮游。

她这一点头，
是一只象牙舟；
载去了我的烦愁，
转运来茉莉的芳秀；
我伫立台阶，情波荡流，
刹那间瞧见美丽的宇宙。

蓬子

蓬子（1906～1969），姓姚，原名方仁，字裸人，后改名杉尊，笔名丁爱、小莹、姚梦生、梦业、慕容梓，浙江诸暨人，曾就学于上海中国公学与北京大学。历任左联党组宣传部长、《文艺生活》月刊主编、《扶轮日报》和《抗战文艺》编辑、作家书屋老板和上海师院教师等。著有《银铃》《蓬子诗钞》《剪影集》等。

苹果林下

此刻白日的影子沉入在深谷，
只剩了一种单调的声音在断续：
那是烂熟的苹果留不住枝头，
跟着了秋叶，堕在黄昏的草坪。
苹果林下我一人在徘徊，
苹果的红艳牵引起我的思念；
淡淡的微风匍匐我发上，
疑心是你呵纤纤的手指在抚摩。

为什么这样没有羞耻的思想，
会踱过黄昏来，占住了我的心？
我的爪发如此长，我的面色如此黄瘦，
我的心呵，不能笑，不能歌，
青春的骸骨是一太重的负担了。

夜的池塘沉满了老树的 Silhouettes,
荒凉的池塘似的我底心灵呵,
华年的梦不应该错误地闯进来。

夕阳在山下如一老狗僵眠着,
夜的空间充满了苹果的浓香。
我在痛苦的记忆里默默地祝福你:
愿你永远忘了我,永不见我的影子在你梦里。

银铃

选自《银铃》,上海水沫书店,1929年3月刊印。

新雨之后荒园是泥泞地,
啄木鸟儿丁丁地伐木园树上,
更啄落了潮润的新鲜的红蕊。
我穿上了古老的,宽大的木屐,
独自漫步在,漫步在雨后的荒园。
我心儿忽地疼痛,流注着血般。
"什么东西刺伤了你?"我禁不住自问。
"衰老的记忆又重回心头了!"

老旧的故事幕开在记忆里:
一群漂亮的,红面庞的女孩,
和我同坐接骨木的长凳上面,
(争夺地讲述着故事,背诵着诗篇)
啄木鸟儿抛下树皮在她们帽檐。
她们的笑声好似一串银铃儿摇荡!
她们的笑声好似一串银铃儿摇荡!
如今郁金香依旧似旧日的娇美,
啄木鸟儿依旧丁丁地伐木园树内。
但流亮的,清丽的笑声沉默了!
再听不见一串银铃儿的摇荡!

破琴

选自《银铃》,上海水沫书店,1929年3月刊印。

零落的琴,

比掩在荒草里的歌唇还要寂寞，
比古庙的钟，更寂寞。

残弦迸裂在秋风里！
褪色的襟角裙边，
都睡满了尘丝的青苔。

再不会，瞧见了诗人，
曲调未成，就拍翅向他飞奔；
晨露上，也再不见有琴音驻停。

孤独地，看春花换成黄叶，
看月缺又月圆；
偷顾影子，秋月下，活像架枯骸。

我愿我的心是一条可爱的小径

选自《银铃》，上海
水沫书店，1929年3
月刊印。

林荫路上款步着一个美丽的姑娘，
从姑娘的发上喷散了松脂的清香。
好似两朵小白花摇荡在红心草间，
也似一对白色翅膀的小鹅游泅在春水上面，
她百合花茎似的迷人的小小的脚儿，
我真疑心两只白鸽儿飞翔在草上了。

我愿我的心是一条可爱的小径，
绿茸茸地，嫩草如鸭绒般诱人。
让她一步一歌地低徊在我的心上吧，
或者 Nymph 似疯疯地颠跳着吧。
只要她的足趾一个个地践踏在心窝上，
正如乐师的手指按动着披霞娜的琴键呵，
胜利的歌音迸散在我心窍了，
—— 在她足下留下黄金似的爱情之印痕了。

邵洵美

邵洵美（1906～1968），原名邵云龙。祖籍浙江余姚，出生于上海。1923年初毕业于上海南洋路矿学校，同年入英国剑桥大学攻读英国文学。1928年开办金屋书店，后曾编辑《金屋月刊》、《十日谈》杂志、《人言》杂志、《论语》半月刊。晚年从事外国文学翻译工作。著有《天堂与五月》《花一般的罪恶》《诗二十五首》等。

序曲

选自《花一般的罪恶》，
上海金屋书店出版，
1928年。

我也知道了，天地间什么都有个结束；
最后，树叶的欠伸也破了林中的寂寞。
原是和死一同睡着的；但这须臾的醒，
莫非是色的诱惑，声的怂恿，动的罪恶？

这些摧残的命运，污浊的堕落的灵魂，
像是遗弃的尸骸乱铺在凄凉的地心；
将来溺沉在海洋里给鱼虫去咀嚼吧，
啊，不如当柴炭去燃烧那冰冷的人生。

季候

初见你时你给我你的心，
里面是一个春天的早晨。

再见你时你给我你的话，
说不出的是炽烈的火夏。

三次见你你给我你的手，
里面藏着个叶落的深秋。

最后见你是我做的短梦，
梦里有你还有一群冬风。

来吧

我便这样地离了你
我便这样地离了带泪的你，
你是染露的青叶子，
我便像那花瓣吓落下了地。

啊你我底永久的爱……
像是云浪暂时寄居在天海。
啊来吧你来吧来吧，
快像眼泪般的雨向我飞来。

我是只小羊

我是只小羊，
你是片牧场。
我吃了你我睡了你，
我又将我交给了你。

半暗的太阳，
半明的月亮，
婴孩的黑夜在招手，
是小羊归去的时候。

小羊归去了，
牧场忘怀了。
我是不归去的小羊，
早晚伴着你这牧场。

选自《现代新诗一百首》，北京出版社，1983年。

苏金伞

苏金伞(1906～1997),原名苏鹤田,河南睢县人,曾任河南省文联主席等。著有诗集《地层下》《鹁鸪鸟》《苏金伞诗选》等。

地层下

冰雪
使大地沉默。
然而沉默,
并不是死亡。
眼前:
虽然是冻结的池塘
是没有颜色的田野,
是游行过后标语被撕去的墙壁,
和旗子的碎片飘散的大街。

但是,在地层下,
要飞翔的正在整理翅膀,
要跳跃的正在检点趾爪,
要歌唱的正在补缀乐曲,
要开花结子的正在膨胀着种子,
躺在枪膛里的子弹,
也正在测验着自己的甬道。

不久,土壤就会暖和起来。
肌肉也松动了;雷会来呼唤它们。
不久就是彩色的季节和音响的世界。
而匿居在洞穴里,或流放在海边的喑哑的歌者,
也将汇合在一起,
围绕着太阳,举行一次大合唱。

1947年4月

无弦琴

无弦琴
挂在贴满蛛窝的泥壁上
过着无声的岁月

虽然已习惯于无声
但当失去了温暖的衰风
像病后的妇人的脚步
来回地蹴着廊下的枯叶

或沉重的岁月
从檐射入
照在琴胸上
像一个被卖的婴儿
顷刻就要从怀里
被人携去

那时
也许会触动他无限的感慨
亟欲一吐积愫
尤其是
从山外传来的群众呼喊
像海的多足的远波
爬上了窗棂
它真的想剖开胸膛
大喝一声
在兴奋中破灭

然而
跟人无神经
不能思索一样
琴
无弦
是难以表白的

以上选自《闻一多全集》之四《现代诗钞》，开明书店，1948年。

只巴着
有一天
霹雷在屋顶上打滚
闪电
刺得夜睁不开眼
而自己化一条火蛇
飞出户外
和雷电一同呼吸
一同咆哮

李广田

李广田（1906～1968），山东邹平人。号洗岑，笔名黎地、曦晨等。毕业于北京大学。曾任教于西南联大、南开大学、清华大学，1952年调任云南大学副校长、校长。历任中国科学院云南分院文学研究所所长，作协云南分会副主席。著有《雀蓑集》《圈外》《回声》《日边随笔》《李广田文集》。

秋灯

是中年人重温的友情呢，
还是垂暮者偶然的忆恋？
轻轻地，我想去一吻那灯球了。

灰白的，淡黄的秋夜的灯，
是谁的和平的笑脸呢？
不说话，我认你是我的老相识。

叮，叮，一个金甲虫在灯上吻，
寂然地，他跌醉在灯下了：
一个温柔的最后的梦的开始。

静夜的秋灯是温暖的，
在孤寂中，我却是有一点寒冷。
咫尺的灯，觉得是遥遥了。

窗

偶尔投在我的窗前的
是九年前的你的面影吗？
我的绿纱窗是褪成了苍白的，
九年前的却还是九年前。

随微飓和落叶的窸窣而来的
还是九年前的你那秋天的哀怨吗？
这埋在土里的旧哀怨
种下了今日的烦忧草，青青的。

你是正在旅行中的一只候鸟，
偶尔的，过访了我这座秋的园林，
（如今，我成了一座秋的园林）
毫无顾惜地，你又自遥远了。

遥远了，远到不可知的天边，
你去寻，寻另一座春的园林吗？
我则独对了苍白的窗纱，而沉默，
怅望向窗外：一点白云和一片青天。

流星

一颗流星，坠落了，
随着坠落的
有清泪。

想一个鸣蛙的夏夜，
在古老的乡村，
谁为你，流星正飞时，
以辫发的青缨作结，
说要系航海的明珠
作永好的投赠。

想一些辽远的日子，
辽远的，
沙上的足音……

泪落在夜里了，
像星陨，坠入林荫
古潭底。

秋的味

谁曾嗅到了秋的味，
坐在破幔子的窗下，
从远方的池沼里，
水滨腐了的落叶的 ——
从深深的森林里，
枯枝上熟了的木莓的 ——
被凉风送来了
秋的气息？
这气息
把我的旧梦醺醒了，
梦是这样迷离的，
像此刻的秋云似 ——
从窗上望出，
被西风吹来，
又被风吹去。

笑的种子

把一粒笑的种子
深深地种在心底，
纵是块忧郁的土地，
也滋长了这一粒种子。

笑的种子发了芽，
笑的种子又开了花，

花开在颤着的树叶里，
也开在道旁的浅草里。

尖塔的十字架上
开着笑的花，
飘在天空的白云里
也开着笑的花。

播种者现在何所呢，
那个流浪的小孩子？
永记得你那偶然的笑，
虽然不知道你的名字。

地之子

我是生自土中，
来自田间的，
这大地，我的母亲，
我对她有着作为人子的深情。
我爱着这地面上的沙壤，湿软软的，
我的襁褓；
更爱着绿绒绒的田禾，野草，
保姆的怀抱。
我愿安息在这土地上，
在这人类的田野里生长，
生长又死亡。

我在地上，
昂了首，望着天上。
望着白的云，
彩色的虹，
也望着碧蓝的晴空。
但我的脚却永踏着土地，
我永嗅着人间的土的气息。
我无心于住在天国里，

因为住在天国时，
便失去了天国，
且失掉了我的母亲，这土地。

秋的歌者

躲在幽暗的墙角，
在草丛里，
抱着小小的瑶琴，
弹奏着黄昏曲的，
是秋天的歌者。

这歌子我久已听过，
今番听了，
却这般异样，
莫不是"人"也到了秋天吗！
你的曲子使我沉思。

趁斜风细雨时节，
且把你的琴弦弄紧，
尽兴地弹唱吧。
当你葬身枯叶时，
世界便觉得寂寞了。

灯下

望青山而垂泪，
可惜已是岁晚了，
大漠中有倦行的骆驼
哀咽，空想像潭影而昂首。

乃自慰于一壁灯光之温柔，
要求卜于一册古老的卷帙，
想有人在远海的岛上
伫立，正仰叹一天星斗。

以上选自《李广田文集》，山东人民出版社，1983年。

蹇先艾

蹇先艾（1906～1994），笔名罗辉、赵休宁、陈艾利、蔼生等。贵州遵义人。毕业于北平大学法学院经济系，历任北平松坡图书馆编纂主任、贵州省文化局局长、贵州省文联主席、政协贵州省副主席、贵州省地方志编纂委员会副主任等。著有《酒家》《还乡集》《苗岭集》等。

爱情

理智的锄已拿在我的手中，
想将心头的爱情挖掘一空；
无如爱情不服，顽梗地抵抗，
江湖似的乱窜，辨不清方向。

有时爱情直窜到了我的嘴唇，
我抱搂着女人尽兴地狂吻；
倘使它突然进向我的笔尖，
我笔下便涌出美丽的诗篇。

原来爱情是这样难得铲除，
你想没有爱人生岂不偏枯，
于是我就将理智的锄弃掉，
任火荼的热情在胸中欢跃。

1927年3月

春晓

选自《蹇先艾文集》第三卷，贵州人民出版社，2004年。

纱窗的外面低荡初晓的温柔，
霞光仿佛金波掀动，风弄歌喉，
林鸟也惊醒了伊们的清宵梦，
歌音袅袅啭落槐花深院之中。

半圮的墙垣拥抱晕黄的光波，
花架翩飞几片紫蝶似的藤箩，
西天边已淡溶了月舟的帆影，
听呀，小巷头飘起一片叫卖声！

关露

关露（1907～1982）原名胡寿楣，又名胡楣，祖籍原河北延庆（今属北京市）。生于山西省右玉县。曾在中国诗歌会创办的《新诗歌》月刊任编辑，著有《太平洋上的歌声》《新旧时代》《苹果园》等。

马达响了

选自《关露诗文选》，文化艺术出版社，2001年。

马达响了，
织绸子的机器开动了，
我们千百个人都随着机器开动了。
血，汗，
一滴，一滴。
绸子，
一尺，一寸，
用机器去织绸子，
用血汗去滑动机器。

日班，
夜班，
从天明到日落，
从日落到夜半，
一点，一滴，
一尺，一寸。
瘦了，
我们瘦了，
血汗变成了绸子，
绸子变成资本家的资本。

一点，一滴，
一尺，一寸，
机器开动了，
我们千百个人也开动了。

1934年

阿垅

阿垅（1907 ~ 1967），原名陈守梅，又名陈亦门，浙江杭州人，曾任天津市文协编辑部主任。著有小说《南京》，诗集《无弦琴》，文艺论集《人和诗》等。

不要恐惧

巨雷是那个巨人底狂喜的狂笑
在你底生命的充溢中，孩子！ 你不是
也笑不可止，那么大声吗？
—— 不要恐惧！
骤雨是那个巨人底感动和激情的堕泪
当你醒来的时候被我底手所慰抚，或者你自己
用手慰抚一个给你的香苹果，孩子！ 你不是
也晶莹含泪，而并非痛哭吗？
—— 不要恐惧！
狂风是欢乐底不合步法的奔跑
闪电是喜悦底盘旋而舞的双臂，孩子！ 你不是
也为了去捉一朵柳絮，去追逐圆月，或者什么也不为而
由于肌肉和精神底单纯的需要而急奔和舞蹈吗？
—— 不要恐惧！
不要恐惧
你是在我底可靠而平静的怀中
我没有恐惧，我是经过风暴和沙漠来的
因为我没有恐惧；因为你要经过风暴和沙漠而去。

无题

不要踏着露水 ——
因为有过人夜哭。……

哦，我底人啊，我记得极清楚，
在白鱼烛光里为你读过《雅歌》。

但是不要这样为我祷告，不要！

我无罪，我会赤裸着你这身体去见上帝。……

但是不要计算星和星间的空间吧
不要用光年；用万有引力，用相照的光。

要开做一枝白色花 ——
因为我要这样宣告，我们无罪，然后我们凋谢。

街头

选自《阿垅诗文集》，
人民文学出版社，
2007 年。

"沙刺，沙刺，……"
多雾的晨
锯匠们把生活锯成一片屑子。

而路边的花摊
红色的花，黄色的花，白色的花。……
照着和人脸一样没有表情的日光
闪烁着几滴冷淡的水珠，
卖花的，低下自己底头去寂寞地弄着手指
什么也不看
什么也不唱呢。

黑斑脸的孩子和妇人
蹲踞在一堆一堆的煤渣上
寻觅着，捡拾着，争夺着，……
为残余被弃的火种
为残余被忘的人生。

一个糖担子
向来往的人敲着破小锣，
生活，不需要这一点甜味么？ ——

但是人是无视的
孩子们也不来
自己，同样有着一双无望之望的眼；
只有乱飞乱扑的苍蝇了。

拾荒的旧篮子像一只母猪底大乳房是太
沉重了，
装满着蚌壳一样多的弹片，
死不了，
硬是活着！——

与其卑贱地活
不如高贵地死！——

人，有人的生活；
不是昆虫，不是寄生植物的，
不是不带链子的奴隶们的！……
与其黯淡地活
不如光辉地死！——

人，有人的权利
为了命运，天空，土地，在我们是必须自
由的……

从无畏的死
得不朽的生，
流十字架的血
击碎巴士蒂狱的铁门！

于是——

木屑成金沙
愁苦的脸开了花，红色的花，黄色的花，
白色的花

……
煤渣第二次燃烧，炸弹永远消灭
生命辉煌照耀……

1941 年 5 月 29 日　重庆

廖沫沙

廖沫沙（1907～1991），原名廖家权，笔名繁星，湖南长沙人。1949年后历任中共北京市委宣传部副部长、教育部部长、统战部部长、市政协副主席、全国政协委员等。北京市委刊物《前线》曾为他和邓拓、吴晗开设《三家村札记》杂文专栏，1966年5月三人被错定为"三家村反党集团"。1979年平反。著有《廖沫沙全集》。

全世界光明了

原载1945年8月10日
重庆《新华日报》副
刊，署名怀湘。

一个光辉万丈的日子，
一个掀天动地的时辰：
一九四五年八月九日，
苏联对日本宣布了
一个正义的战争！
这是全世界的光明，
这是全人类的光明，
这是全部人类的历史，
空前未有的一次声音：
东方的人民，
西方的人民，
今天同时看到了解放的光明，
今天同时听到了自由的钟声！
解放的光明，
自由的钟声，
天啊！请你睁开眼睛！
地啊！请你仔细听听！
当晨光还朦胧在薄暗之中，
当黎明还没有走出黑夜的深沉，
当太阳还没有升腾，
当全世界的人们酣睡未醒，
天哪，你想我们听到的是什么声音？
八月九日，苏联对日本宣布了战争！
这声音是那么深远，
然而这声音有若洪钟；
这声音是那么轻柔，
然而这声音好像雷鸣。

立刻提起笔来，
—— 但恨我没有枪在手中，炮在手中；
立刻写下这声音，
—— 但恨我不能够一喝便喝醒所有的人；
立刻排成铅字，
—— 但恨我不能敲开全世界的每一家大门；
立刻印成报纸，
—— 但恨我不能顷刻之间印出千万份；
立刻送到读者手中，
—— 但恨我不能直接送进每一个人的心。
可是你瞧！ 我为什么这么蠢？
难道这光明还不能够照遍整个世界？
难道这声音不早已震动了全世界人民？
东方的黑暗太长久了，
西方的噩梦也刚刚才醒，
纳粹恶政在欧洲粉碎，
东方还剩下这法西斯的日本；
只要一点法西斯还留在世上，
就是人类全体的不幸。
世界是整个的，
不能一半黑暗一半光明！
人民是整个的，
不能一半是奴隶一半是自由人！
可是莫斯科来了一个宏大的声音，
它说要自由就全人类自由，
要和平就全世界和平。
这声音像高山起伏，
这声音像洪涛万顷，
这声音震动寰宇，
这声音超绝古今。
还有什么人能够阻挡这个声音？
还有什么人能够违抗这个命令？
东方的人民，
西方的人民，
今天同时看到了解放的光明，
今天同时听到了自由的钟声，

法西斯末日真正到了，
人民的世界已经降临！
让一切该死的都死了吧，
让一切再生的再生，
让一切将生的和未生的，
自由而快乐地产生！
用最后的血、最后的汗、最后的一点精力，
把一个旧的摧毁，把一个新的造成。
万岁！ 世界的光明，
万岁！ 人类的文明，
苏联宣布了一个解放世界的战争，
这就是在今天的早晨！

刘荣恩

刘荣恩（1908 ~ 2001），生于杭州，随父母移居上海。1930年毕业于北平燕京大学英文文学专业，曾执教天津南开大学、天津工商学院。1948年赴英国牛津大学贝利奥尔学院访学，后定居英国，著有《刘荣恩诗集》《十四行诗八十首》《五十五首诗》等。

我怕用一个比喻

选自1944 年作者自印"私人藏版限定版"《诗》。

荫，我该怎么说才好呢！
我亲眼见过海底成了山顶，
岩石非但烂了，还流动着；
我怕用一个比喻来说，
我怎样爱你。

荫，我该怎么说才好呢！
少年人的盟誓成了闭了眼的灯，
情爱成了谈话的笑柄；
我怕用一个比喻来说，
我怎样爱你。

荫，我该怎么说才好呢！
大自然和人一样的不忠诚，

爱情同我偷偷的躲藏着哭了。
我怕用一个比喻来说，
我怎样爱你。
注：荫指作者的夫人程荫。

城门

选自1944年作者自印"私人藏版限定版"《诗》。

一座大的城门，
一块从历史底大回忆
采撷下来的小回忆。
它曾看见过因
眼泪而张大的眼睛；
军旗马匹飞着穿过；
难民像牲口一样爬过……
城楼靠在黑下去的
黄昏天，
是一颗印玺
打在民族底头上。
我一看见座城门楼，
便想起个缝纫妇坐在街头。
一条一条的千万生灵
在它的针眼里穿过，
像穿过针的线，
去缝那一件中国历史底
直襟大褂。

Nocturne in E minor （Chopin，op. 72）

Chopin即弗里德里克·弗朗索瓦·肖邦（1810～1849），19世纪波兰作曲家、钢琴家。题目是听萧邦《夜曲》的感受。这首被列为"op.72 No.1（遗作）"的E小调《夜曲》是萧邦的早期作品。

那夜，萧邦，
你想的是什么？
无穷的温柔，忧郁，
无穷尽流浪的黄昏凄凉。
轻轻微微，

偷偷摸摸的
藏在 Nocturne 里。

今黄昏
伴着流浪人的黄昏凄凉，
我难受极了
想找一个人说说。

Franz　Drdla：Souvenir

Franz Drdla 即弗朗兹·德尔德拉(1868～1944)，捷克作曲家、小提琴家，Souvenir 即《纪念曲》。本诗选自1945年作者自印"私人藏版限定版"《诗二集》

回忆像
鱼在音乐底湖面上
蹦着。

像用刀
把鱼鳞
倒片下来。

今夜听
Souvenir
铁针在脸上写。

悬赏：寻回忆

选自1944年作者自印"私人藏版限定版"《诗》。

你知道我要难受的
为什么你要向我说故乡话？

这里那有故乡的青色，树，
道路，郊外，像怀念般的船只，
喜鹊飞过重重暮色下的寺院，
母亲说："我只有你们几个孩子，"
美丽的美丽，母亲的故乡话——

我同时在悬赏着回忆，
也随便把回忆种在陌生人的心头。

大部分许是丢失的回忆，
被一个浪子浪费在异地。

为了我是一个浪子的缘故，
你再说一句故乡话吧；
也许乡音可以救我一次。

陈楚淮

陈楚淮（1908～1997），字江左，笔名秋蘅、蘅子，浙江瑞安人。1929年毕业于南京东南大学。长期在浙江大学等从事教育工作。著有《陈楚淮文集》。

春风和杜鹃

以笔名秋蘅发表于1933
年12月《明天》创刊号。

春风说，"我去了"，
收拾桃花的碎片，
在水上写下留别的诗。

杜鹃说："你慢走"，
咽下了叶上的露水，
唱出来一首凄惨的歌。

那也是天

以笔名蘅子发表于1941
年1月出版的《温中校
刊》第9期。

望着树，望着树外的天，
是痴子，独自站在桥边；
像石柱，耸立在暮霭里，
怪有趣，那屋上的炊烟。
那太阳，脸上红得像火，
喝醉了，低头靠在山尖。
望水底，叫，那红的是酒，
不是的，一笑，那也是天。

徐訏

徐訏（1908～1980）原名徐传琮，笔名有徐于、史大刚、东方既白等。浙江慈溪人。
1931年毕业于北京大学哲学系，1936年赴法留学获哲学博士学位。曾长期在香港、
新加坡任教，著有《鬼恋》《进香集》《待绿集》《借火集》《灯笼集》《鞭痕集》等。

灯笼

选自《灯笼集》，怀正
出版社，1948年。

树梢风声如吟，
使我再无睡意，
于是我手提灯笼，
走到碧莲峰底。

我看见万种星星，
点点都是缠绵，
还有月色如蜜，
竟把山色涂遍。

后来白云飞来，
星星化为雨点，
它把山梢月色，
轻洒灰白河面。

怪你夜来贪睡，
辜负了风情雨意，
但我因有灯笼在手，
竟把它当作了你。

        1942年8月11日　　阳朔

戒烟辞

你幻过丝，幻过蛇，
幻过窈窕的女子，
变成云，变成雾，
叫我躺在你怀里做事。

于是你代替我梦，
代替我爱，代替我诗，
叫我望着你伴我
寂寞的生命飞逝。

我在你唇边呼吸，
消磨我遐想沉思，
还消磨我寥落的良夜，
与苦闷厌烦的天时。

但现在我要离开你，
像春蚕离开丝，
把你作为衣上灰脚上泥，
笑你在别人口中多事。

从此我就能自由的呼吸，
在新鲜的空气里沉思，
我于是会创造梦，创造爱，
也会创造无烟火气息的新诗。
　　　　1942年9月28日　　重庆

吻之歌

《中国现代文学补遗
书系·诗歌卷·二》，
明天出版社，1991年。

有些吻儿甜如蜜，
有些吻儿苦如茶，
有些吻儿冷若冰，
有些吻儿热如炉。

还有些吻儿坚如铁，
还有些吻儿柔如水，
香艳中附着锐刺，
有些吻儿像玫瑰。

还有些使灵魂轻盈，
有些使肉体沉重。

有些使你一时陶醉，
有些使你终身做梦。

有些吻儿如葡萄，
有些吻儿如草莓；
还有些吻儿带辛辣，
还有些淡而无味。

有些吻儿如狂飚，
有些吻儿如甘霖，
还有些吻儿如毒菌。
多少贪嘴的都伤了性命。

世上还有带毒的甜吻，
它叫你唇儿从此憔悴，
也永远有信仰的吻，
叫你为它死而无悔。

母亲第一次同我吻别，
那个吻始终留在我的肺腑，
还有那初恋时的情吻，
甜蜜中永含着凄苦。

谁有过少女纯洁的吻，
嘴唇上长留着娇美，
多少荒芜的心灵，
为此生长了美丽的花卉。

此外有生离死别的拥吻，
一次吻就各奔前程，
而久别重逢的甜吻，
甜苦的回忆都在嘴唇。

世间还有卖友的吻，
犹大出卖过耶稣的生命。
而无数的街头巷角，

多少的吻儿是商品。

舞台银幕里有长吻，
没有一个吻儿会认真
而世上多情的儿女，
为一次轻吻常决定命运。

有些吻是爱，
有些吻是恨；
有些吻是愉快，
有些吻是伤心。

有些吻叫人睡。
有些吻催人醒；
有些吻使人笨，
有些吻使人聪敏。

多少的吻儿代表骄傲，
多少的吻儿代表好胜，
还有多少的吻儿，
鼓励你轻视名誉生命。

有人给过我带泪的吻，
有人赠过我永别的吻，
还有人赠过我感激的，
严肃的诚实的诱惑的吻。

但我还遭遇过惊心的吻，
吻梢上带着深沉的微喟，
冒着最大的危难，
叫我为它永常流泪。

可是我宝贵的是含羞的吻，
唇角里深藏着低迷，
它打开我深锁的灵魂，
提取我心中隐藏的神秘。

它洗净我过去的罪，
把我骄傲点化成高贵，
把我平庸的聪敏，
一瞬间点化成智慧。

于是我会有勇气，
临死时接受如来的长吻，
它使我肉体在吻中消散，
长伴我上升的灵魂。

　　　　1942年12月16日，午，渝

力扬

力扬（1908～1964），原名季信，字汉卿，曾用名季春丹，浙江青田人。曾任重庆《新民报》文艺副刊编辑、香港中业学院文学系主任、中国科学院文学研究所研究员等。著有诗集《枷锁与自由》《射虎者及其家族》《我的竖琴》《给诗人》等。

我们为什么不歌唱

选自《我的竖琴》，诗文学社，1944年。

当黑夜将要退却，
而黎明已在遥远的天边
唱起红色的凯歌，
—— 我们为什么不歌唱！

当严冬将要完尽，
而人类的想望的春天
被封锁在冰霜的下面，
—— 我们为什么不歌唱！

当链镣还锁住
我们的手足，鲜血在淋流；
而自由已在窗外向我们招手，
—— 我们为什么不歌唱！

当悲哀的昨日将要死去，

欢笑的明天已向我们走来，
而人们说："你们只应该哭泣！"
——我们为什么不歌唱！

沈宝基

沈宝基（1908～2003），别名金锋，笔名沈其。浙江平湖人。法国里昂大学博士。历任中法大学、北平艺术专科学校教授，解放军总参谋部干部学校、北京大学、长沙铁道学院教授。著有《沈宝基诗抄》。

歌里的灾祸

选自《中国文艺》第9卷第2期，1943年。

你爱听这曲歌吗
灾祸就在这歌里
一声高
抛你入云霄
（谁能拾取你的粉骨呢）
一声低
沉你入海底
（谁能打捞你的尸体呢）
而缠绵的哀诉中
你的生命
只欠柔指的一剪了
亦将不绝如缕
像临终时的叹息

方玮德

方玮德（1908～1935），安徽桐城人，新月派后期有影响的青年诗人。1929年在南京中央大学外文系读书时，就在《新月》《文艺》《诗刊》等刊物发表新诗。大学毕业后赴厦门集美学校任教。1934年到北京，次年因患肺结核病去世。著有《玮德诗集》《秋夜荡歌》《丁香花诗集》《玮德诗文集》。

海上的声音

那一天我和她走海上过，
她给我一贯钥匙和一把锁，
她说："开你心上的门，
让我放进去一颗心！
　　请你收存，
　　请你收存。"

今天她叫我再开那扇门，
我的钥匙早丢在海滨。
成天我来海上找寻，
我听到云里的声音——
　　"要我的心，
　　要我的心！"

幽子

选自《诗刊》季刊二期，1931年4月20日。

每到夜晚我躺在床上，
一道天河在梦中流过，
河里有船，船上有灯光，
我向船夫呼唤——
"快摇幽子渡河。"

天亮我睁开两只眼睛，
太阳早爬起比树顶高，
老狄打开门催我起身，
我向自己发笑——
"幽子不来也好"。

我有

选自《新月》三卷七期，1931年。

我有一个心念，
当我走过你的身前；
像是一道山泉，
不是爱，也不是留恋。

我有一个思量，
在我走回家的路上；
像是一抹斜阳，
不是愁，也不是怅惘。

一只野歌

选自《新月》三卷七期，1931年。

总有一夜我打你的门前过，
我忍着心，偷偷地放一把火；
让你们从火星子里向外窜，
让你们哭，你们在人堆里钻，
我一把抓住你，我的大眼睛：
"你该认识我，
你该认识我！"

总有一天我领带着许多大兵，
一齐奔上你住的那所乡村；
五千匹白马摆起一道长阵，
要这村子里的人杀个干净，
我一把抓住你，我的大眼睛：
"跪下，要你命，
跪下，要你命！"

秋夜荡歌

选自《新月》四卷二期，1932年9月1日。

八月的天掉下一些忧伤，
雁子的翅膀停落在沙港，
看不见一颗夏天的星光，

让路草告诉我它的仓皇；
我摇荡，摇荡，
盖妮，你的影子在我心上。

我摇过无数幽暗的村庄，
岸上的虫子合拢来歌唱，
这四野罩满了一片凄凉，
露水也笑我心头的狂妄；
我摇荡，摇荡，
盖妮，你的影子在我嘴上。

东方招呼我大红的光亮，
看河水铺起云霞的衣裳，
落叶太息我模糊的疯狂，
雄鸡也停止了我的梦幻；
我摇荡，摇荡，
盖妮，你分明在我的身上。

1931年，秋天，南京

我爱赤道

选自《新月》四卷五期，1932年11月1日。

我爱赤道。我爱赤道上
烧热的砂子；我爱椰子，大橡树，
长藤萝，古怪的松树；我爱
金钱豹过水，大鳄鱼决斗，
响尾蛇爬；我爱百足虫，
大蜥蜴的巢穴，我爱
黑斑虎，犰狳，骆马，驼羊，
无知的相聚；我爱猿猴，
攀登千仞的山岩；我爱
老鹰在寂寥的苍空里
雄飞；我也爱火山口喷灰，
我爱坚硬的刚石变作铁水流。

我爱赤道。我爱赤道上光身子的野人，

树皮是他们的衣服，叶子是他们的宝章；
我爱他们勇敢的流血，随便地
截去一只大拇指，或是左腿上一块
大皮；我爱他们容易
跳过一个地里的缺口，天真的飞；
我爱他们顽皮的口吻，
手臂交着手臂，腿交着腿，
在大海的边沿，他们放肆的
摆下一付热情的十字架；
我爱他们星子下的笑，水上的吐沫，
我爱他们敲下一付牙齿，
从血嘴里说出他们的真情；
我也爱他们在黑林里的幽怨，
他们的太息，他们落下几滴
坚强的泪水；我更爱他们
温柔的暗杀，我爱他们割过
野花也割过女人喉头的刀子；
我爱他们的摇头，他们像忘掉的死。
我爱赤道我爱赤道
在你的心里；我爱
你烧红的眼睛，炙热的嘴，
我爱你说不出的荒唐。
好，去吧，我的爱，
我们在赤道上相见。

  1932年夏天，天大热似迟到，忧病相
煎，愤而成此诗，希梦家有以教我。玮德
于无一是处写。

沈祖棻

沈祖棻（1909 ~ 1977），别号紫曼，笔名绛燕、苏珂。籍贯苏州，祖籍浙江海盐。先后就读于南京中央大学和金陵大学，此后任教于金陵大学、华西大学、江苏师院、武汉大学等，1977年6月27日遇车祸逝世。著有《微波辞》《涉江词》等。

别

我是轻轻悄悄地到来，
像水面飘过一叶浮萍；
我又轻轻悄悄地离开，
像林中吹过一阵清风。

你爱想起我就想起我，
像想起一颗夏夜的星。
你爱忘了我就忘了我，
像忘了一个春天的梦。

尘土与春

从湖边吹过来的风，知道
柳条已绿成什么样子吗？

听说满野的樱花全开咧，
桃花正红得像游女的唇脂。

不知道草木消息的人，只有
从飘动的绸衫上看节季吧。

许多人从明朗的青空中来，
挤向没有阳光的屋子里。

而被尘土封锁住的屋中人，
却正梦想着窗子外的春。

告诉我，当你从外边来，
将带给尘土呢，还是春色？

你的梦

是晶莹的真珠
在暗蓝的海水里吐光，
是青色的莲花
在淡白的月光下开绽，
是一角红衫在阑边闪过，
是一丝箫声从远方飘来，
你的梦盈盈地
在黑夜里出现。

是天边的白鸽
掉下一根柔软的羽毛，
是秋晚的园林
落下一片萧疏的木叶，
是从花瓣上泻下的露点，
是在绣枕畔遗下的发丝，
你的梦轻轻地
坠入我的梦里。

想

在露珠还留恋着青草的清晨，
在夕阳已躲进了暮霭的黄昏，
我想起北极阁上鲜艳的霞彩，
又想起玄武湖中流动的水纹，
紫金山顶上的白云，云里的星，
还有你的那一对发亮的眼睛。
天风吹着云霞飘过我的梦里，
一朵霞带来了你的笑，一片云
里也有你的声音；湖水轻轻地
映带着你的影子流过我的心。

我不知是想起南京才想起你，
还是因为想起你才想起南京？
　　　　　　1932年7月10日　上海

沈祖牟

沈祖牟（1909～1947），又名丹来，笔名绿匀、萧萧、宗某等，16岁考进上海圣约翰
大学，后转入光华大学经济系学习。新月派诗人。

港口的黄昏

原载《新月》三卷十一
期，1930年2月。

黄昏天，海风带了哨子吹，
一群鸥鸟乱赶着浪花飞，
远远的是明礁，礁上的红灯，
我想，我该安排下平和的睡。

最难遣是走不完的日子，
有人苦着挨，也有人欢喜，
我贪图像一带隔水的西山，
每每冷轻轻的把阳光收起。
　　　　　　4月11日　香港

更夫

他老了，这一生
敲不破人家的梦，
每个夜深，
他咳嗽像梆子般沉重。

今晚他偏不服老，
他走过炸后的街巷，
一片瓦砾，一堆堆血迹，
梆子般沉重在他的心上。

他乱敲着梆子，
又紧咬着牙，
他再也不许
有个睡熟了的人家！

客店

选自福州《文座》创
刊号，1936年7月。

一灯，一枕，更一院凉秋，
最难消是客里的离愁，
月无情，偏也陌生相笑。

不堪邻笛中几声清脆，
赢它那年少彷徨的累，
呵，天，这颗心该忆到谁。

曼晴

曼晴（1909～1989），原名栗曼晴，河北广宗人。曾随西北战地服务团到晋察冀边区
任战地记者，后到边区文救会、文联、文协等部门从事文艺工作，1949年后历任《石家
庄日报》总编、石家庄地区文联主任等。著有《曼晴诗选》。

打灯笼的老人

在这漆黑漆黑的夜里，
从什么时候就等着我们呢？
在这风雪扑打这路人的夜里，
啊，你这打灯笼的老人。

灯光虽然微红而黝暗，
但毕竟是黑夜长途唯一的灯光啊；
它照着被大雪封埋的难以辨认的路，
它照着前进中的我们。

怎么不深深而又深深地感激呢，

当我看见你佝偻的背影；
披着破旧而又单薄的棉衣，
还站在路旁打着灯笼。

啊，你打灯笼的老人，
现在你可放心了吧？
我们的队伍在你的灯笼照耀之下，
统统地走来而又前进了。

劫后

小溪里乱生着野草，
汩汩的清流哪里去了？
树荫下，再没有人来乘凉，
山坡上，再不见吃草的牛儿来往。

蜿蜒的战壕和雄厚的城墙，
都被炸弹爆轰碎了。
田埂里的庄稼已经枯黄，
村道上，再也不见送饭的姑娘。

整齐的房舍多数塌倒，
王家楼也剩下底半截了；
烟筒里看不见炊烟飘荡，
天空里，再没有家鸽飞翔。

墙壁上留下了无数枪道，
锄儿，犁头，半埋在土里；
蜘蛛在破窗上结成密网，
炕洞里却发出蟋蟀的歌唱。

黄昏后，凫鸟在枯树上干笑，
残余的生命都回来了，
对着这崩溃的村庄，
内心里掀起愤恨的风暴。

火

选自《晋察冀诗钞》，中国青年出版社，1984年。

温暖人心的
只有火，
我爱炽热的火，
我爱通红的火。
我喜欢火炉里的火，
我喜欢铁砧飞溅的火。
我喜欢燎原之火，
我喜欢暴风雨中雷电劈击的火。

同志们呀，
你知道不？
我更喜欢你心里斗争之火。

卞之琳

卞之琳（1910～2000），曾用笔名季陵。江苏海门人，祖籍江苏溧水。毕业于北京大学英文系。抗日战争期间，曾前往延安和太行山区访问。先后在四川大学、西南联合大学、南开大学、北京大学任教。1953年后任中国社会科学院研究员。著有《三秋草》《鱼目集》《雕虫纪历》等。

雨同我

"天天下雨，自从你走了。"
"自从你来了，天天下雨。"
两地友人雨，我乐意负责。
第三处没消息，寄一把伞去？

我的忧愁随草绿天涯：
鸟安于巢吗？ 人安于客枕？
想在天井里盛一只玻璃杯，
明朝看天下雨今夜落几寸。

1937年5月

断章

你站在桥上看风景，
看风景人在楼上看你。

明月装饰了你的窗子，
你装饰了别人的梦。

寂寞

乡下小孩子怕寂寞，
枕头边养一只蝈蝈；
长大了在城里操劳，
他买了一个夜明表。

小时候他常常羡艳，
墓草做蝈蝈的家园；
如今他死了三小时，
夜明表还不曾休止。

距离的组织

想独上高楼读一遍《罗马衰亡史》，
忽有罗马灭亡星出现在报上。
报纸落。地图开，因想起远人的嘱咐。
寄来的风景也暮色苍茫了。
（醒来天欲暮，无聊，一访友人吧。）
灰色的天。灰色的海。灰色的路。
哪儿了？ 我又不会向灯下验一把土。
忽听得一千重门外有自己的名字。
好累呵！ 我的盆舟没有人戏弄吗？
友人带来了雪意和五点钟。

旧元夜遐思

灯前的窗玻璃是一面镜子，
莫掀帷望远吧，如不想自鉴。
可是远窗是更深的镜子：
一星灯火里看是谁的愁眼？

"我不能陪你听我的鼾声"
是利刃，可是劈不开水涡：
人在你梦里，你在人梦里。
独醒者放下屠刀来为你们祝福。

鱼化石（一条鱼或一个女子说）

我要有你的怀抱的形状，
我往往溶于水的线条。
你真像镜子一样的爱我呢，
你我都远了乃有了鱼化石。

隔江泪

隔江泥衔到你梁上，
隔院泉挑到你杯里，
海外的奢侈品舶来你胸前，
我想要研究交通史。

昨夜付一片轻喟，
今朝收两朵微笑，
付一枝镜花，收一轮水月……
我为你记下流水账。

归

像一个天文家离开了望远镜，
从热闹中出来闻自己的足音。

莫非在自己圈子外的圈子外？
伸向黄昏去的路像一段灰心。

望

以上选自《雕虫纪历》，人民文学出版社，1984年。

小时候我总爱看夏日的晴空，
把它当作是一幅自然的地点：
蓝的一片是大洋，白云一朵朵，
大的是洲，小的是岛屿在海中；
大陆上颜色深的是山岭山丛，
许多孔隙裂缝是冷落的江湖，
还有港湾像是望风帆的归途，
等它们报告发现新土的成功。

如今，正像是老话的沧海桑田，
满怀的花草换得了一把荒烟，
就是此刻我也得像一只迷羊，
辗转在灰沙里，幸亏还有蔚蓝，
还有仿佛的云峰浮在缥缈间，
倒可以抬头望望这一个仙乡。

艾青

艾青（1910～1996）原名蒋海澄，浙江金华人。1929年赴法国习画。历任陕甘宁边区参议员、华北联合大学文艺学院副院长、华北人民政府文委委员、《人民文学》主编、全国人大常委、中国作协副主席等。著有诗集《向太阳》《火把》《艾青全集》等。

我爱这土地

假如我是一只鸟，
我也应该用嘶哑的喉咙歌唱：
这被暴风雨所打击着的土地，
这永远汹涌着我们的悲愤的河流，

这无止息地吹刮着的激怒的风，
和那来自林间的无比温柔的黎明……
—— 然后我死了，
连羽毛也腐烂在土地里面。
为什么我的眼里常含泪水？
因为我对这土地爱得深沉……

1938 年 11 月 17 日

手推车

在黄河流过的地域
在无数的枯干了的河底
手推车
以唯一的轮子
发出使阴暗的天穹痉挛的尖音
轧过寒冷与静寂
从这一个山脚
到那一个山脚
彻响着
北国人民的悲哀

在冰雪凝冻的日子
在贫穷的小村与小村之间
手推车
以单独的轮子
刻画在灰黄土层上的深深的辙迹
穿过广阔与荒漠
从这一条路
到那一条路
交织着
北国人民的悲哀

黎明的通知

为了我的祈愿

诗人啊，你起来吧

而且请你告诉他们
说他们所等待的已经要来

说我已踏着露水而来
已借着最后一颗星的照引而来

我从东方来
从汹涌着波涛的海上来

我将带光明给世界
又将带温暖给人类

借你正直人的嘴
请带去我的消息

通知眼睛被渴望所灼痛的人类
和远方的沉浸在苦难里的城市和村庄

请他们来欢迎我
白日的先驱，光明的使者

打开所有的窗子来欢迎
打开所有的门来欢迎

请鸣响汽笛来欢迎
请吹起号角来欢迎

请清道夫来打扫街衢
请搬运车来搬去垃圾

让劳动者以宽阔的步伐走在街上吧
让车辆以辉煌的行列从广场流过吧

请村庄也从潮湿的雾里醒来

为了欢迎我打开它们的篱笆

请村妇打开她们的鸡棚
请农夫从畜棚牵出耕牛

借你的热情的嘴通知他们
说我从山的那边来，从森林的那边来

请他们打扫干净那些晒场
和那些永远污秽的天井

请打开那糊有花纸的窗子
请打开那贴着春联的门

请叫醒殷勤的女人
和那打着鼾声的男子

请年轻的情人也起来
和那些贪睡的少女

请叫醒困倦的母亲
和他身边的婴孩

请叫醒每个人
连那些病者和产妇

连那些衰老的人们
呻吟在床上的人们

连那些因正义而战争的负伤者
和那些因家乡沦亡而流离的难民

请叫醒一切的不幸者
我会一并给他们以慰安

请叫醒一切爱生活的人

工人，技师及画家

请歌唱者唱着歌来欢迎
用草与露水所渗合的声音

请舞蹈者跳着舞来欢迎
披上她们白雾的晨衣

请叫那些健康而美丽的醒来
说我马上要来叩打他们的窗门

请你忠实于时间的诗人
带给人类以慰安的消息

请他们准备欢迎，请所有的人准备欢迎
当雄鸡最后一次鸣叫的时候我就到来

请他们用虔诚的眼睛凝视天边
我将给所有期待我的以最慈惠的光辉

趁这夜已快完了，请告诉他们
说他们所等待的就要来了

给太阳

早晨，我从睡眠中醒来，
看见你的光辉就高兴；
—— 虽然昨夜我还是困倦，
而且被无数的恶梦纠缠。
你新鲜、温柔、明洁的光辉，
照在我久未打开的窗上，
把窗纸敷上浅黄如花粉的颜色，
嵌在浅蓝而整齐的格影里，
我心里充满感激，从床上起来，
打开已关了一个冬季的窗门，

让你把全金丝织的明丽的台巾，
铺展在我临窗的桌子上。
于是，我惊喜看见你：
这样的真实，不容许怀疑，
你站立在对面的山巅，
而且笑得那么明朗。
我用力睁开眼睛看你，
渴望能捕捉你的形象，
多么强烈，多么恍惚，多么庄严！
你的光芒刺痛我的瞳孔。
太阳啊，你这不朽的哲人，
你把快乐带给人间，
即使最不幸的看见你，
也在心里感受你的安慰。
你是时间的锻冶工，
美好的生活镀金匠；
你把日子铸成无数金轮，
飞旋在古老的荒原上……
假如没有你，太阳，
一切生命将匍匐在阴暗里，
即使有翅膀，也只能像蝙蝠
在永恒的黑夜里飞翔。
我爱你像人们爱他们的母亲，
你用光热哺育我的观念和思想——
使我热情地生活，为理想而痛苦，
直到我的生命被死亡带走。
经历了寂寞漫长的冬季，
今天，我想到山巅上去，
解散我的衣服，赤裸着，
在你的光辉里沐浴我的灵魂……

太阳

从远古的墓茔
从黑暗的年代

从人类死亡之流的那边
震惊沉睡的山脉
若火轮飞旋于沙丘之上
太阳向我滚来……

它以难掩的光芒
使生命呼吸
使高树繁枝向它舞蹈
使河流带着狂歌奔向它去

当它来时，我听见
冬蛰的虫蛹转动于地下
群众在旷场上高声说话
城市从远方
用电力与钢铁召唤它

于是我的心胸
被火焰之手撕开
陈腐的灵魂
搁弃在河畔
我乃有对于人类再生之确信

煤的对话

——A-Y.R

你住在哪里？

我住在万年的深山里
我住在万年的岩石里

你的年纪 ——

我的年纪比山的更大

比岩石的更大

你从什么时候沉默的？

从恐龙统治了森林的年代
从地壳第一次震动的年代

你已死在过深的怨愤里了么？

死？不，不，我还活着——
请给我以火，给我以火！

桥

当土地与土地被水分割了的时候，
当道路与道路被水截断了的时候，
智慧的人类伫立在水边：
于是产生了桥。

苦于跋涉的人类，
应该感谢桥啊。

桥是土地与土地的连系；
桥是河流与道路的爱情；
桥是船只与车辆点头致敬的驿站；
桥是乘船与步行者挥手告别的地方。

树

一棵树，一棵树
彼此孤离地兀立着
风与空气
告诉着它们的距离

但是在泥土的覆盖下

以上选自《艾青全集》，
花山文艺出版社，1991
年。

它们的根生长着
在看不见的深处
它们把根须纠缠在一起

大堰河 —— 我的保姆

大堰河，是我的保姆。
她的名字就是生她的村庄的名字，
她是童养媳，
大堰河，是我的保姆。

我是地主的儿子；
也是吃了大堰河的奶而长大了的
大堰河的儿子。
大堰河以养育我而养育她的家，
而我，是吃了你的奶而被养育了的，
大堰河啊，我的保姆。

大堰河，今天我看到雪使我想起了你：
你的被雪压着的草盖的坟墓，
你的关闭了的故居檐头的枯死的瓦菲，
你的被典押了的一丈平方的园地，
你的门前的长了青苔的石椅，
大堰河，今天我看到雪使我想起了你。

你用你厚大的手掌把我抱在怀里，抚摸我；
在你搭好了灶火之后，
在你拍去了围裙上的炭灰之后，
在你尝到饭已煮熟了之后，
在你把乌黑的酱碗放到乌黑的桌子上之后，
在你补好了儿子们的为山腰的荆棘扯破的衣服之后，
在你把小儿被柴刀砍伤了的手包好之后，
在你把夫儿们的衬衣上的虱子一颗颗地掐死之后，
在你拿起了今天的第一颗鸡蛋之后，
你用你厚大的手掌把我抱在怀里，抚摸我。

我是地主的儿子，
在我吃光了你大堰河的奶之后，
我被生我的父母领回到自己的家里。
啊，大堰河，你为什么要哭？

我做了生我的父母家里的新客了！
我摸着红漆雕花的家具，
我摸着父母的睡床上金色的花纹，
我呆呆地看着檐头的我不认得的"天伦叙乐"的匾，
我摸着新换上的衣服的丝的和贝壳的纽扣，
我看着母亲怀里的不熟识的妹妹，
我坐着油漆过的安了火钵的炕凳，
我吃着碾了三番的白米的饭，
但，我是这般忸怩不安！因为我
我做了生我的父母家里的新客了。

大堰河，为了生活，
在她流尽了她的乳汁之后，
她就开始用抱过我的两臂劳动了；
她含着笑，洗着我们的衣服，
她含着笑，提着菜篮到村边的结冰的池塘去，
她含着笑，切着冰屑悉索的萝卜，
她含着笑，用手掏着猪吃的麦糟，
她含着笑，扇着炖肉的炉子的火，
她含着笑，背了团箕到广场上去
晒好那些大豆和小麦，
大堰河，为了生活，
在她流尽了她的乳液之后，
她就用抱过我的两臂，劳动了。

大堰河，深爱着她的乳儿；
在年节里，为了他，忙着切那冬米的糖，
为了他，常悄悄地走到村边的她的家里去，
为了他，走到她的身边叫一声"妈"，
大堰河，把他画的大红大绿的关云长
贴在灶边的墙上，

大堰河，会对她的邻居夸口赞美她的乳儿；
大堰河曾做了一个不能对人说的梦：
在梦里，她吃着她的乳儿的婚酒，
坐在辉煌的结彩的堂上，
而她的娇美的媳妇亲切的叫她"婆婆"……

大堰河，深爱着她的乳儿！
大堰河，在她的梦没有做醒的时候已死了。
她死时，乳儿不在她的旁侧，
她死时，平时打骂她的丈夫也为她流泪，
五个儿子，个个哭得很悲，
她死时，轻轻地呼着她的乳儿的名字，
大堰河，已死了，
她死时，乳儿不在她的旁侧。

大堰河，含泪的去了！
同着四十几年的人世生活的凌侮，
同着数不尽的奴隶的凄苦，
同着四块钱的棺材和几束稻草，
同着几尺长方的埋棺材的土地，
同着一手把的纸钱的灰，
大堰河，她含泪的去了。

这是大堰河所不知道的：
她的醉酒的丈夫已死去，
大儿做了土匪，
第二个死在炮火的烟里，
第三，第四，第五
在师傅和地主的叱骂声里过着日子。
而我，我是在写着给予这不公道的世界的咒语。
当我经了长长的漂泊回到故土时，
在山腰里，田野上，
兄弟们碰见时，是比六七年前更要亲密！
这，这是为你，静静地睡着的大堰河
所不知道的啊！

大堰河，今天，你的乳儿是在狱里，
写着一首呈给你的赞美诗，
呈给你黄土下紫色的灵魂，
呈给你拥抱过我的直伸着的手，
呈给你吻过我的唇，
呈给你泥黑的温柔的脸颜，
呈给你养育了我的乳房，
呈给你的儿子们，我的兄弟们，
呈给大地上一切的，
我的大堰河般的保姆和她们的儿子，
呈给爱我如爱她自己的儿子般的大堰河。

大堰河，
我是吃了你的奶而长大了的
你的儿子，
我敬你
爱你！

1933年1月14日，雪朝

南星

南星（1910～1996），原名杜南星。诗人、散文家，原河北怀柔人。曾任教于国际关系学院英语系。代表作品有《石像辞》《松堂集》等。

春阴

选自北京《中国文学》
第3期，1944年3月。

海棠树吐出红色的芽苞，
问我梦见你有多少次了。
等到花谢时去数落英吧，
片片密藏着迷离的故事。

惊人梦的是火车的笛声，
雨落着山鸟又轻细地叫。
我张开了伞便垂下头来，

不见那一条春天的溪水。

石像辞

选自《石像辞》，上海
新诗社，1937年6月。

你来过几次我记不清楚了，
但我记得你足迹的数目，
无论留在草叶上或土地上的，
因为当这园林欢迎你的时候
我就要用力地低头了。

你将怎样猜想我的经历呢？
也许你以为我是一个新客，
还不如一株赤枫或一株白杨，
也许你的思想或记忆
不会来到我的身上，永远地。

如果我对过去生出疑问了，
我回想一些连绵雨的日子，
一些沉重的雪花封住全地的日子。
我曾看见秋冬的转移，
曾听见风歌唱着像一个牧者。

莫近前来看我吧，
这全身上的斑痕
会为我上面的话作证。
你第一次已是来迟了，
如果这园里没有年青的花草。

我的希冀也许是非分的：
愿阳光以外的温暖
或一个生人的眼光
或虫儿们所不了解的声音，
使我忘记自己的过去现在。

诉说

选自南星著《甘雨胡同六号》，海豚出版社，2010年。

我将对负着白花的老树
或新上架的牵牛
或久居在我屋檐下的
叫过秋天和冬天的麻雀
或一只偶来的山鸟
诉说过我的烦忧和欢乐，
甚至是关于一件小事的：
一个小虫飞落在我的身上
或雨击打了我的窗子。

然后我向它问询，
如果有风吹它的细枝落地，
如果它的尖叶子偶然地
受了一个行人的催折，
如果它的旧巢倾颓了，
如果它从山中带来了
往昔的或今日的消息，
让它殷勤地对我讲述，
用对一个友人说话的声调。

林庚

林庚（1910～2006）字静希。原籍福建闽侯（今福州市），生于北京。长期担任北京大学教授等。著有诗集《春野与窗》《北平情歌》《冬眠曲及其他》等。

孤云像一朵人间的野花

春天静又静风歇在草岸，
桥边渐觉得江水又高涨。
孤云像一朵人间的野花，
落在游子的青青衣襟上。

春天的心

春天的心如草的荒芜
随便的踏出门去
美丽的东西到处可以拣起来
少女的心情是不能说的
天上的雨点常是落下
而且不定落在谁的身上
路上的行人都打着雨伞
车上的邂逅多是不相识的
含情的眼睛未必是为着谁
潮湿的桃花乃有胭脂的颜色
水珠斜打在玻璃车窗上
江南的雨天是爱人的

大风之夕

风在冬夜是格外紧的
风中的旅行者啊
昨夜的路上我们赶着走着
追上前面一个相识的人了

冰河

从一个村落到一个村落
这一条冰河小心的流着
人们看不见水的蓝颜色
今天是二九明天是什么

在长的路上人们来往着
这一个冬天在冰里度过
没有人看见水的蓝颜色
这一条冰河带走了日月

今天是二九明天是什么

这一条冰河带走了日月

朦胧

常听见有小孩的脚步声向我跑来
中止于一霎突然的寂寞里
春天如水的幽明
遂有一切之倒影

薄暮朦胧处
两排绿树下的路上
是有个不可知的希望在飞吗
是的，有一只黑色的蜻蜓
飞入冥冥的草中了

活

我们要活着都是为什么
我们说不出也没有想说
今年的冬天像是一把刀
我们在刀里就这样活着

明天的日子比今天更多
春天要来了像一条小河
流过这一家流过这一家
春天的日子像是一首歌

我们不用说大家都知道
我们的思想像一个广告

广场

阴天都是云看不见太阳
今天的日子跟每天一样

以上选自《林庚诗选》，人民文学出版社，1985年。

我们要说话要走出大门
这世界今天是一个广场

我说这世界是一个广场
这正是人们集聚的地方
我们把今天写在墙壁上
我们的话是公开的思想

一切明白的用不着多讲
我们原来是跟每天一样
阴天都是云看不见太阳
这世界今天是一个广场

公木

公木（1910～1998），原名张永年、张松甫，又名张松如，笔名公木、龚棘木、席外恩、四名、魂玉等。河北辛集人。中国人民解放军军歌的词作者。历任延安抗日军政大学政治部宣传科干事。军委直属队政治部文艺室主任。鲁迅艺术学院教师。东北公学党委书记、教育长。中国作协文学讲习所所长。吉林大学副校长。中国毛泽东文艺思想研究会会长等。著有《公木文集》。

爱的三部曲

一 人家

不想见人家，
见了怕人家，
连一句话也不敢
跟人家说，
只是偷偷地看人家。

二 那人儿

那人儿向东去了，
朋友拉我往北。
我死也不往北!

三　爱人

爱人出嫁了，
丈夫不是我。
唉，抽棵烟吧!

1929年于北平

水

以上选自《公木文集》，
吉林大学出版社，2001
年。

水掺入酒里，
水笑着吐出白沫：
"从此我也算作酒了!"

而自封为酒的水不能使人醉，
反累得被冲淡了的酒
为饮者所诟詈。

其实，世界假如没有水，
绿洲也要变成沙漠，
一切生命都将枯萎，——
水又何必自惭非酒而脸红?

却偏偏有不甘淡薄的水，
自封为酒，并且以此为荣。
是的，也许借了这机缘，
攀登上豪华的盛筵，
接触到贵夫人唇边。

那么，这正是目的，
何必管饮酒者底诟詈!
什么是其生活最高的原则?——
以骄傲而睥睨同类，
以特殊来掩埋自我。

祝福你装入酒坛的水，
你可以笑傲那汪洋的波涛了。

1941年

希望

原载延安新诗歌会油印的《新诗歌》第1期，1940年9月。

星夜里我孤立在延河边，
延水呜咽着送来声声哀叹。
远处忽然燃起一把牧人的野火，
呵，是那么引人的美丽的光焰！

不管呵它冷风吹，
不管呵这中间相隔着重重黑暗……
朝着那光亮的方向，
我一直走向前走向前！

路是那么崎岖遥远，
又满布着荆棘横阻着泥滩。
冷风吹着黑暗扩展扩展……
那野火呵闪闪烁烁时隐时现。

任冷风吹黑暗吞蚀吧，
终息不灭我心头的温暖。
我一直走向前走向前；
踏着遍野的荆棘并横越泥滩。

延水低吟着落在身后边，
四周奏起了轻轻的歌赞。
星儿摇摇，星儿笑了，
呵，是那么引人的美丽的光焰！

强盗和贼

一

你是一个强盗
你闯进一所古老的空房
霸占住就变成主人了
你擦亮了尘封的玻璃窗
你扫除了结在门框上的蜘蛛网

剥落的墙壁
你重新加以彩饰
凋谢了的庭花
又笑着开放了
你用雨露滋润了它们
立刻蜂蝶争着来采访
燕子飞檐下筑巢
百灵和画眉绕着头顶歌唱
所有的客人都帮你的忙
桌椅床帐梳妆台
一下子都安置停当
锅灶也已经修好
看来你要长期住下了
你，强盗、征服者
闯进来就再也撵不走啦

　　　　　　写于 1948 年 10 月 3 日

二

你是一个贼
你偷走了我的平静
通夜我闭不上眼睛
天不亮就爬起来
每一阵叩门声
都使我怦怦地心跳
我注视着窗前的草绿
秃了顶的葵花茎在诉着秋深
秋天的太阳是多么温暖啊
而我又听见一声深深的叹息
发自我的肺腔里
我觉得幸福
却又无限苦恼
像初孕的少妇
不安而焦躁
我打开喜爱的书本
想听一听我所崇敬的先辈们的教言

而每一个字变成一个顽皮的鬼脸
看他是多么顽皮
胖胖的甜甜的笑眯眯的 ……
　　　　　写于1948年10月3日

我爱

雷闪，
不能把光芒和声响，
永留在天空。

颤抖的星，
水样的月光，
甚至灼烁的太阳 ——
能够照穿乌黑的夜，
直到把黑夜消灭。

然而它们照不亮
人底心，这大海洋：
万年的波涛汹涌，
勇敢的海燕飞翔。
它吞没整个阴暗的古昔，
而驶出通向无限未来的远航。

什么
生命力最久常？
什么
光照得最深最强？

是你啊，
我心爱的诗。

你耸然起立 ——
从侮辱，
从剥削，

以上选自《公木文集》，吉林大学出版社，2001年。

从反抗，
从斗争，
从人类历史底奔流里，
从自然宇宙底造化里 ……

你把一代底精神，
赋以活的呼吸，
吹向来世。

你拂去蒙蔽正义的尘土，
你使罪恶低头而战栗。

你比空气更轻灵，
你是前进的急先锋，
对每个新辟的领域，
你总是做向导。
你底伴随，
是创造的意志，
是真理底美。

假如有一天，
你把光耀隐逝，
一切过去将只剩一片空白，
而根本也就不会再有未来。

我把自己
投进你底光圈里，
我看见每个人头上，
都照着同样的光圈。

只有那依靠上帝和血统骑人颈上的人，
只有那借助手枪和说谎骗取荣利的人，
只有那仰仗主子威风专以鸣鞭为快的人，
只有那生就一副膝盖用来发抖或下跪的人，
只有他们，那些多余的人，
留在这荣耀而辉煌的光圈之外。

啊，你是什么，
我心爱的诗？

你是
神圣对邪恶战争的阵线；
你是
结合赤红的心与心的纽带。

我放开喉咙
为你歌唱光荣之歌。
我以感激的手，
带着胜利的确信，
抚摩你底周身。

我轻轻地低语，
用我底唇，
贴近你底耳根。

我有时也激动地狂吼，
暴跳着向着你，
像向着一位老朋友。

我向你哭，
向你笑，
向你吵嚷，
向你议论。

我爱过许多男人和女人，
却从没有
像爱你这般深。

1941年9月3日

陈江帆

陈江帆（1910～1970），广东梅县人。现代诗多发表于《现代》杂志，著有诗集《南国风》。

窗眺

窗眺的心酿着荒诞的梦 ———
从树簇列着星珠的凝眸，
星珠是天国的窗户，
幻想我沿丛树直上，
复倚凭窗户而歌。

鼠嫁女

以上转引自黎青主编《香港新诗发展史》，人民文学出版社，2014年。

无灯的院落，
山妻为我诉说鼠嫁女，
是千百年的习俗，
今夜莫惊扰它的婚仪。

檐阶许有鼠的行列，
山妻的语声细细，
我张开私窥的眼睛，
晕月如猫爬过墙来。

林林

林林（1910～2011），别名林仰山，林印山，福建省诏安县人，曾任中国作家协会顾问、中国人民对外友好协会副会长、中日文学研究会会长、中国书法家协会副主席等。著有诗集《同志，攻进城来了》《印度诗稿》等。

我得掌握我自己

原载《同志，攻进城来了》，香港文艺生活出版社，1947年。

哦，要做鸟，就做鹰罢，高飞的鹰，

哦，要做兽，就做狮子罢，勇壮的狮子，
哦，要做人，就做个不平凡的英雄，
但是矛盾啊，我厌憎平凡，我又爱慕平凡，
那么，以鹰做平凡的鸟罢！
以狮子做平凡的兽罢！
以英雄做平凡的人罢！
我爱飞折羽翼的鹰，
我爱垂死而被辱的狮子，
我也爱那红照西天的夕阳，
美丽地死去还是美丽的啊，
可敬地死去还是可敬的啊！

我祈求着啊：
给我高飞的羽翼，
给我壮大的气魄与力，
给我英雄的平凡，对待平凡的庸众罢！
逝去吧，不安的梦幻！
逝去吧，心造的爱恋！
逝去吧，使我苦恼的友情！
变换吧，死水般的周遭！
枯萎吧，迷惑人的希望的花朵！
人间既然有了我，就应有我的业绩，
我得喝现实的乳液，流劳动人民的汗啊！
我冀望生活的大海啊，
哪怕是狂风暴雨
或是惊涛骇浪！

宁可在酣战里显出我自己的胆怯，
宁可在伟大中暴露我自己的渺小！
让我醉于诗，醉于工作，醉于战斗……
让我欢乐，悲愁，让我嘲笑和激怒罢！
我既骑在马上，就得揽辔扬鞭，驰骋奔腾，
我得掌握我自己啊！

殷夫

心

我的心是死了，不复动弹，
过往的青春美梦今后难再，
我的心停滞，不再奔驰，
红的枫叶报道秋光老衰。

我用死灰般的诗句送葬尸骸，
我的心口已奔涌不出光彩灿烂。
猫头鹰，听，在深夜孤泣，
我最后的泪珠雨样飞散……

1928 年 11 月　西寺

血字

血液写成的大字，
斜斜地躺在南京路，
这个难忘的日子 ——
润饰着一年一度……

血液写成的大字，
刻划着千万声的高呼，
这个难忘的日子 ——
几万个心灵暴怒……

血液写成的大字，
记录着冲突的经过，
这个难忘的日子 ——
狞笑着几多叛徒……

"五卅"哟！
立起来，在南京路走！
把你血的光芒射到天的尽头，
把你刚强的姿态投映到黄浦江口，
把你的洪钟般的预言震动宇宙！

今日他们的天堂，
他日他们的地狱，
今日我们的血液写成字，
异日他们的泪水可入浴。

我是一个叛乱的开始，
我也是历史的长子，
我是海燕，
我是时代的尖刺。

"五"要成为报复的枷子，
"卅"要成为囚禁仇敌的铁栅，
"五"要分成镰刀和铁锤，
"卅"要成为断铐和炮弹！……
两个血字不该再放光辉，
千万的心音够坚决了，
这个日子应该即刻消毁！

孩儿塔

以上选自《殷夫诗文选集》人民文学出版社，1954年。

孩儿塔哟，你是稚骨的故宫，
伫立于这漠茫的平旷，
倾听晚风无依的悲诉，
谐和着鸦队的合唱！
呵！你是幼弱灵魂的居处，
你是被遗忘者的故乡。

白荆花低开旁周，
灵芝草暗覆着幽幽私道，

地线上停凝着风车巨轮，
淡曼曼天空没有风暴；
这哟，这和平无奈的世界，
北欧的悲雾永久地笼罩。

你们为世遗忘的小幽魂，
天使的清泪洗涤心的创痕；
哟，你们有你们人生和情热，
也有生的歌颂，未来的花底憧憬。

只是你们已被世界遗忘，
你们的呼喊已无迹留，
狐的高鸣，和狼的狂唱，
纯洁的哭泣只暗绕莽沟。

你们的小手空空，
指上只牵挂了你母亲的愁情，
夜静，月斜，风停了微嘘，
不睡的慈母暗送她的叹声。

幽灵哟，发扬你们没字的歌唱，
使那荆花悸颤，灵芝低回，
远的溪流凝住轻泣，
黑衣的先知者蓦然飞开。

幽灵哟，把黝绿的林火聚合，
照着死的平漠，暗的道路，
引住无辜的旅人伫足，
说：此处飞舞着一盏鬼火 ……

我们

原载 1930 年 2 月 10 日
《拓荒者》第 1 卷第 2 期。

我们的意志如烟囱般高挺，
我们的团结如皮带般坚韧，
我们转动着地球，

我们抚育着人类的运命！
我们是流着汗血的，
却唱着高歌的一群。
目前，我们陷在地狱一般黑的坑里，
在我们头（上）耸着社会的岩层。
没有快乐，幸福，……
但我们却知道我们将要得胜。
我们一步一步的共同劳动着，
向我们的胜利的早晨走近。

我们是谁？
我们是十二万五千的工人农民！

1929 年 12 月 2 日

侯汝华

侯汝华（1910～1938）广东梅州市梅县区人。二十世纪三十年代曾在香港和广州生活。著有诗集《海上谣》。

我的旧提琴

春天的草场
牧女的羊铃
窃取了流风中的软语。

伽蓝的眼的翅，
星子们的，蛾的翅，
三色堇也是飘飘的。

于是我的昔日也生翅了：
牧女的羊铃欲要求
我的旧提琴和曲歌：

而沉睡却把我的旧提琴拿去——

转引自犁青主编《香港新诗发展史》，人民文学出版社，2014年。

虽然星子们的，蝉的翅，
三色堇也飘过我的旧提琴。

蒲风

蒲风(1911～1942)，原名黄日华，又名黄飘霞、黄蒲芳，笔名蒲风、黄风。广东梅
县人。曾与杨骚等组织中国诗歌会，出版《新诗歌》。1934年去日本，与雷石榆等创办
《诗歌生活》。曾参加新四军。著有诗集《茫茫夜》《钢铁的歌唱》等。

扑灯蛾

选自《茫茫夜》，国
际编译馆，1934年。

熊熊的火焰在燃烧，
无数的扑灯蛾齐向火焰中扑跳；
—— 先先后后，
没有一个要想退走！

哦！ 你渺小的扑灯蛾哟！
难道你不知道这烈火会把你烧？
难道你不曾看见
许许多多的同伴已在火中烧焦？

为着坚持自己的目标奋斗到底，
—— 不怕死！
为着不忍苟全一己的生命，
—— 不怕死！
扑灯蛾！ 扑灯蛾！
是否你们因此而继续
不断地投在火焰里？

熊熊的火焰在燃烧，
无数的扑灯蛾已在火中烧焦！
先先后后，没有一个要想退走！
啊啊！ 它们没有一个要想退走！
　　1929年旧作，1930年3月21日改抄于马冷

宋清如

宋清如（1911～1997），江苏省常熟县人，1932年进之江大学，1933年起即常在《现代》等多种文学刊物发表诗作。

夜半歌声

葬！葬！葬！
打破青色的希望，
一串歌向白云的深处躲藏。
夜是无限地茫茫，
有魔鬼在放出黝黑的光芒，
小草心里有恶梦的惊惶，
葬！葬！葬！

葬！葬！葬！
小草心里有恶梦的惊惶，
有魔鬼在放出黝黑的光芒。
夜是无限地茫茫，
一串歌向白云的深处躲藏，
严霜里沉淀了青色的希望。
葬！葬！葬！

灯

谁摘下娇小的星星，
装点这满屋的光明，
她心里也许有怨愤，
在逗出她叹息轻轻。

分明是狂暴的西风，
惊扰她温柔的美梦；
她苦念天上的仙乐，
黎明时飞回了天空。

雷石榆

雷石榆（1911～1996），广东台山县人。1933年赴日本留学，参加中国左翼作家联盟东京分盟，主编盟刊《东流》《诗歌》，并用日文进行诗歌创作。后历任《战歌》主编、《国声报》主笔兼副主编、台湾大学副教授、香港南方学院副教授、中业学院教授、津沽大学（河北大学前身）教授。著有日文诗集《沙漠之歌》《日本文学简史》《写作方法初步》等。

致南国的朋友

选自《八年诗选集》，
粤光印务公司，1946年。

年轮又推来了春天，
但北国的枝头，
还未抽出一点绿色。
只是阳光略露微醉的温气，
雪花有时飘下，
也半融着雨泪，
南国的朋友呦，
这时节，南国的春天，
应是穿着轻装在蹒跚了，
然而事实教我不能忆起，
—— 那里依然是蔚蓝的天水
如茵的山野 ——
那里的天不是混浊着硝烟，
那里的水不是压满敌人的军舰，
那山，那野，
不是流着鲜血，堆积着尸骸？！
南国的朋友呦，
我虽然知道故乡的军民，
日益坚强地英勇地战斗，
叫敌人做着退守据点的瓮鳖，
虽然我猜想在那战线上
你们也发挥着各自的力量，
打击疯狂的暴寇，
保卫富丽的故乡，
可是我看不见你们活泼的姿态，
也不确知大家是否健在，
南国的朋友呦，

在这时候生死虽属平常，
然而当你们的面影幻现在我的记忆，
济南的云天就吊着我关怀的寸心。

1939年2月22日

柳倩

柳倩（1911～2004），原名刘智明，四川省荣县人。曾任上海诗歌工作者协会副主席、中国书法家协会常务理事、中国书法家协会北京分会副主席等。著有《生命的微痕》《无花的春天》《自己的歌》等。

第一次享受着暖和的风

原载柳倩著《无花的春天》，中国诗歌社，1937年。

风从牛槛边吹来，
漫过耸立的山岳，
漫过僵硬的田野，
第一次在我发鬓边轻拂。

风带来了春天和暖意，
我们集体地工作着。
我们在田野，在后方，
为了同伴永远的粮食。

我们驱逐了外力的包卷，
也没有帝国主义底魔力。
这土壤是曾经我们热血洗涤，
每粒尘砂也都属于我们的。

我们工作是为了自由，
正需要养活前方的同伴和自己。
我们周遭只有绿树底嫩芽和野草的发青，
田野和官道上再看不到敌人的踪迹。

我们轻快翻出一锄泥，
在同伴丢下的田里，在自己田里。

有时汗滴也浸润我的肥大的手臂，
我们还抓紧工作，因为，为了我们自己。

有蜂群守候着菜花的芬芳，
柳条，骀荡的轻风，和我们都没有焦虑。
我以前说，我们没有春天，
可是，现在呢，春天是正属于我们的。
1936年4月6日

假如我战死了

选自《抗战诗篇》，花山文艺出版社，2015年。

假如我战死了，
请把我埋在那险峻的高山，
山下蜿蜒着宽敞的道路，
白云悠闲地绕过那座严关。
让我听江风呼啸，挟着民族的怒吼，
让战友们唱着凯歌回来，践踏过我的白骨。
我像高山，像高山一样庄严、雄浑。
我像大星瞪着国土，再不许敌寇侵入。
让我这无名者永远是一个哨兵，民族的歌人，
整日在山岗上望，
看着我们年轻的后代
在欢笑中过活，
在自由中生长，
脸上销尽了从前千百代的耻辱。
让日子消泯了仇恨，
我依然偃息在那座高山，
山上山下开辟的是自己的土地，
集体的耕作、疏浚，安居在自己的农庄。
让我听农场上的欢歌赞扬着人类的进步，
他们瞅着埋葬我的这座高山有千年的怀古。
我像江潮，像江潮应和着他们的歌声，
我像太阳般欢笑，怡然地将他们爱抚。
让我这无名者永远是一个斗士，历史的证人；

长久在山岗上望：
俯视着我们年轻的子孙，
管理自己的国家，建立新的社会，
脸上燃烧着是我们这一代从未有的幸福。

　　　　　1940年5月6日在广西武鸣旧思恩府

陈梦家

陈梦家（1911～1966），笔名陈漫哉，祖籍浙江上虞，生于南京。是后期新月派享有盛名的代表诗人，1931年编辑的《新月诗选》由新月书店出版。历任中国科学院考古研究所研究员等。著有诗集《梦家诗集》《不开花的春》《铁马集》《在前线》《梦家诗存》等。

一个兵的墓铭

也许他淹在河里，
也许死在床上；
现在他倒在这儿，
僵着，没有人葬。

也许他就要腐烂，
也许被人忘掉，——
但是他曾经站起，
为着别人，死了！

　　　　　3月16日　青岛

露之晨

我悄悄地绕过那条小路，
不敢碰落一颗光亮的露；
是一阵温柔的风吹过，
不是我，不是我！

我暗暗地藏起那串心跳，
不敢放出一只希望的鸟：
是一阵温柔的风吹过，
不是我，不是我！

我不该独自在这里徘徊，
花藤上昨夜是谁扎了彩；
这该是为别人安排。

我穿过冬青树轻轻走开，
让杨柳丝把我身子遮盖；
这该是为别人安排。

一朵野花

一朵野花在荒原里开了又落了，
不想这小生命，向着太阳发笑，
上帝给他的聪明他自己知道，
他的欢喜，他的诗，在风前轻摇。

一朵野花在荒原里开了又落了，
他看见青天，看不见自己的渺小，
听惯风的温柔，听惯风的怒号，
就连他自己的梦也容易忘掉。

黄河谣

浩浩的黄河不是从天上来的，
它是我们父亲的田渠，母亲的浣溪；
从噶达齐苏老峰奔流到大海，
它是我们父亲的田渠，母亲的浣溪。
在它两岸，我们祖先的二十四个朝代，
它听到我们父亲的呼劳，母亲的悲哀。

浩浩的黄河永远不会止歇的，

它有我们父亲的英勇，母亲的仁慈；
奔泛如像火焰，静流时像睡息，
它有我们父亲的威严，母亲的温宜。
五千年来它这古代的声音总在提问：
可忘了你们父亲的雄心，母亲的容忍？

22 年 10 月 15 日　狮子山

那一晚

那一晚天上有云彩没有星，
你挽了我的手牵动我的心。
天晓得我不敢说我爱你，
为了我是那样年青。

那一晚你同我在黑巷里走，
肩靠肩，你的手牵住我的手。
天晓得我不敢说我爱你，
把这句话压在心头。

那一晚天那样暗人那样静，
只有我和你身偎身那样近。
天晓得我不敢说我爱你，
平不了这乱跳的心。

那一晚是一生难忘的错恨，
上帝偷取了年青人的灵魂。
如今我一万声说我爱你，
却难再挨近你的身。

摇船夜歌

今夜风静不掀起微波，
小星点亮我的桅杆，
我要撑进银流的天河，
新月张开一片风帆；

以上选自《梦家诗集》，
中华书局，2007 年。

让我合上了我的眼睛，
听，我摇起两支轻桨 ——
那水声，分明是我的心，
在黑暗里轻轻的响；

吩咐你：天亮飞的乌鸦，
别打我的船头掠过；
蓝的星，腾起了又落下，
等我唱摇船的夜歌。

孙毓棠

孙毓棠（1911～1985），江苏无锡人。曾先后在中科院经济所、历史所任研究员等职。
代表作品有诗集《宝马与渔夫》、论文集《抗戈集》等。

春之恋歌

青山点点头告诉青山，
草原招着手告诉草原，
温柔的春风已吹遍了人间，
我爱，快来！

羊儿们懒懒地在山坡上睡，
万绿中已缀起艳红的芳菲，
云吻着山，蜂儿吻着玫瑰，
我爱，快来！

牧童已经吹起了笛声悠扬，
吹给林间年少的女郎，
这青野就是天地的洞房，
我爱，快来！

渔夫

以上选自《孙毓棠诗集》，商务印书馆，2013年。

清早上我收拾钓竿，
想钓一筐绿海的银涟。
钓不起。再撒开麻网，
但网不住鲜红的夕阳。

载渔叉我划进黑夜，
要叉捞水中的明月，
和月边千万点蓝星 ——
恨东方怎又吐了黎明！

连日月带星辰带海
吃吃地齐笑我痴呆。
我不听！ 我不信！
直到海上卷起了风暴。

海上卷起了风暴，
我的船在昏黑里飘摇。
抖起网，"你别笑我，风！"
我淌着泪要网尽雨声！

胡乔木

胡乔木（1912 ~ 1992），原名胡鼎新，笔名乔木，江苏盐城人。1930年至1932年就读于清华大学物理系和历史系，1933年插班就读于浙江大学外语系。历任中国社会科学院院长、新华社社长、中共中央政治局委员等。著有《人比月光更美丽》等。

人比月光更美丽

1946年，载延安《解放日报》。

晚上立在月光里，
抱着小孩等着妻。
小孩不管天多远，
伸手尽和月亮玩。

忽见母亲悄悄来，
欢呼一声投母怀。
月光美丽谁能比？
人比月光更美丽。

覃子豪

覃子豪（1912～1963），又名天才、覃基，四川广汉人。先后主编《扫荡简报》《前线日报》副刊、《新时代》周刊，创办《东方周报》《太平洋日报》等，后去台湾并与钟鼎文等创建蓝星诗社，编印《蓝星》诗刊。与纪弦、钟鼎文并称台湾诗坛三老。著有《覃子豪全集》《海洋诗抄》《瓶之存在》等。

废墟之外

选自《抗战文艺》第一卷七期，1938年6月5日。

在弥蒙的春雨里
我步着祖国的废墟
白骨掩没在河边的春草里
无数黑色的乌鸦从那儿飞过

兄弟们死了
春草生了
乌鸦肥了
在这儿
春天没有炮声
没有妇人和婴孩的啼泣
没有反抗的呼号
啊！啊！血啊
凝结在被轰碎的石上
废墟上开着红色的花
田垄上有几个农民坐着
他们发出饥饿的叫声
啊！去吧！饥饿的农民
这儿是焦土和废墟
可是废墟外已绵延着自由的烽火

辛笛

辛笛（1912～2004），原名王馨迪，笔名心笛，一民，牛何之，祖籍江苏淮安，生于天津市，1935年毕业于清华大学。1936年至1939年在英国爱丁堡大学进修。历任暨南大学、光华大学教授，上海烟草工业公司、上海食品工业公司副经理，中国作协上海分会副主席等。著有诗集《珠贝集》《手掌集》《辛笛诗稿》《九叶集（合著）》等。

回答

你叫我不要响
当心着奇贪多诡的刺猬
就是用匕首和投枪
对它也不还是蚊子叮象
让我给你最简单的回答
除了我对祖国对人类的热情绝灭
我有一分气力总还是要嚷要思想
向每一个天真的人说狐狸说豺狼

1946年

航

帆起了
帆向落日的去处
明净与古老
风帆吻着暗色的水
有如黑蝶与白蝶

明月照在当头
青色的蛇
弄着银色的明珠
桅上的人语
风吹过来
水手问起雨和星辰

从日到夜
从夜到日
我们航不出这圆圈
后一个圆
前一个圆
一个永恒
而无涯涘的圆圈

将生命的茫茫
脱卸与茫茫的烟水

风景

列车轧在中国的肋骨上
一节接着一节社会问题
比邻而居的是茅屋和田野间的坟
生活距离终点这样近
夏天的土地绿得丰饶自然
兵士的新装黄得旧褪凄惨
惯爱想一路来行过的地方
说不出生疏却是一般的黯淡
瘦的耕牛和更瘦的人
都是病，不是风景！

1948年

冬夜

安坐在红火的炉前，
木器的光泽诳我说一个娇羞的脸；
抚摩着褪了色的花缎，
黑猫低微地呼唤。

百叶窗放进夜气的清新，
长廊柱下星近；
想念温暖外的风尘，

今夜的更声打着了多少行人。

夜别

再不须什么支离的耳语吧，
门外已是遥遥的夜了。
憔悴的杯卮里，
葡萄尝着橄榄的味了呢。

鞭起了的马蹄不可少留。
想收拾下铃鼙的玎当么？
帷灯正摇落着无声的露而去呢，
心沉向苍茫的海了。

山中所见

—— 一棵树

选自《辛笛诗稿》，人民文学出版社，1983年。

你锥形的影子遮满了圆圆的井口
你独立，承受各方的风向
你在宇宙的安置中生长
因了月光的点染，你最美也不孤单

风霜锻炼你，雨露润泽你，
季节交替着，你一年就那么添了一轮
不管有意无情，你默默无言
听夏蝉噪，秋虫鸣

1948年

刘御

刘御（1912～1988），原名杨春瑜，笔名火星、史巴克。云南临沧人。曾任云南省文联秘书长、中国作家协会昆明分会副主席、人民教育出版社语文组组长、编辑室主任，昆明师范学院党委书记，云南教育学院院长等。著有《延安短歌》《幸存集》等。

这不过是斗争的开端

选自《延安短歌》，上海文艺出版社，1959年。

像洪涛一般，
东、北、西、南，
从学校里，
涌到街上，
我们在王府井汇成川。
冲到中南海边，
涌到居仁堂前，
澎湃，汹涌，
怒吼，呐喊！
"打倒日本帝国主义！"
"取消伪自治！"
"扫除卖国汉奸！"
"……"
像黄河决了巨口，
像海上起了风浪。
然而，
这不过是斗争的开端。
在大浪中，
这只是小小的一个波环，
这波环将越扩越大，
越扩越远——
扩大遍全国！
震荡到天边！
　　1935年"一二·九"后，北平师大

孙望

孙望（1912～1990），原名自强，字止疆，也称子强，江苏常熟张家港人。历任南京师范学院（1984年改为南京师范大学）中文系主任等职。著有《小春集》《元次山年谱》《全唐诗补遗》《蜗叟杂稿》等。

除夕寄霍薇

想起江南的霰雪，
又压上一家家园宅。
少年人于此有自守红烛的感慨了。
邻户虽也喧闹着待朝的锣琴，
细细之楚唱，这于我是支幽伤的曲子。

明早，我怕问江水会涨上蘋洲，
临流不见春之归帆也是椿憾事。
但是远方的恋人，
今夜你是有着张愉悦底笑脸的，
停刻我要柬请你践风雨入我小梦。

廿八年二月十八日，永州

选自《小春集》，独立出版社，1942年。

朱生豪

朱生豪（1912～1944），原名朱文森，又名文生，学名森豪，笔名朱朱、朱生等，著名翻译家。浙江嘉兴人。曾在上海世界书局任英文编辑，参加《英汉四用辞典》的编纂工作，并创作诗歌。1936年春着手翻译《莎士比亚戏剧全集》，是中国翻译莎士比亚作品较早的人之一。

种树

诗人说："诗是像我这种蠢材做的，只有上帝能造一株树。"

—— 题记

我要在庭心里种一株树，
用五十年的耐心看它从小变老，

摘自《扬子江诗刊》2004年第一期夏夜清《落笔文华洵不群》一文。

我要在树底度我的残年，
任秋风扫着落叶。

为着曾经虐待过我的女郎，
我要在树干上刻满她的名字，
每一片叶上题着惨毒的相思，
萦秋风吹下落叶。
我将赍着终古的怨恨死去，
我要伐下这树作我的，
棺木，当末一序的秋风，
卷尽了落叶。

金克木

金克木（1912～2000），字止默，笔名辛竹，安徽寿县人。曾在北京大学图书馆任职员。
1941年金克木经缅甸到印度，1946年金克木回国任武汉大学哲学系教授，1948年后任
北京大学东语系教授。曾任中华全国世界语协会理事、全国政协委员等。著有《梵语文
学史》《印度文化论集》《比较文化论集》等。

羞涩

载《蝙蝠集》，上海
时代图书公司1936年
发行。

一笑便低下眉眼。
你有什么不如意吗？
得意才感到不安呢。
又被我猜对了吗？

乍来到世间旅行的生客，
你的自觉的悲哀开始了。
你已自己知道自己的可爱，
不久便会听到你的幽怨声了。

雨雪

选自1936年第1期《新
诗》。

我喜欢下雨下雪，
因为雨雪是你的名字。

我喜欢雨和雨中的小花伞，
我们可以把脸在伞下藏着；
我可以仔细比比雨丝和你的头发，
还可以大胆一点偷看你的眼睛。

我喜欢有一阵微风迎面吹来，
于是你笑了笑把伞转向前面；
我喜欢假装数伞上的花纹，
却偷看伞的红光映上你的脸；
于是我们把脚步放得更慢、更慢，
慢慢听迎面来的细语的雨点。

我喜欢春天的江南，江南的春天；
我喜欢微雨的黄昏，黄昏的微雨；
我喜欢微雨中小小的红花纸伞；
我喜欢下雨，因为我喜欢你。

但我更喜欢晶莹的白雪，
愿意作雪下的柔软的泥。

何其芳

何其芳（1912～1977），生于四川万县（现重庆万州），北京大学哲学系毕业，曾任中国文联委员、中国作家协会书记处书记、中国社会科学院文学研究所所长、全国政协委员、全国人大代表等，著有《预言》《何其芳诗稿》等。

预言

这一个心跳的日子终于来临！
呵，你夜的叹息似的渐近的足音
我听得清本是林叶和夜风私语，
麋鹿驰过苔径的细碎的蹄声！
告诉我用你银铃的歌声告诉我，
你是不是预言中的年青的神？

你一定来自那温郁的南方！
告诉我那里的月色，那里的日光！
告诉我春风是怎样吹开百花，
燕子是怎样痴恋着绿杨！
我将合眼睡在你如梦的歌声里，
那温暖我似乎记得，又似乎遗忘。

请停下你疲劳的奔波，
进来，这里有虎皮的褥你坐！
让我烧起每一个秋天拾来的落叶
听我低低地唱起我自己的歌！
那歌声将火光一样沉郁又高扬，
火光一样将我的一生诉说。

不要前行！ 前面是无边的森林：
古老的树现着野兽身上的斑纹，
半生半死的藤蟒一样交缠着，
密叶里漏不下一颗星星。
你将怯怯地不敢放下第二步，
当你听见了第一步空寥的回声。

一定要走吗？ 请等我和你同行！
我的脚步知道每一条熟悉的路径，
我可以不停地唱着忘倦的歌，
再给你，再给你手的温存！
当夜的浓黑遮断了我们，
你可以不转眼地望着我的眼睛！

我激动的歌声你竟不听，
你的脚竟不为我的颤抖暂停！
像静穆的微风飘过这黄昏里，
消失了，消失了你骄傲的足音！
呵，你终于如预言中所说的无语而来，
无语而去了吗，年青的神？

                1931 年秋天

欢乐

告诉我，欢乐是什么颜色？
像白鸽的羽翅？ 鹦鹉的红嘴？
欢乐是什么声音？ 像一声芦笛？
还是从稷稷的松声到潺潺的流水？

是不是可握住的，如温情的手？
可看见的，如亮着爱怜的眼光？
会不会使心灵微微地颤抖，
而且静静地流泪，如同悲伤？

欢乐是怎样来的？ 从什么地方？
萤火虫一样飞在朦胧的树阴？
香气一样散自蔷薇的花瓣上？
它来时脚上响不响着铃声？

对于欢乐，我的心是盲人的目，
但它是不是可爱的，如我的忧郁？

夏夜

在六月槐花的微风里新沐过了，
你的鬓发流滴着凉滑的幽芬。
圆圆的绿阴作我们的天空，
你美目里有明星的微笑。

菊花悄睡在翠叶的梦间，
它淡香的呼吸如流萤的金翅
飞在湖畔，飞在迷离的草际，
扑到你裙衣轻覆着的膝头。

你柔柔的手臂如繁实的葡萄藤
围上我的颈，和着红熟的甜的私语。
你说你听见了我胸间的颤跳，

如树根在热的夏夜里震动泥土?

是的，一株新的奇树生长在我心里了，
且快在我的唇上开出红色的花。

赠人

你青春的声音使我悲哀。
我嫉妒它如流水声睡在绿草里，
如群星坠落到秋天的湖滨，
更忌妒它产生从你圆滑的嘴唇。
你这颗有着成熟的香味的红色果实
不知将被啮于谁的幸福的嘴。

对于梦里的一枝花，
或者一角衣裳的爱恋是无希望的。
无希望的爱恋是温柔的。
我害着更温柔的怀念病，
自从你遗下明珠似的声音，
触惊到我忧郁的思想。

雨天

北方的气候也变成南方的了；
今年是多雨的季节。
这如同我心里的气候的变化：
没有温暖，没有明霁。

是谁第一次窥见我寂寞的泪
用温存的手为我拭去?
是谁窃去了我十九岁的骄傲的心，
而又毫无顾念地遗弃?

呵，我曾用泪染湿过你的手的人，
爱情原如树叶一样，

在人忽视里绿了，在忍耐里露出蓓蕾，
在被忘记里红色的花瓣开放。

红色的花瓣上擅抖着过，成熟的香气，
这是我日与夜的相思，
而且飘散在这多雨水的夏季里，
过分地缠绵，更加一点润湿。

秋天

震落了清晨满披着的露珠，
伐木声丁丁地飘出幽谷。
放下饱食过稻香的镰刀，
用背篓来装竹篱间肥硕的瓜果。
秋天栖息在农家里。

向江面的冷雾撒下圆圆的网，
收起青鳊鱼似的乌桕叶的影子。
芦蓬上满载着白霜，
轻轻摇着归泊的小桨。
秋天游戏在渔船上。

草野在蟋蟀声中更寥阔了。
溪水因枯涸见石更清洌了。
牛背上的笛声何处去了，
那满流着夏夜的香与热的笛孔？
秋天梦寐在牧羊女的眼里。

花环（放在一个小坟上）

开落在幽谷里的花最香。
无人记忆的朝露最有光。
我说你是幸福的，小玲玲，
没有照过影子的小溪最清亮。

你梦过绿藤缘进你窗里，
金色的小花坠落到发上。
你为檐雨说出的故事感动，
你爱寂寞，寂寞的星光。

你有珍珠似的少女的泪，
常流着没有名字的悲伤。
你有美丽得使你忧愁的日子，
你有更美丽的夭亡。

河

我散步时的侣伴，我的河，
你在歌唱着什么？
我这是多麼无意识的话呵。
但是我知道没有水的地方就是沙漠。
你从我们居住的小市镇流过。
我们在你的水里洗衣服洗脚。
我们在沉默的群山中间听着你
像听着大地的脉搏。
我爱人的歌，也爱自然的歌，
我知道没有声音的地方就是寂寞。

我为少男少女们歌唱

我为少男少女们歌唱。
我歌唱早晨，
我歌唱希望，
我歌唱那些属于未来的事物
我歌唱正在生长的力量。

我的歌呵，
你飞吧，
飞到年轻人的心中
去找你停留的地方。

所有使我像草一样颤抖过的
快乐或者好的思想，
都变成声音飞到四方八面去吧，
不管它像一阵微风
或者一片阳光。

轻轻地从我琴弦上
失掉了成年的忧伤，
我重新变得年轻了，
我的血流得很快，
对于生活我又充满了梦想，充满了渴望。

1942年初

我想谈说种种纯洁的事情

以上选自《何其芳作品新编》，人民文学出版社，2010年。

我想谈说种种纯洁的事情
我想起了我最早的朋友，最早的爱情。

地上有花，天上有星星
人 —— 有着心灵
我知道没有什么东西能够永远坚固
在自然的运行中一切消逝如朝露
但那些发过光的东西是如此珍贵
在它们自己的光辉里我获得了永恒。

我曾经和最早的朋友一起坐在草地上读着书籍
一起在星空下走着，谈着我们的未来
对于贫穷的孩子它们是那样富足
我又曾沉默地爱着一个女孩子
我是那么喜欢地为她做着许多小事情
没有回答，甚至没有察觉
我的爱情已经和十五晚上的月亮一样完满
呵，时间的灰尘遮盖了我的心灵
我太久太久没有想起过他们。

我最早的朋友早已离开了我
我最早的爱人早已做了母亲
我也不再是个少年人
但自然并没有因为我而停止它的运行
世界上仍然到处有着青春
到处有着刚开放的心灵
年轻的朋友们，我们一起到野外去吧
在那柔和的蓝色天空之下
我想对你们谈说种种纯洁的事情。

温流

温流（1912～1937），原名梁启佑，后改名梁惜芳，广东梅县人，著有《我们的堡》《温流诗选》等。

唱

载《我们的堡》，青岛
诗歌出版社，1936年。

曾经飞到流着火的田野里，
曾经飞到没有笑声的村子里，
也问过刚由海那边飞来的雁子；
那儿会有叫野草开花的春天呢？

叫渴的土地开杜鹃花吗？
人走了，甘薯田会长叶子吗？
在冰和雪封着的宫里，
百灵会唱欢迎阳光的曲吗？

晓得翅膀不是钢柱子，
晓得歌喉不是银笛子；
但寒冷切得断一串串的歌吗？

一滴血就是排天桥的一只喜鹊；
一串歌跟着一滴血，
春天就在天桥那边哩。

1935年4月15日

纪弦

纪弦（1913～2013），原名路逾，字越公，笔名路易士、章容、青空律等，原籍陕西周至，生于河北清苑，1933年毕业于苏州美术专科学校。曾任国际通讯社日文翻译、《诗领土》主编、《和平日报》副刊《热风》编辑、台北市立成功高级中学教师等。1953年在台湾创办《现代诗》季刊，发起成立现代诗社，是台湾诗坛的三位元老之一（另两位为覃子豪与钟鼎文）。1976年赴美定居。著有《纪弦自选集》等。

脱袜吟

转引自犁青主编《香港新诗发展史》，人民文学出版社，2014年。

何其臭的袜子，
何其臭的脚。
这是流浪人的袜子，
流浪人的脚。

没有家，
也没有亲人。
家呀，亲人呀，
何其生疏的东西呀！

傍晚的家

选自吴奔星主编《小雅》第二期，1936年8月。

傍晚的家有了乌云的颜色，
风来小小的院子里，
数完了天上的归鸦，
孩子们的眼睛遂寂寞了。

晚饭时妻的琐碎的话 ——
几年前的旧事已如烟了，
而在青菜汤的淡味里，
我觉出了一些生的凄凉。

夜

选自《易士诗集》，中和印刷公司，1934年。

口儿吻着口，
胸儿贴着胸。
夜，深深！

眼儿闭了，
紧紧抱，
心底跳啊！

我描了一幅画

选自《易士诗集》，中和印刷公司，1934年。

我描了一幅画：
单纯的色彩，
捧出一颗善良而真实的心！
粗深的线，
是奔放的热情；
暗淡的光啊，
象征着命运。

我描了一幅画，
孤另另的一瓶花。

摘星的少年

选自《中国现代文学补遗书系 诗歌卷二》，明天出版社，1991年。

摘星的少年，
跌下来。

青空嘲笑他。
大地嘲笑他。
新闻记者
拿最难堪的形容词
冠在他的名字上，

嘲笑他。

千年后，
新建的博物馆中，
陈列着有
摘星的少年像一座。

左手擎着天狼。
右手擎着织女。
腰间束着的，
正是那个射他一箭的猎户的
嵌着三明星的腰带。

死

载《三十前集》，1945
年4月上海诗领土社初
版，为"诗领土社丛书
第一种"。

死如一位处女，
她是永远羞怯着的，
但她永远爱着你，
而她的爱情是寒冷的。

有朝她开了笑颜，
还把樱唇送你吻，
你乃沉没于
她之永远的黑色的海。

火

选自《三十前集》，诗
领土社，1945年。

开谢了蒲公英的花，
燃起了心头上的火。

火跑了。
追上去！

火是永远追不到的，
他只照着你。

或有一朝抓住了火，
他便烧死你。

乌鸦

选自《三十前集》，
诗领土社，1945年。

乌鸦来了，
唱黑色之歌；
投我的悲哀在地上，
碎如落叶。

片片落叶上，
驮着窒息的梦；
疲惫烦重的心，
乃乘鸦背以远飏。

散步的鱼

选自《出发》，太平
书局，1944年。

拿手杖的鱼。
吃板烟的鱼。

不可思议的大邮船
驶向何处去？

那些雾，雾的海。
没有天空，也没有地平线。

馥郁的是远方和明日；
散步的鱼，歌唱。

无人岛

选自《出发》，太平
书局，1944年。

我常闻一个声音在唤我，
我常见一个影子飘过去，
在梦中，

或醒时。

如果是来自天国的声音？
如果是天使的影子？
如果是来自地狱的声音？
如果是魔鬼的影子？

如果是来自馥郁的远方的声音？
如果是永恒的希望的影子？
如果是来自无忧的昔日的声音？
如果是不灭的记忆的影子？

让我应答她，
说我在此，
对于那个来自天国或地狱的，
远方或昔日的声音；

让我拥抱她，
并且吻她，
对于那个天使或魔鬼的，
希望或记忆的影子。

因为我很寂寞，
很寂寞。
我是一座太寂寞的
无人岛。

火灾的城

选自《火灾的城》，上海新诗社，1937年。

从你的灵魂的窗子望进去，
在那最深邃最黑暗的地方，
我看见了无消防队的火灾的城
和赤裸着的疯人们的潮。

我听见了从那无垠的澎湃里

响彻着的我的名字，
爱者的名字，仇敌们的名字，
和无数生者与死者的名字。

而当我轻轻地应答者
说"唉，我在此"时，
我也成为一个
可怕的火灾的城了。

程千帆

程千帆（1913～2000），原名逢会，改名会昌，字伯昊，四十以后，别号闲堂。千帆
是其笔名。祖籍湖南宁乡，后迁居长沙。历任金陵大学、四川大学副教授，武汉大学、
南京大学教授和中国唐代文学学会会长等。著有《闲堂文薮》《古诗考索》《被开拓的诗
世界》《古诗精选》《读宋诗随笔》等。

三问

在山路边拾得的那只歌，
它还能告诉你，在那一天，
你忘了的，小林下的缠绵。
你倒吝惜你的不可捉摸吗？

天是青青的，草是青青的，
莫记起从前 —— 那场风雨，
我永远不提起一句半句，
你又让我剩一场空欢喜吗？

蚀的忆，容易不过的密誓，
永远地不能够将你遗忘；
我的心葬埋在你底心上。
你要再来个这样的密誓吗？

答孙望

长因榴火忆红裳，
更难忘纤指之承筐；
人间有千万种风情，
溱与洧之上，你知道，
我不是个鲁男子。

悲兮悲兮生别离！
天下事十九不如意。
追悔放肆的少年游，
仿佛忽已三年，不曾
马在跨而鞭在手。

1935 年 4 月 15 日

吴奔星

吴奔星（1913 ~ 2004），笔名东方亮、欧阳镜。湖南安化人。1937 年毕业于北平师范大学文学院。历任武汉大学、南京师范大学教授，江苏省作协顾问等，著有诗集《暮霭》《春焰》《奔星集》《都市是死海》《吴奔星新旧诗选》等。

题最新抗战地图

遭受劫掠与侮辱的土地上
磅礴着守卫者的呼啸，
赋予山河以肺之张缩，
赋予山河以心之起伏。
于是，所有的山岳怒发冲天，
所有的江河放声狂啸，
它们不但庄严地存在，
并且英勇地活着。

1940 年 7 月 7 日抗战 3 周年

雨天小唱

我欢喜阴晦的气候
迎来一个有节奏的雨天
我数着逝去的明朗的日子
又推测阴霾的天将于何时放晴
雨丝是银色的纱缕
编织银色的梦
只有在晦暝的雨日
希望才轻叩我的褪色的心扉

1940年"七七"3周年，在敌机轰炸中的衡阳

臧云远

臧云远（1913～1991），山东蓬莱人。历任华东大学、山东大学教授兼艺术系主任、华东艺术专科学校副校长兼党组书记，南京艺术学院副院长等。著有《臧云远诗选》《文苑拾影》等。

起点

选自《新华日报》，1943年1月2日。

把过去的欢乐和痛苦都锁起来，
从今天划一道线
放在记忆的箱子里别再打开。

站起来，站在一九四三年的前边，
快扑拉掉路上讨厌的飞土，
告诉我为什么你来到这世界？
是为了痛苦上再增加点悲哀？
还是为了大家的欢乐你才肯来？

你知道眼泪不能洗脸，
冰雪才害怕春风吹来……
举起手呵看看这时代
是多么伟大的世界的起点。

1942年除夕

朱英诞

朱英诞（1913～1983），本名仁健，字岂梦，号英诞，笔名有朱石笺、庄损衣、杞人、朱百药、方济等，生于天津。曾在日寇侵华期间担任伪北京大学讲师，1949年后长期在北京贝满女中任教。著有《无题之秋》《冬叶冬花集》，自传《梅花依旧》等。

归

选自北京《中国文艺》第八卷第二期，1943年。署名庄损衣。

温柔的足音
沉醉
长林的甬道那边
有穹门的光亮
孩子们坠着秋千
我走过去
葡萄熟透在无花的路上
石像永远是孤单的
汽车的红箭指过去
袅袅的遍绿的街间
多高的红树上才有梦寐
晚来的露台上没有远眺
当流浪归来
濛濛中
吹起一道
码头的长笛

晓梦

亲爱的梦的造访者，
你说是自雪中走来；
我却更喜欢留下些封尘，
为了看看鼠的行迹。

每一粒种籽是精美的，
但撒在松动的土壤里 ——
一犁春雨，或是蚯蚓翻泥；

牧女来开花而去。

这里是没有花草生的；
而且也不长百谷；
于是他们叹息着了，
没有话，他们走远。

播种，独自醒来，又对菊睡去；
每当破晓的时候，天也放晴；
"这么大了，还说这个话"；
于是梦笑裊裊，像一个小孩。

山居

以上选自王泽龙《朱英诞集》，长江文艺出版社，2018年。

岩崖间的青天，
旷野里走着望见远山，
孤独者面对蜂衙作片刻的迟留，
像雪一样。

一枝桃花斜出在竹梢之外，
仙人为什么舍此而去呢？
暗香在有无之间打湿了我，
如沾衣的密雨，如李花初开。

听山果一颗颗的落满地上，
它们仍有着青色的璀璨的背景吗？
雨夜不眠的岑寂里，
我遂做种种的遐想。

你可是任意的仰望或俯视，
因为你有一双看山的眼
和那永远放在别处的不倦游的心，
像天一样。啊美丽的青色莲！

贾芝

贾芝(1913～2016)，原名贾植芝，生于山西省襄汾县。中法大学经济系毕业，历任延安大学文艺系党总支书记兼系副主任、中国民间文艺研究会副主席、名誉主席、人民文学出版社编辑部主任、《民间文学》执行副主编、中国社科院少数民族文学研究所所长、中国民间文艺出版社社长、《民间文学论坛》主编等。著有《水磨集》等。

北海白塔

选自《水磨集》，泉社
发行，1935年。

呵，你孤高的灵魂，
竖立在美丽的地方，亲近白云。

每天都有新的陌生的人，
在你的脚下走过，
你不曾与他们相亲。
四边的水上，
激打出桨的声音，
花朵儿在荷叶上睡了又醒来，
这一切不都是你耳边熟悉的，
在每个时辰?

走过的白云，
都喜欢受你顶礼的亲吻。
呵，孤高的灵魂，
你碧水的眸子，
将永远望着陌生的人?

方殷

方殷（1913～1982），原名常钟元，笔名芳茵。河北雄县人，1935年毕业于北平中国大学。历任《少年先锋》《科学新闻》《诗歌杂志》编辑，南京《金陵日报》特约记者，山西临汾民族革命大学教师，延安鲁艺音乐系学员，重庆全民通讯社记者、编辑，人民文学出版社编辑等。著有《方殷诗选》等。

旅愁

选自《方殷诗选》，人民文学出版社，1984年。

我踩着自己的泪痕行走 ——
在这漫长而遥远的旅途上
哪里能歇憩一下
我那疲劳了的脚步，
与舒展那颗憔悴的心啊

人们也许以为我很快乐
然而却不知道 ——
我原是衔着痛苦而来
披了忧悒而去的啊……

雷烨

雷烨（1914～1943）原名项金土，学名项俊文，笔名雷烨，曾用名雷雨、雷华、朱靖。浙江金华人。1938年赴延安抗日军政大学第四期学习，后被派往晋察冀边区任前线记者团记者、晋察冀边区参议会参议员等。后壮烈牺牲。著有《滦河曲》《冀东潘家峪大惨案》等。

滦河曲

选自《晋察冀诗钞》，中国青年出版社，1984年。

滦河的流水唱着歌；
歌声赞美着子弟兵。
子弟兵的青春 ——
好像河边的青松林。
滦河的流水含砂金，
金子好比是子弟兵的心。

滦河的流水向渤海，
渤海岸上生长子弟兵。
滦河的流水发源长城外，
子弟兵回旋在喀喇沁。
滦河的流水泛金波，
松林里的人民热爱子弟兵。
子弟兵，
像飞鹰，
回旋在家乡底河道上，
松林里的人民是好母亲。
青春的鹰！
勇敢的鹰！
冀东年青的子弟兵！

纳·赛音朝克图

纳·赛音朝克图（1914～1973），内蒙古锡林郭勒盟正蓝旗人。1937年入日本早稻田大学师范系学习，1941年回国后任教于苏尼特右旗的家政实习女子学校。曾任察哈尔盟（现锡林郭勒盟）临时革命政府盟长，后在内蒙古日报、内蒙古人民出版社任职，上世纪50年代参与了《毛泽东选集》《毛泽东诗词》的蒙古文版的翻译工作。著有诗集《前进的杵臼之声》《我们雄壮的呼声》《纳·赛音朝克图全集》等。

窗口

选自《幸福和友谊》，
作家出版社，1956年。

啊！窗口，给我流送进来 ——
那驱散心中烦闷的黎明的光辉，
点燃伟大理想的灿烂的阳光，
和唤醒清新知觉的爽朗的空气，
啊，窗口，让它们流到我的房间里来！

啊，窗口，给我飘送进来 ——
在温和的日光下生长的青草的气味，
在幽静的月光下盛开的花朵的清香，
和那清凉的露水洗拭过的清晨里流动的空气，
啊，窗口，让它们通畅到我的房间里来！

啊！窗口，你给我阻挡住——
令人颤栗的黑夜的刺骨严寒，
使人眩晕的灰尘弥漫的狂啸的暴风，
叫人心绪凝固的夜晚的黑暗，
啊，窗口，把它阻挡在我的窗外！

啊！窗口，你给我传送进来——
快乐的小鸟啼叫的悦耳声音，
可爱的昆虫合奏的唧唧小曲，
和那笑容满面的美丽的少女们的动人歌声，
啊，窗口，让它们传到我的房间里来！

1939年

阮章竞

阮章竞（1914～2000），曾用名洪荒。广东中山人。历任八路军太行山剧团团长、中共华北局宣传部文艺处处长、《诗刊》副主编、中国作家协会党组成员、北京市作家协会主席等，著有《赤叶河》《漳河水》等。

牧羊儿

选自《阮章竞诗选》，人民文学出版社，1985年。

牧羊儿过山坡，
青草儿，多又多。
羊儿长膘快，
掌柜笑，笑呵呵！

放羊儿出山嶅，
饮羊儿，下漳河。
羊儿不吃草，
放羊儿，受折磨！

放羊儿过山坡，
青草儿，多又多。
掌柜的吃烙饼，
给我啃糠窝窝！

日头凶，风雨恶，
肚子饥，脚磨破！
八路军，过来了，
参军去，找哥哥！
　　　　1940年9月，写于清漳河畔

长青树

——《漳河水》(节选)

漳水谣

漳河水，九十九道湾，
漳水流出太行山。
写成诗，刻成歌，
回头再来教漳河。
漳河给俺天天唱，
唱到大洋唱到海！

翻腾

死榆树，不开花，
老鸦飞来叫呱呱。
老茅坑，茅虫多，
张老嫂没事把舌头磨：

"年时时兴土地改革，
今年时兴娘儿们改革，
真是了不得！

结亲不兴坐花轿，
手拉手儿嘻哈笑，
摆翠叫人瞧！

好男不过州府边，
好媳妇不出婆家院，

如今疯过县！

什么互助闹生产，
麦子垄里跟男人玩，
浪摆搬上山。

野兔跟上狐子蹦，
荷荷配搭个紫金英，
无巧事不成！

太阳不照老路上，
女人不服家教管，
媳妇封王娘！

世道坏，规矩败，
老骨头朽了没坟埋，
老天爷眼不开！"

看不下，忍不下，
死榆树永不再发芽。
摇摇头，摆摆脑，
如今的年月实在糟：

"后生都兴戴四方帽，
怎能扣上咱老圆头？"
天变了，地变了，
彭祖的夜壶打碎了！

漳河水，九十九道湾，
二老怪上了夜训练班。
好似骚骡上了嚼，
不敢哼气不敢跳。

天天鸽子对对飞，
老婆是爱理不爱理。
母猪攻进棘针窝，

自找苦吃自找祸。

支书批评他不应该，
村长说隔天要把会开。
心上抓了把花椒面，
麻得裂嘴板着脸。

女人真真能种地？
不过黄河我心不死！
快步钻过枣树坡，
倒楣的棘针把脸刮破。
青山绿水白云彩，
二老怪不是游山玩景来。

冒冒失失溜上山，
慌慌张张偷偷看：
苗苗出土绿油油，
瓜秧露芽肥展展。
花不稜稜手艺巧，
眼儿越看眉越高，
禁不住张嘴叫了好。

没提防岩上有荷荷，
早就瞧见他老哥：
"二老怪，来这边，
咱们对你还有点意见！"

妇女小组是一窝蜂，
噗噗咚咚往前拥：
"请上来，别光看，
先上上白天的训练班！"

嘻嘻哈哈乱拍手：
"二老怪今天害出丑！"
二老怪，怪是怪，
唱文唱武招架不来。

撒开飞毛腿跳下堰，
丢下了脚踪不敢捡！
二老怪，走红运，
白天受训开洋晕：
妇女解放了不简单，
男人的活儿也能干。
男女这样闹光景，
种下石头长黄金。

老榆树，死榆树，
是谁在这儿嘀嘀咕？
过来一看是张老嫂，
好像她家出了丧事，
摇头摆脑长出气：
"这个乱，那个破，
妇女小组就不是货！"

二老怪到底是受过训，
今天听来不顺心：
"无风起尘的老妖精，
成天没事造谣言。
娘儿们浪摆上了山？
拖你老草驴去看看！"

鸡飞狗叫猫儿跳，
孩儿们追着喊"快来瞧！"
纺花的放下花不纺，
担粪的撂下箩头筐。
到底为了啥事情？
听听二老怪在演讲：
"娘儿们是生产还是玩？
叫这老草驴坦白一番！"

山多大，天多高，
张老嫂低头哑了口。
"二老怪今天来认错，

不该压迫俺好老婆。
娘儿们今天是真解放，
这才叫我服了软。"

坡坡上，有了样，
坡坡下，漳河唱：
妇女解放有了样，
漳河河水欢声唱！
"把我编歌写成戏，
登报批评我都愿意。
咱的脑筋有封建，
哥儿们姐儿们多提意见！"

"男女本是连命根，
离开谁也万不能。
去给苓苓陪个情！"
荷荷笑着下命令。

举手额前脚立正，
二老怪今天像个民兵。
苓苓捂嘴低声啐：
"出什么洋相讨厌鬼！"

"出什么洋相讨厌鬼！"
孩孩们学着苓苓嘴。
人人都笑出欢喜泪，
惹来山雀转圈飞。

牧羊小曲

漳河水，九十九道湾，
漳河流水唱的欢：
桃花坞，长青树，
两岸踏成康庄路。

万年的古牢冲坍了！

万年的铁笼砸碎了!
自由天飞自由鸟,
解放了的漳河永欢笑!

鲁藜

鲁藜(1914~1999),原名许图地,福建同安人。曾任天津市文学工作者协会主席,中国作协第四届理事、天津分会副主席。著有诗集《醒来的时候》《时间的歌》《天青集》等。

延安组歌(选一首)

选自《白色花》,人民文学出版社,1981年。

山

在夜里
山花开了,灿烂地

如果不是山底颜色比较浓
我们不会相信那是窑洞的灯火
却以为是天上的星星
如果不是那
大理石般的延河一条线
我们会觉得是刚刚航海归来
看到海岸,夜的城镇底光芒

我是一个从人生的黑海里来的
来到这里,看见了灯塔

红的雪花

冬天,在战斗里
我们暂时用雪掩埋一个战死的同志

雪堆成一座坟
血液渲染着它的周围

血和雪相抱
辉映成虹彩的花朵

太阳光里，花朵消溶了
有种子掉在大地里

1942 年

毛主席的声音

原题《听毛主席在新政协筹备会讲话的广播》。

就是他，就是他的声音
毛主席的声音
他的声音从北京广播出来
传到我们这里
传到千里万里
传到高山，传到海洋
传到乡村，传到城镇
传到东方，传到西方
就是他的声音
就是他的声音
跟阳光一样
传到全世界
和空气一样普及
他的声音就是普遍的真理
一切有空气的地方
他的声音在那里荡扬
人民将呼吸着幸福
不再是灾难和痛苦了！

1949 年

泥土

老是把自己当作珍珠
就时时有被埋没的痛苦

把自己当作泥土吧

让众人把你踩成一条道路
1945年

一个深夜的记忆

以上选自《鲁藜诗选》，人民文学出版社，1983年。

月光流进门槛
我以为是阳光
开门，还是深夜

不久，有风从北边来
仿佛吹动了月亮的弓弦
于是我听见了黎明的音响

河岸被山影压着
有星流过旷野去
我感觉到，万物还在沉睡
只有我是最初醒来的人

番草

番草（1914～2012），原名钟庆衍、钟鼎文，号国藩，安徽舒城人。与覃子豪、纪弦并称台湾现代"诗坛三老"。曾任上海复旦大学教授，《联合报》《自立晚报》主笔，世界诗人大会荣誉会长等。著有诗集《三年》《行吟者》《山河诗抄》《白色的花束》《雨季》等。

桥

选自《新诗》，1937年第6期。

在宽阔的灰白色的天后宫桥下，
疲倦了的苏州河在流着……
在我们寂寞的生命下
疲倦了的时间在流着……

日子是水一般地流去、流去，
问不了哪些是欢乐，哪些是苦恼：
剩下的，是这坚固的生命

立在时间的上面，如像是桥。

如像桥，在水面上映着阴影，
我们的生命，也有着黯淡的魂灵；
这生命底影啊，浮在时间的河流上，
随着河流的动荡而不住地变形。

让时间带去我们的往日底恋吧，
让时间带去我们的欢乐与苦恼吧……
在时间的上面，是这悠久的生命
立着，凭空地立着；如像是桥。

方冰

方冰（1914～1997），原名张世方。安徽淮南人。历任中国作协沈阳分会主席、大连市文化局局长、辽宁省作家协会副主席等。著有《大海的心》《战斗的乡村》等诗集。

延安

不是回到母亲身边的游子，
向你要一些温暖、讨一些爱，
我回来，是要你把我烧炼一下，
再投出去！

1944 年 11 月回到延安后写

歌声

选自《战斗的乡村》，
作家出版社，1957 年。

是哪里来的歌声呵？
这么动人的歌声！
在大沙河的上空飘荡着，
在这黄昏的天幕下。

敌人刚才退走，
林子里一片瓦砾，
天空不见飞鸟，
路上没有行人。

在那高高的山上，
走下一片雪白的羊群，
长鞭子在空中响着，
唱歌的是那牧羊人。

在这黄昏的天幕下，
在这劫后的山村里，
我突然感到
晋察冀的精神！

1944 年 9 月 27 日，平西，1956 年整理时修改

李白凤

李白凤（1914～1978）原名李爱贤，笔名鹑衣小吏、李白朋、李逢、李木子、石山长。祖籍北京，生于四川。先后任哈尔滨工业大学、山西师范学院（现山西大学）、河南开封师范学院（现河南大学）教授。著有《北风辞》《彩旗谣》《春天、花朵的春天》等。

小楼

选自《新诗鉴赏辞典》，上海辞书出版社，1991 年。

山寺的长檐有好的馨声，
江南的小楼多是临水的。
水面的浮萍被晚风拂去，
蓝天从水底跃出。

小笛如一阵轻风，
家家临水的楼窗开了。
妻在点染着晚妆，
眉间尽是春色。

吕亮耕

吕亮耕（1914～1974），别号恢畬，笔名蒲柳芳、蒲柳、素心、朱颜、黄河清、上官柳、亮、亮耕等，祖籍湖北嘉鱼县，生于湖南益阳县。曾先后担任耒阳《国民日报》，衡阳《大刚报》《中华时报》，汉口《大华晚报》，九江《型报》等报纸的副刊编辑、总编辑、主笔。著有诗集《金筑集》《吕亮耕诗选》。

OTTAVARIMA 四帖

原载1937年4月上海
《新诗》第二卷第一期。

一　眼

比目鱼，比目鱼，
—— 神话中曾传说的名字。
我不敢轻道临渊的羡语，
袖手看盟鸥自来去。

哪是洋洋的鱼乐国？
—— 我亦志在乎水。
愿思维是一笠帽，一垂纶，
我好肩一肩细雨不须归。

二　纤

水上舟也要陆人牵走，
摇摇摆摆如蚱蜢。
我不敢动问："是不是两地思，
缘碧山绿到天尽头？"

看纤背人落断，渡水，过桥，
又在险滩前试着投足，
我怕：三峡风吹散两地思，
化作断了消息的血潮！

三　无题

曾在海上失落什么：
许是从蛮岛掘获得窖珍？

生命是一乘过载舟，
它上面刻着悔艾的凹字。

当我深入沙漠一程一程，
驼背上：向天高举夜光杯，
哪是绿洲？ 再汲不出一颗葡萄泪，
我把戈壁翻来覆去：一大块空白！

四　海客

当星星挤弄倦眼，
海客睡眠如沙上的蟹足；
墨色夜流铺开一篇梦，
浪啸是海客的枕头。

灯塔高烧如不瞑的眼睛，
在看饕餮的海暴撒网起网。
"有一天："他说，"如果海也枯，
我将来拾取人形底化石！"

冬檐下底梦

原载1937年5月上海
《新诗》第二卷第二期。

冬檐静立如一老人，
阳光抹着笑脸来访，
知趣地到檐下去温梦吧，
雪丝滴打如一曲催眠歌。

青山不对人说世事，
欢乐最易冻成感慨：
孩子手上的冰锣
使人空忆天外的乐音。

道貌岸然的回文窗，
犹为人指述嘻嘻的童骇！
风动：棂上一片萧萧声，
但悲哀再掀不起一页记忆。

低头见

低头见采采的流水
流水有玲琮的好音
田野有早春的新绿
行人有春意在心中

美丽的风景是看不尽的
忘情的笑语是说不尽的
江南的风日是爱人的
小桥流水有人家

欲渡之前

原载《战前中国新诗
选》，成都绿洲出版
社，1944年。

去天涯的人们拥集在江边
都安一个希望在眼睛里
然而晚潮尚未至之前
江心的渡船咫尺若天涯了
嚣然的晚乐在群众的唇边
彼此互投着好意的问答
江上的西天散一抹红云
出门人的眼睛凝视江中水

严辰

严辰(1914～2003)原名严汉民，笔名厂民。江苏武进人。毕业于上海正风文学院。
曾任延安鲁迅艺术文学院、华北联合大学教师，《人民文学》副主编，《新观察》主编，
《诗刊》主编等。著有《唱给延河》《生命的春天》《同一片云彩下》《严辰诗选》等。

牵牛

选自《晨星集》，作
家出版社，1957年。

牵牛在野地里蔓延，
用自己的脚开辟着道路。

早晨，它张开粉红色的口，
向蓝天唱着无声的歌。

没有芳香，颜色又那样素淡，
它却有着它纯朴的美。

谁把它摘下，就立即枯萎，
他只惯在野地里自由生长。

1942年1月2日

侧关尼

无边的寂寞，是你的家，
蜘蛛的长丝，做你的袈裟，
在这冷酷的洞窟里 ——
青春的花，无声地萎谢。

十二个香洞，注定了你的命，
念珠的循环中，
滑过漫长的、漫长的时辰，
求菩萨，保佑你长生。

华严经，是你不移的宪法，
破木鱼，是你唯一的慰藉，
虱子成群地在你身上打滚。
是你慈悲，小小的生命。

你的脸，是一潭静止的死水，
永远地，泛不起微笑的涟漪，
或许你有过小窗般大的希望，
可也寂寞地破灭了，在寂寞的洞窟里。

我来了

以上选自《严辰诗选》，
人民文学出版社，1980
年。

我来了，
像一只大雁，
带着热情的歌唱，
从荒凉无边的沙漠，
穿过万里长空，
来到伙伴们生动活跃的队伍里。

我来了，
像山谷里流出的
一支清泠的泉水，
跳过岩石，冲过堤坝，
经过小河，经过大江，
奔流到了广阔的
波涛汹涌的海洋。

我来了，
像一个漂泊的流浪人，
跨过饥寒的道路，
跨过被迫害的道路，
跨过侮辱和残暴
所铺成的艰险的道路，
含着一把辛酸泪
投进了慈母的怀抱……

我来了，
带着长久的相思，
长久的爱慕。
我来了，
带着默默的骄傲，
和发自心底的
不可遏止的欢笑……
我来了！

徐迟

徐迟（1914～1996），原名商寿，浙江吴兴（今湖州）人。曾任《人民中国》编辑、《诗刊》副主编、《外国文学研究》主编，中国作协理事、湖北省文联副主席。著有《哥德巴赫猜想》《地质之光》《祁连山下》《生命之树常绿》等。

恋女之篱笆

此诗写于1935年，载1936年版诗集《二十岁人》。

你的头发是一道篱笆，
当你羞涩一笑时，
紫竹绕住了那儿的人家。
因为你是闪闪躲躲的，
在恋人的我的面前，
也是永日奉羞涩为你的篱笆的。
如今我记不起你眼眉的一瞥，
只有我伏着窥视过的篱笆，
我记得开放在上面的是一朵黄花。

雨

呵，雨 永远是雨，在伞上。
在湿润的海外建筑上
在伞下 湿润的海呵。

我望见了海上的灯塔
和岛屿，和海象，和人鱼，
和盐水的澎湃。

那是伞，我说，那是雨，我说。
呵，雨 流动在并非海枯的一天。
海是澎湃的，这不是海枯的一天。
我是海上的船舶，呵，海，
我说，我是水手生活的男子。
岸上有泥泞的街道，
但在海波上

只是些细微的涟漪，
一片水花，在船舶的踪迹上。
门户外面。 雨收起了青色的幕。
海是青色的，伞消失了，
我离去了，我说。

都会的满月

写着罗马字的
I II III IV V VI VII VIII IX X XI XII
代表的十二个星；
绕着一圈齿轮。

夜夜的满月，立体的平面的机体。
贴在摩天楼的塔上的满月。
另一座摩天楼低俯下的都会的满月。

短针一样的人，
长针一样的影子，
偶或望一望都会的满月的表面。

知道了都会的满月的浮载的哲理，
知道了时刻之分，
明月与灯与钟兼有了。

春烂了时

街上起伏的爵士音乐，
操纵着：蚂蚁，蚂蚁们。

乡间，我是小野花：
时常微笑的；
随便什么颜色都适合，
幸福的。

以上选自《徐迟文集·
第一卷》，作家出版
社，2014年。

您不经意地撒下了饵来。
钻进玩笑的网，
而从广阔的田野，
搬到蚂蚁的群中了。

把忧郁溶化在都市中，
太多的蚂蚁，
死一个，也不足惜吧。

这贪心的蚂蚁，
还希冀您的剩余的温情哩，
在失却的心情中，冀求着。

街上，厚脸的失业者伸着帽子：
"布施些；布施些。"
爵士乐奏的是:《春烂了时》。
春烂了时，
开花想起了广阔的田野。

方敬

方敬（1914～1996），重庆万州区人。曾任四川省文联和作协副主席，重庆市文联和作协主席，多届重庆市人大代表。著有诗集《雨景》《声音》《行吟的歌》等。

雨景

选自《文学季刊》，
1936年第1卷第3期。

薄暮的雨声在檐前，
在倚门人的心上。
他是惆怅了，
像送走了一个远游客，
又像在等候着谁。
聪明的流浪子，
该停下了，
撑开旧时的油纸伞，

仿佛归了家，
一件风尘的薄衫，
沾染几处的雨点。
他早听熟了异乡的雨声，
倚门人却看厌了，
西边的晚云。

锡金

锡金（1915～2003），姓蒋。曾用名有蒋镛、哲孟雄、金锡包、蒋策、蒋福侔、史曾刚等，笔名有锡金、霍亭、束胥、丰隆、长庚、蒋青嶂等，江苏宜兴人。1934年毕业于上海正风文学院。历任《抗战文艺》副刊主编、江南社（新华社）记者、东北师大教授、中国作协吉林分会副主席等。参加《鲁迅全集》的注释和定稿工作。著有诗集《黄昏星》等。

江岸

江岸的清晨
一抹淡雾吹散开了；
成群结队的人走过，
唱着义勇军进行曲。

我也随着唱，
江风披拂过我脸上；
空中的汽笛好嘹亮，
默默地，江水在涨。

1938年5月　汉口

赵瑞蕻

赵瑞蕻（1915～1999），浙江温州人。曾就学于山东大学和西南联大。历任中央大学助教、女子师范学院副教授、南京大学教授、中国译协副会长等，著有《鲁迅〈摩罗诗力说〉注释·今译·解说》等。

初夏

选自《以笔为枪：重读抗战诗篇》，南京师范大学出版社，2015年。

当薰风拂过这苹果形的星球时，
野生蒲公英向蓝天飞散鹅白的种子，
似向人间传递季候变换的消息。

明净的窗玻璃上爬着，爬着沉思的金蝇，
嗡嗡的昼午夜入了远方故园的梦里，
仿佛在沉沉的院落听梁上清脆的呢喃。

啊，初夏是有娇滴滴的新娘子的香味的，
牛乳、茴香、罂粟花，婴儿肌肤的香气；
你不相信吗？ 你嗅，闭上眼睛！

生命的酵母酿成了一瓮浓烈的酒，
蔷薇和红蛇莓醉得满脖子的绯红；
羊齿植物在幽径炸裂了紫色的胞囊，
晴空回响着鸽子的温暖的风铃；
田野是新婚的床，稻秧编成翠绿的流苏。

这时候，人们的思绪染上欢快的色彩，
季节缔结了快感和热情的婚盟。
郊外是辽阔的，心灵是希望的家，
初夏迷惑的风采，如赛尚的水彩画。

有一个穿水绿罗衫的年轻的女郎，
撑着遮阳伞，从槐花深处走出来：
"明儿见，你瞧，多恼人明媚的天气！"
不知何处已经有悠长的蝉鸣了。

1943年

刘心皇

刘心皇（1915～1996）字龙图，号觉堂，笔名有梦白、明园等。河南叶县人。主编过《幼狮文艺》《阳明》等杂志。著有长篇小说《砦园里》、散文集《辉河集》、诗集《人间集》等。

卢沟桥

你在人心里幻化一道多姿的长虹，
永远照耀灵魂的天空。

见过你的，现在格外的亲切，
没见过的，在想象里更热烈。

从此，把人分开了：
一是屈辱的生，一是英勇的活。

四亿人心所想的，在你身边发生，
不屈的血肉积聚成你永久的名。

书鱼

你披一身灰白色的衣裳，
像一条活泼的银鱼，
航行于书册的大海。

你自由的匆匆的来去，
说是忙于寻觅，
寻觅那些经得起腐蚀的东西。
有人问你：可曾寻觅到了？
你摇摇头，
身上的银光闪闪像眨眼。

你说：形体往往被安置在

选自《刘心皇自选集》，台湾成文出版社，1980年。

无数的阶层里，
要看看灵魂是不是也受它的拘束？

是啊，谁管得了灵魂？
有一些灵魂自动的渺小了，
上帝也只有沉默！

何达

何达（1915～1994），原名何孝达，另有笔名陶融，祖籍福建闽侯，生于北京。曾在西南联大、清华大学学习，历任滇缅铁路工程局课员，欧亚航空公司修理厂职员等，1954年到香港以写作为主。曾主编文学期刊《伴侣》和《诗页》。著有《我们开会》《出发》等。

我们开会

我们开会
我们的视线
像车辐
集中在一个轴心

我们开会
我们的背
都向外
砌成一座堡垒

我们开会
我们的灵魂
紧紧的
拧成一根巨绳

面对着
共同的命运
我们开着会
就变成一个巨人

1944年6月19日

我是不会变心的

我是不会变心的，
就是不会变。

大理石
雕成塑像，

铜
铸成钟，

而我这个人，
是用忠诚制造的！

即使是破了，碎了，
我片片都是忠诚。

风

我叫你给我一个名字
你说："风"

立刻我好像听到
风的呼啸
卷起了雪
又从头上砍下来

你是要我
像风一样
用巨手
推送千张白帆万条浪
追赶着你
像追赶着光么？

载1949年中兴出版社
《我们开会》，此书由
朱自清先生作序并帮
助出版。

倘若我叫风
请不要误认
那轻轻地钻过平静的柳条的
是我

假使我来找你
我将带着万里外的黄沙
向你倾泻直率的狂歌

1943 年

何斌

何斌（1915～1941），字超寰，又名何功伟、明理、何伟、何彬。湖北咸宁人。鄂南、湘鄂西革命根据地领导人之一。

狱中歌声

选自《革命烈士诗抄》，中国青年出版社，1962年增订版。

黑夜阻着黎明，只影吊着单形，
镣铐锁着手胫，怒火烧着赤心。
蚊成雷，鼠成群，
灯光暗，暑气蒸，
在没太阳的角落里，
谁给我们同情慰问？
谁抚我痛苦的伤痕?！
我热血似潮水的奔腾，
心志似铁石的坚贞，
我只要一息尚存，
誓为保卫真理而抗争。
呵！姑娘，
去秋握别后，再不见你的倩影，
别离为了战斗，
再会待胜利来临。
谁知未胜先死，
怎不使英雄泪满襟?！

你失了勇敢的战友，
是否感到战线吃紧？
我失了亲爱的伴侣，
也曾感到征途凄清！
不，姑娘，
你应该补上我的岗位，
坚决地打击敌人！
愿你同千千万万的人们，
踏着我们的血迹前进！
呵，姑娘，
天昏昏，地冥冥，
用什么来纪念我们的爱情？
唯有作不倦的斗争。
用什么表达我的忿怒？
唯有这狱中歌声。

1941 年 11 月

杜运燮

杜运燮（1915～2002），出生于马来西亚，祖籍福建古田。1945年毕业于西南联合大学，1951年起在北京新华社国际部工作。历任重庆《大公报》编辑、新加坡南洋女中和华侨中学教师、香港《大公报》副刊编辑、《新晚报》电讯翻译、新华社国际部编辑、山西师范学院外语系教师、中国社科院研究生院导师等。著有《杜运燮六十年诗选》等。

赠友

我有眼泪给别人，但不愿
为自己痛哭；我没有使自己
适合于这世界，也没有美丽的
自辟的国土，就只好永远

渴望：为希望而生；在希望里
死去，终于承认了不知道
生命；接受了它又挥霍掉，
只是历史的工具，长路上的

一粒沙，所以拼命摆脱
那黑影，而他们因此讥笑我；
这就选择了寂寞，热闹的寂寞，

用笑声骗自己，飘浮在庸俗
生活的涡流里，而渐渐，我就说，
我是个庸俗主义者，无心痛哭。

追物价的人

物价已是抗战的红人。
从前同我一样，用腿走，
现在不但有汽车，坐飞机，
还结识了不少要人，阔人，
他们都捧他，搂他，提拔他，
他的身体便如灰一般轻，
飞。但我得赶上他，不能落伍，
抗战是伟大的时代，不能落伍。
虽然我已经把温暖的家丢掉，
把好衣服厚衣服，把心爱的书丢掉，
还把妻子儿女的嫩肉丢掉，
但我还是太重，太重，走不动，
让物价在报纸上，陈列窗里，
统计家的笔下，随便嘲笑我。
啊，是我不行，我还存有太多的肉，
还有菜色的妻子儿女，她们也有肉，
还有重重补丁的破衣，它们也太重，
这些都应该丢掉。为了抗战，
为了抗战，我们都应该不落伍，
看看人家物价在飞，赶快迎头赶上，
即使是轻如鸿毛的死，
也不要计较，就是不要落伍。

1945 年

善诉苦者

他曾读过够多的书，
帮助他发现不满足；
曾花过父亲够多的钱，
使他对物质享受念念
不忘，也曾参加过游行，
烧掉一层薄薄的热情，
使他对革命表示"冷静"。

后来又受弗洛伊德的洗礼，
对人对己总忘不了"自卑心理"；
又看过好莱坞"心理分析"的
影片，偷偷研究过犬儒主义，
对自己的姿态有绝大的信心，
嘲笑他成为鼓励他，劝告是愚蠢，
怜悯他只能引来更多的反怜悯。

母亲又给他足够的小聪明
装饰成"天才"，时时顾影自怜；
怨"阶级""时代"不对，使他不幸，
竟也说得圆一套话使人捉摸不清，
他唯一的熟练技巧就是诉苦，
谈话中夹满受委曲的标点，
许多人还称赞他"很有风度"。

1948年

夜

今夜我忽然发现
树有另一种美丽：
它为我撑起一面
蓝色纯净的天空；

零乱的叶与叶中间，
争长着玲珑星子，
落叶的秃枝挑着
最圆最圆的金月。

叶片飘然飞下来，
仿佛远方的面孔，
一到地面发出"杀"，
我才听见絮语的风。

风从远处村里来，
带着质朴的羞涩；
狗伤风了，人多仇恨，
牛群相偎着颤栗。

两只幽默的黑鸟，
不绝地学人打鼾，
忽然又大笑一声，
飞入朦胧的深山。

多少热心的小虫
以为我是个知音，
奏起所有的新曲，
悲观得令我伤心。

夜深了，心沉得深，
深处究竟比较冷，
压力大，心觉得疼，
想变做雄鸡大叫几声。

1944 年，印度

山

来自平原，而只好放弃平原，
植根于地球，却更想植根于云汉；
茫茫平原的升华，它幻梦的形象，
大家自豪有他，他却永远不满。

他向往的是高远变化万千的天空，
有无尽光热的太阳，博学含蓄的月亮，
笑眼的星群，生命力最丰富的风，
戴雪帽享受寂静冬日的安详。

还喜欢一些有音乐天才的流水，
挂一面瀑布，唱悦耳的质朴山歌；
或者孤独的古庙，招引善男信女俯跪，
有暮鼓晨钟单调地诉说某种饥饿，

或者一些怪人隐士，羡慕他，追随他，
欣赏人海的波涛起伏，却只能孤独地
生活，到夜里，梦着流水流着梦，
回到平原上唯一甜蜜的童年记忆。

他追求，所以不满足，所以更追求：
他没有桃花，没有牛羊、炊烟、村落；
可以鸟瞰，有更多空气，也有更多石头；
因为他只好离开他必需的，他永远寂寞。

1945 年

选自《杜运燮六十年诗选》，人民文学出版社，2000 年。

玲君

玲君（1915～1987），原名白汝媛，笔名玲君，天津人。曾任晋东南《新华日报》华北版记者，山东《大众日报》编辑部主任、副总编辑，胶东《大众日报》总编辑等职。代表作有诗集《绿》。

喷水池

面向着你，散开

白银缎的裙裾的女神啊，
人说你吮吸大地母亲的乳汁而生长，
你却隐晦地遮蔽你的身世。

你象征一株树，伫立
在蒸腾的人间，你喷射
晶洁清冽的花蕊 ——
你的颜色，你的言语。

你不曾看到风，雨，云，雪的奔驰，
这些冲出栅栏的诡异骄傲的走兽？
你不要模仿他们的表情与衣饰，
从掩映着你的四季的屏风后？

但你从未显示过
"我应当属于动物的纲目，
我本不是陆地上的产物，"
的言语。　　你沉默。

你只是不住地忧郁地旋舞，
若吐出对于河海的恋思；
虽然你韵律地扬起水沫的拍节，
对于你移植的地域，你沉默。

整个梗干应当是花蕊的喷射 ——
增强她的言语，她的颜色；
整个植物应当是叶丛的堕落，
把这个大城市的边际完全埋没。

铃之记忆

悠长又连绵地，
是那辽复的铃声吧。

如银色之吹管，
冷气透过做琥珀色神秘之林屋，

选自玲君《缘》，新诗
社，1937 年。

海上浮来薄晨的景色。

而又骤然变成苍老气息的，
翻开辉煌的古代旧事，
饶舌在迷茫的夜里。

我听见了，闪动在吉普色野火旁
那奇异的车铃的声音；
我听见了，在往昔莫斯科的迟暮，
那哥萨克骑队的马铃声音。

你交结了浮动的
青的天，水，树，梦于一色，
又魔法的摇去我的过去，现在，与未来，
作为时时思忆的依据。

可是，你终于断续的消没了，
只零落如过时蔷薇的花瓣，
传出单纯的
辽远之音。

袁水拍

袁水拍（1916～1982），原名袁光楣，笔名马凡陀，即世界语"MOVADO"（意"永动"）
的谐音，又是吴语"麻烦多"的谐音。江苏吴县人，历任《人民日报》文艺组组长、中
宣部文艺处处长、文化部副部长等。著有《华沙·北京·维也纳》《马凡陀的山歌》《沸
腾的岁月》《歌颂与诅咒》等。

主人要辞职

我亲爱的公仆大人！
蒙你赐我主人翁的名称，
我感到了极大的惶恐，
同时也觉得你在寻开心！

明明你是高高在上的大人，
明明我是低低在下的百姓。
你发命令，我来拼命。
倒说你是公仆，我是主人？
我住马棚，你住厅堂，
我吃骨头，你吃蹄膀。
弄得不好，大人肝火旺，
把我出气，遍体鳞伤！
大人自称公仆实在冤枉，
把我叫做主人更不敢当。
你的名字应当修改修改，
我也不愿再干这一行。
我想辞职，你看怎样？
主人翁的台衔原封奉上。
我情愿名副其实做驴子，
动物学的驴子，倒也堂皇！
我给你骑，理所应当；
我给你踢，理所应当；
我给你打，理所应当。
不声不响，驴子之相！
我亲爱的骑师大人！
请骑吧！ 请不必作势装腔，
贱驴的脑筋简单异常，
你的缰绳，我的方向！
但愿你不要打得我太伤，
好让我的服务岁月久长，
标语口号，概请节省，
驴主，驴主，何必再唱！

1945 年

一只猫

军阀时代水龙刀，
还政于民枪连炮。

选自《马凡陀的山歌》，
生活书店，1946 年。

镇压学生毒辣狠，
看见洋人一只猫：
妙呜妙呜，要要要！

1945年

这个世界倒了颠

选自《马凡陀的山歌·续集》，生活书店，1948年。

这个世界倒了颠，
万元大钞不值钱，
呼吁和平要流血，
保障人权坐牢监。

这个世界倒了颠，
自由分子抹下脸，
言论自由封报馆，
民主宪法变戒严。

这个世界倒了颠，
学生走在教师前，
先进国家开倒车，
落后人民最前线。

1947年

人咬狗

选自《马凡陀的山歌·续集》，生活书店，1948年。

忽听门外人咬狗，
拿起门来开开手。
拾起狗来打砖头，
反被砖头咬一口！

忽见脑袋打木棍，
木棍打伤几十根，
抓住脑袋上法庭，
气得木棍发了昏！

邵子南

邵子南（1916～1954），原名董尊鑫，字聚昌，四川资阳人。曾任新华社西南总分社
副社长、重庆市文联副主任兼秘书长、西南文学工作者协会副主席等职。创作了《告诗
人》《英雄谣》《李勇大摆地雷阵》《阎荣堂九死一生》等作品。

告诗人（岩头诗之一）

诗人呵！
让你的诗
站上那跟它一样坚强的岩石吧。
那是很好的岗位 ——
保卫边区！

花（传单诗之一）

人民有了晋察冀，
心眼里开了花！
花 ——
高举上天！

我的头，我的肩，
我的手脚，
我的心，
茅屋下，不能眠！

不是我不安贫穷，
不是我眼皮儿浅，
我要改造世界 ——
海阔天空，幸福的人间！

中国儿童团

选自《晋察冀诗钞》，中
国青年出版社，1984年。

这里，
我们农村的小鬼，

当夜深如海的时候，
把标语贴到
临近的
敌人的据点去：
下面大署着：
—— 中国儿童团！

蓝蒂裕

蓝蒂裕（1916～1949），又名俊安、亚松、刘定，四川垫江沙坪乡（今属重庆）人。曾任梁垫特支书记。代表作《入狱杂咏》《迎胜利》《示儿》等。

示儿

选自《革命烈士诗抄》，中国青年出版社，1962年增订版。

你 —— 耕荒，
我亲爱的孩子；
从荒沙中来，
到荒沙中去。

今夜，
我要与你永别了。
满街狼犬，
遍地荆棘，
给你什么遗嘱呢？
我的孩子！

今后 ——
愿你用变秋天为春天的精神，
把祖国的荒沙，
耕种成为美丽的园林！

　　　　1949年10月就义前夜

田间

田间（1916～1985），原名童天鉴，安徽省无为县开城镇羊山人，曾任全国文联研究会主任，河北省文联主席等职。著有《中国牧歌》《给战斗者》等。

假使我们不去打仗

假使我们不去打仗，
敌人用刺刀
杀死了我们，
还要用手指着我们骨头说：
"看，
这是奴隶！"

自由，向我们来了

悲哀的
种族，
我们必需战争呵！
九月的窗外，
亚细亚的
田野上，
自由呵——
从血的那边，
从兄弟尸骸的那边，
向我们来了，
像暴风雨，
像海燕。

给战斗者

原载《七月》，1938年
1月1日第1卷第6期。

在没有灯光
没有热气的晚上，
日本强盗
来了，

从我们底
手里，
从我们底
怀抱里，
把无罪的伙伴，
关进强暴底栅栏。

他们身上
裸露着
伤疤，
他们心头
呼吸着
仇恨，
他们呼唤，
在大连，在满洲底
野营里，
让喝了酒的
吃了肉的
残忍的野兽，
用它底刀，
嬉戏着 ——
人民的
生命，
劳苦的
血……

一

亲爱的
人民！

人民，
在芦沟桥
……
在丰台
……

在这悲剧的种族生活着的南方与北方的地带里
被日本帝国主义者底枪杀
斥醒了……

二

是开始了伟大战斗的
七月呵！

七月
我们
起来了。
我们
起来了

抚摩悲愤的
眼睛呀！
我们
起来了
揉擦红色的脚跟，
与黑色的
手指呀！
我们
起来了，
在血的农场上，在血的沙漠上，在血的水流上，
守望着
中部，
边疆。

经过冰雪，经过烟雾，
遥远地
遥远地
我们
呼唤着
爱与幸福，
自由和解放……

七月，
我们
起来了，
呼啸的河流呵，叛变的土地呵，暴烈的火焰呵
和应该激动在这凄惨的殖民地上的
复活的
歌呵！

因为
我们
是生长在中国。

在中国，
人民的
幼儿，
需要饲养呀，
人民的
牲群，
需要畜牧呀，
人民的
树木，
需要砍伐呀，
人民的
禾麦，
需要收获呀！

在中国
我们怀爱着 ——
五月的
麦酒，
九月的
米粉，
十月的
燃料，
十二月的

烟草，
从村落底家里，
从四万万五千万灵魂底幻想的领域里，
漂散者
祖国的
热情，
报国的
芬芳。

每天，
每天，
我们
要收藏 ——
在自己的大地上纺织着的
祖国的
白麻，
祖国的
蓝布。
……

因为
我们，
要活着，永远地活着，欢喜地活着，
在中国。

三

我们
是伟大的中国底伟大的养子呵

我们
曾经
在扬子江和黄河底
热燥的
水流上，
摇起

捕鱼的木船；

我们，
曾经
在乌兰哈达沙土与南部草地的
周围，
负起着
狩猎的器具；

强壮的
少女，
曾经在亚细亚夜间燃烧的篝火底
野性的

烈焰底
左右，
靠近纺车，
辛勤地
纺织着……

…………

我们
曾经
用筋骨，用脊背，
开扩着——
粗鲁的
中国。

我们
懒惰吗？
犯罪吗？
我们
没有生活的权利，
与自由的
法律吗？

为什么 ——
亲爱的
人民，
不能宽敞地活下去，平安地活下去呢！

四

伟大的
祖国，
悲剧的日子来了，暴风雨来了，敌人来了……

敌人，
突破着
海岸和关卡，
从天津，
从上海。

敌人，
散布着
炸药和瓦斯，
到田园，
到沼池。

敌人来了，
恶笑着
走向
我们。

恶笑着
扫射，
绞杀。

它要走过我们四万万五千万被害死了的
无声息的尸具上，
播着武士道底

胜利的放荡的呼喊 …

今天，
你将告诉我们以斗争或者以死呢？
伟大的
祖国！

五

我们
必需
战争了，
昨天是懦弱的，是惨呼的，是挣扎的
四万万五千万呵！
斗争，
或者死 ……

我们
必需
拔出敌人的刀刃，
从自己的
血管。

我们
人性的
呼吸，
不能停止；
血肉的
行列
不能拆散；
复仇的

枪，
不能扭断，

因为

我们
—— 不能屈辱地活着，也不能屈辱地死去呀……

…………

太阳被掩覆了
疆土的
烽火，
在生长着；
堡垒被破坏了
兄弟的
尸骸，
在堆积着；
亲爱的
人民，
让我们战争，
更顽强，
更坚韧。

六
…………

我们，
往哪里去？
在世界，
没有大地，
没有海河，
没有意志，
匍匐地
活着；
也是死呀！

今天呀，
让我们
死吧，
但必须付出我们

最后的灵魂，
到保护祖国的
神圣的
歌声去……

亲爱的
人民！
亲爱的
人民！

抓出
木厂里，
墙角里，
泥沟里，
我们的
武器，

挺起
我们
被火烤的，被暴风雨淋的，被鞭子抽打的胸脯，
斗争吧！

在战斗里，
胜利
或者死……

七

在诗篇上，
战士底坟场
会比奴隶底国度
要温暖，
要明亮。

　　　一二．二四．一九三七　武昌

义勇军

在长白山一带的地方
中国的高粱
正在血里生长。
大风沙里
一个义勇军
骑马走过他的家乡，
他回来：
敌人的头，
挂在铁枪上 ……

坚壁

狗强盗，
你要问我么
"枪、弹药，
埋在哪儿？"

来，我告诉你：
"枪、弹药，
统埋在我的心里！"

呵，游击司令

呵，游击司令
告诉我！

告诉我
在哪儿
可以相会？
在那条河边
还是在那棵树下，
告诉我、告诉我，
我们何时见面？

只要你司令
口哨一吹
我们就来了。

我们要把红旗
插在高山之巅

1938年作

毛泽东同志

以上选自《田间诗选》，人民文学出版社，1983年。

你们看到 ——
毛泽东同志吗?
延安底工人
要告诉你们:
他底儿子
毛主席也抱过
还给他底儿子说过:
"长大呵,
做一个
胆大的边区自卫军!"

1938年作于延安

杭约赫

杭约赫（1917～1995），原名曹辛之，九叶派诗人。历任生活·读书·新知三联书店管理处美编室主任，人民美术出版社编审，《诗书画》报主编，中国装帧艺术研究会会长。有《撷星草》《噩梦录》《火烧的城》等。

知识分子

选自《九叶派诗选》，人民文学出版社，2009年。

多向往旧日的世界，
你读破了名人传记:
一片月光、一瓶萤火
墙洞里搁一顶纱帽。

在鼻子前挂面镜子，
到街坊去买本相书。
谁安于这淡茶粗饭，
脱下布衣直上青云。

千担壮志，埋入书卷，
万年历史不会骗人。
但如今你齿落鬓白，
门前的秋夜没了路。

这件旧长衫拖累住
你，空守了半世窗子。

1946年

邹荻帆

邹荻帆（1917～1995），湖北天门人，早年就读于湖北省立师范学校。1940年入重庆复旦大学学习，以后做过中学教师、报刊编辑，曾任《诗刊》主编等。著有《邹荻帆抒情诗选》等。

蕾

一个年轻的笑
一股蕴藏的爱
一坛原封的酒
一个未完成的理想
一颗正待燃烧的心

无题

我们将仆倒在这大风雪里吗？
是的，我们将。
而我们温暖的血
将随着雪而融化

被吸收到大树的根里去
吸收到小草的须里去
吸收到五月的河里去。
而这雪后的平原
会袒露出来,
那时候
天青
水绿
鸟飞
鱼游
风将吹拂着我们的墓碑……

江边

选自《邹荻帆抒情诗》,长江文艺出版社,1983年。

尽在江楼怀故国的弟兄吗?
你看江边芦荻的萧瑟,
是谁品玉笛的时候!
白线的波纹长系着水鸟的银翅,
江风驶向了丛林,从天外送来的
是谁的归帆呀?
江边是寂寞的,我爱寂寞。

寂寞的山中
曾寂寞地生长过千仞青松。
松针是无数乐键,
它奏过江潮澎湃的调子,
唤醒了满山的蛰虫。
夜来了,江潮紧一阵,
又紧一阵……

我朝着一星渔火的岸边摸索。
倩渔舟载我渡过这长江,
我将折芦管吹奏故国的曲子,
用泪水润着歌喉,
低唱着:"祖国呵……"

1937年秋

包白痕

包白痕（1917～？），原名包崇章，先后用过子呆、苦丁、辛茹、包谷、白谷等笔名，浙江省三门县人，曾任《火星文艺》《诗播种》编辑等。著有《无花果》《布谷鸟》《惨痛的世界》《火山的爆炸》等。

兵车行

选自韦晓东编著《以笔为枪：重读抗战诗篇》，南京师范大学出版社，2015年。

弟兄们
歌一支长征的曲子
让多情的引擎
驮我们驶向远方
边地的烽火更紧
几千万的人民
遭受着从未有过的劫难

我们就这样去
一杆枪
一柄手榴弹
和一颗灼热的心

我们的祖先
曾策马挥剑
征服横蛮的流寇
如今我们也有这个机缘
怎不值得引吭高歌

狂风卡车飞驰
掀起阵阵矇眼的尘土
无须回盼走过的艰险路
在不远的前面
正有人向我们行列招手

白深富

白深富，(1917～1949)，四川璧山人。共产党员。先后在四川合江、广安等地作学运工作。代表作《花》。

花

选自《革命烈士诗抄》，中国青年出版社，1962年增订版。

我爱花。
我爱洋溢着青春活力的花，

带着霜露迎接朝霞。

不怕严寒，不怕黑暗，
最美丽的花在漆黑的冬夜开放。

它是不怕风暴的啊，
风沙的北国，
盛开着美丽的矫健的百花。
我爱花。
我爱在苦难中成长的花，
即使花苞被摧残了，
但是更多的
更多的花在新生。
一朵花凋谢了，
但是更多的花将要开放，
因为它已变成下一代的种子。

花是永生的啊，
我爱花，
我爱倔强的战斗的花。

花是无所不在的，
肥沃的地方有花，
贫瘠的地方有花。
在以太里

有无线电波交织的美丽的花；
在一切的上面
有我们理想的崇高的花。

我爱花，
我愿为祖国
开一朵绚丽的血红的花。

陈陇

陈陇（1917～1979），别名白杨林、司马金城，河南汝南人。擅长美术理论。曾任华北联大文学院文学系研究员、中华全国总工会宣传部副部长、浙江美术学院副院长等。

特务

选自《晋察冀诗钞》，中国青年出版社，1984年。

不是正桩四楞八瓣子，
特务的脑袋是尿罐子，
腰里揣着金票子，
手里拿着药包子，
放火下毒的杀人贩子，
贼眉鼠眼的日本探子。
打扮着要汤要饭的花子，
挑挑担担赶集的货郎担子，
胡说八道的算命瞎子，
秃头贼脑的和尚道士，
偷鸡摸狗的地痞劣子，
肥头大耳的财主羔子，
吃喝嫖赌的流浪汉子，
装疯卖傻的老巫婆子，
奸淫烧杀的土匪头子，
柳眉杏眼的美人态子，
招风惹草的半掩门子，
乌七八糟一大串子，
"日本""中央"联合收买的百货店子。

                    1943年于河北曲阳游击区

陈敬容

陈敬容（1917～1989），原名陈懿范，四川乐山人。历任小学教师、《中国新诗》月刊编委、《世界文学》编辑等。著有《盈盈集》《老去的是时间》等。

力的前奏

歌者蓄满了声音
在一瞬的震颤中凝神

舞者为一个姿势
拼聚了一生的呼吸

天空的云、地上的海洋
在大风暴来到之前
有着可怕的寂静

全人类的热情汇合交融
在痛苦的挣扎里守候
一个共同的黎明

1947年

珠和觅珠人

珠在蚌里，它有一个期待
它知道最高的幸福就是
给予，不是苦苦的沉埋
许多天的阳光，许多夜的月光
还有不时的风雨掀起巨浪
这一切它早已收受
在它的成长中，变作了它的
所有。在密合的蚌壳里
它倾听四方的脚步
有的急促，有的踌躇
纷纷沓沓的那些脚步

走过了，它紧敛住自己的
光，不在适当的时候闪露
然而它有一个期待
它知道觅珠人正从哪一方向
带着怎样的真挚和热望
向它走来；那时它便要揭起
隐秘的纱网，庄严地向生命
展开，投入一个全新的世界。

1948 年

假如你走来

假如你走来；
在一个微温的夜晚，
轻轻地走来，
叩我寂寥的门窗；

假如你走来，
不说一句话，
将你战栗的肩膀，
依靠白色的墙。

我将从沉思的坐椅中
静静地立起
在书页中寻出来
一朵萎去的花
插在你的衣襟上。

我也将给你一个缄默，
一个最深的凝望；
而当你又踽踽地走去，
我将哭泣 ——
是因为幸福，
不是悲伤。

题罗丹作《春》

选自《陈敬容诗文集》，复旦大学出版社，2008年。

多少个寒冬、长夜，
岩石里锁住未知的春天，
旷野的风，旋动四方的
云彩，凝成血和肉，
等待，不断地等待……

应和着什么呼唤你终于
起来，跃出牢固的沉默，
扇起了久久埋藏的火焰？
一切声音战栗地
静息，都在凝神烦听——
生命，你最初和最后的语言。

原始的热情在这里停止了
叹息，渴意的嘴唇在这里才初次
密合；当生长的愿望
透过雨、透过雾，伴同着阳光
醒来，风不敢惊动，云也躲开。

哦，庄严宇宙的创造，本来
不是用矜持，而是用爱。

1948年

程光锐

程光锐(1918～2013)，笔名程边、徐流。江苏睢宁人。1937年毕业于安徽省立蚌埠乡村师范。曾任华北解放区《石家庄日报》编辑、编委，《人民日报》国际部社会主义国家组组长、《报告文学》杂志副主编等。著有诗集《不朽的琴弦》，儿童长诗集《小萝卜》等。

黎明鸟

选自河南《华中日报》，1942年6月12日。

夜是辽阔的，

夜辽阔得像海洋一样。
你困惑于夜的遥远的航程，
在这被长久的黑暗封锁的林子里
很久很久，你没有唱出歌声了。

夜里，一切对你都太适宜，
夜里，一切对你都是讽刺。
夜的寒流包围着林子，
你蜷曲于白杨和槐树的枝桠上，
忧郁地期待着谛听黑夜崩溃的声音。

有时月光像雪花一样凝结在树丛里
凝结在树丛以外的土地上，
于是，你为这雪亮的月光所诱惑，
突然从梦中醒来，惶惑而又急速，
你就殷勤地开始歌唱了。

夜，始终走着溃灭的路，
夜，终要被你的歌声放逐。
每当黎明到来的时候，
你被黎明的光亮惊醒，
甚至还未擦亮朦胧的眼睛，
还未抖一下被沉重的忧郁压抑的羽毛
你又激动地唱起了黎明的歌。

你愉快地歌唱着，歌唱着，
一直到最后一颗星星从天边逝去。
当黑暗的闸门打开的时候，
看那从远方奔泻而来的
使你久久等待的眩目的金色阳光啊！

看那劳动的人们在最初的阳光下
又开始忙碌于苦难的土地了。
你心中众多的忧郁的云被阳光逐走
你殷勤的歌声赞颂着永恒的太阳。

当我第一次看到黎明
我就爱上了你的歌声，
当我第一次在黎明里听到你的歌声
我就更爱太阳。
我说，太阳对于一切生物就是生命，
对于黑夜里的受难者就是一支美丽的歌。
对吗？我的黎明，
—— 我的天才的伴侣！

蔡其矫

蔡其矫（1918～2007），福建晋江人。1939年毕业于延安鲁迅艺术学院。历任华北联合大学文学系教员、晋察冀军区司令部作战处军事报道参谋、中国作协文学讲习所教研室主任、福建作协副主席等。著有诗集《蔡其矫诗选》《回声集》《回声续集》《涛声集》等。

肉搏

选自《新诗选》，上海教育出版社，1979年。

白色的阳光照在高高的山上，
在那里，剧烈的战斗正在进行。
近旁，那青铜的军号悲壮地响起，
冲锋的军号，以庄严的声音，鼓舞我们的士兵。
一个青年，我们团里的一个新兵，
飞似地前进，子弹在脚下扬起缕缕烟尘。
而在山岩后，一个日本军曹迎了上来。
于是开始了惊心动魄的肉搏战！
军号还在吹，山谷震响着喊杀声
交锋几个回合，那青年猛力刺了一刀，
敌人来不及回避，也把刺刀迎面刺来，
两把刺刀同时刺入两人的胸膛，
两个人全静止般地对峙着，呵！决死的斗争！
只因为勇士的刺刀比日本人的刺刀短几分，
才没有叫颤栗的敌人倒下来，
我们的勇士没有时间思索，有的是决心，
他猛力把胸膛往前一挺，让敌人的刺刀穿过脊梁，

勇士的刺刀同时深深地刺入敌人的胸膛，
敌人倒下，勇士站立着。山谷顿时寂静！
第二年，在那流血的地方来了一只山鹰，
它瞅望着，盘旋着，要栖息在英雄的坟墓上；
它仿佛是英雄的化身，不忍离开故乡的山谷。
过路的士兵呀！请举起你的手向它致敬。

孙艺秋

孙艺秋（1918～1998），笔名孙彻、韩光，河南省安阳市人。1943年毕业于陕西城固西北联合大学（今西北大学）中文系。历任《西京平报》《西京日报》记者、编辑，《山花》《高原》《人民诗歌》主编，台湾大学讲师、西北民族学院教授等，著有《无名集》《泥泞集》《待宵草》等。

新秋

残忍地把秋叶染得满身思念，
因而又使你思念梦里的秋叶。
九月呢？还是十月？到溪水上
去寻找新秋的第一个眼色。

新红叶还记得白云边的离别，
谁知道竟留下了当时的明月。
三年呢？还是五年？在思念中
我询问又一个生疏的季节。

选自《中国四十年代诗选》，重庆出版社，1985年。

蔚蓝的日子

当我走过异乡的田野，
在暮色中怅望着远处的天空。
那江水，唱着一段异乡的别离，
那些蔚蓝色的日子……
离别又算得了什么！
哪一只鹰鸟不飞向天空，
哪一瓣花朵不离开故枝？

选自韦晓东编著《以笔为枪：重读抗战诗篇》，南京师范大学出版社，2015年。

何况一个旅人，
只不过正要继续他的奔驰。
在这江边的日暮，
黄昏在林中微语。
我在送行的小桥边，
折一枝刚发芽的柳枝。
它像岁月一样清香，
也像岁月一样柔丽。
我们用它鞭打过行人的瘦马，
我用它做过我怀念的凭据。
那时，流水照过我的欢笑，
那时，我在浪尖上题诗。
那些月色听过我深夜絮语，
那些星光见过我默默沉思。
我常常在江边徘徊，
看那些远方的白帆，
与群鸟归飞疾。
我的心常常驰向远方，
在山那边，水那边，
不在这里！
战士的心上没有花朵，
只有一个自由的梦想，
只有一个简单的希望。
在这蔚蓝的日子里我有悲苦，
因为云烟遮没了我的光芒，
这浅狭的泥沟见不到风浪。
这蔚蓝的日子我不愿回首，
但在这黄昏的江边
却有一丝留恋，一点别愁。
拣一块石头，
我又闻到了这块泥土的气息，
因为我爱这块土地，
它才成为我心灵的牢狱。
黄昏的暮色中我怅望远天，
江水正唱着一段异乡的别离，于当年
那些蔚蓝色的日子……

邢野

邢野（1918～2004），天津人。1953年毕业于中央文学研究所文学系。历任察哈尔省文联主席兼党组书记、中国作协外委会副主席、河北省文联副主席等。著有电影文学剧本《平原游击队》（合作）、《狼牙山五壮士》（合作），诗集《大山传》《鼓声》等。

胜利果

选自魏巍编《晋察冀诗抄》，中国青年出版社，1959年。

报千年愁，
除万年祸，
刨封建根，
结胜利果。

何敬平

何敬平（1918～1948），四川省巴县（今重庆市巴南区）人，曾为重庆电力股份有限公司簿记股职员，中共重庆电力公司地下党支部委员。

把牢底坐穿

为了免除下一代的苦难，
我们愿——
愿把这牢底坐穿！
我们是天生的叛逆者，
我们要把这颠倒的乾坤扭转！
我们要把这不合理的一切打翻！
今天，我们坐牢了，
坐牢又有什么希罕？
为了免除下一代的苦难，
我们愿——
愿把这牢底坐穿！

        1948年夏于渣滓洞

我是江河

选自《革命烈士诗抄》，中国青年出版社，1962年增订版。

我只是细小的溪流，
我只有轻轻的涟漪，
微弱的漩涡。

我将是汹涌的江河，
我要用原始的野性
激荡、澎湃！
我要淹没防堵的堤坝，
我要冲毁阻碍的山岳！
我决不让我的生命窒息，
我渴望海……

我不只是细小的溪流，
我不只有轻轻的涟漪，
微弱的漩涡。

我是江河！
我是江河！

　　　　1946年于重庆电力公司

穆旦

穆旦（1918～1977），原名查良铮，曾用笔名梁真，出生于天津，祖籍浙江海宁。1940年在西南联大毕业后留校任教。1949年赴美国留学，入芝加哥大学英国文学系学习。1952年获文学硕士学位。回国后，任教于南开大学。著有《探险者》《穆旦诗集(1939～1945)》《旗》等。

春

绿色的火焰在草上摇曳，
他渴求着拥抱你，花朵。
反抗着土地，花朵伸出来，
当暖风吹来烦恼，或者欢乐。

如果你是醒了，推开窗子，
看这满园的欲望多么美丽。

蓝天下，为永远的谜蛊惑着的
是我们二十岁的紧闭的肉体，
一如那泥土做成的鸟的歌，
你们被点燃，却无处归依。
呵，光，影，声，色，都已经赤裸，
痛苦着，等待伸入新的组合。

1942 年 2 月

园

从温馨的泥土里伸出来的
以嫩枝举在高空中的树丛，
沐浴着移转的金色的阳光。

水彩未干的深蓝的天穹
紧接着蔓绿的低矮的石墙，
静静兜住了一个凉夏的清晨。

全都盛在这小小的方园中：
那沾有雨意的白色卷云，
远栖于西山下的烦嚣小城。

如同我匆匆地来又匆匆地去，
躲在密叶里的陌生的燕子
永远鸣啭着同样的歌声。

当我踏出这芜杂的门径，
关在里面的是过去的日子，
青草样的忧郁，红花样的青春。

1938 年 8 月

劝友人

在一张白纸上描出个圆圈，
点个黑点，就算是城市吧，
你知道我画的正在天空上，
那儿呢，那颗闪耀的蓝色小星！
于是你想着你丢失的爱情，
独自走进卧室里踱来踱去。
朋友，天文台上有人用望远镜
正在寻索你千年后的光辉呢，
也许你招招手，也许你睡了？

1939年6月

诗八章（选三）

2

水流山石间沉淀下你我，
而我们成长，在死底子宫里。
在无数的可能里一个变形的生命
永远不能完成他自己。

我和你谈话，相信你，爱你，
这时候就听见我底主暗笑，
不断地他添来另外的你我
使我们丰富而且危险。

3

你底年龄里的小小野兽，
它和春草一样的呼吸，
它带来你底颜色，芳香，丰满，
它要你疯狂在温暖的黑暗里。

我越过你大理石的理智殿堂，
而为它埋藏的生命珍惜；

你我底手底接触是一片草场，
那里有它底固执，我底惊喜。

4

静静地，我们拥抱在
用言语所能照明的世界里，
而那未成形的黑暗是可怕的，
那可能和不可能的使我们沉迷。

那窒息着我们的
是甜蜜的未生即死的言语，
它底幽灵笼罩，使我们游离，
游进混乱的爱底自由和美丽。

1941 年 2 月

旗

我们都在下面，你在高空飘扬，
风是你的身体，你和太阳同行，
常想飞出物外，却为地面拉紧。

是写在天上的话，大家都认识，
又简单明确，又博大无形，
是英雄们的游魂活在今日。

你渺小的身体是战争的动力，
战争过后，而你是唯一的完整，
我们化成灰，光荣由你留存。

太肯负责任，我们有时茫然，
资本家和地主拉你来解释，
用你来取得众人的和平。

是大家的心，可是比大家聪明，
带着清晨来，随黑夜而受苦，

你最会说出自由的欢欣。

四方的风暴，由你最先感受，
是大家的方向，因你而胜利固定，
我们爱慕你，如今属于人民。
　　　　　　　　　　　1945 年 5 月

云

以上选自《穆旦诗选》，长江文艺出版社，2003 年。

凝结在天边，在山顶，在草原，
幻想的船，西风爱你来自远方，
一团一团像我们的心绪，你移去
在无岸的海上，触没于柔和的太阳。

是暴风雨的种子，自由的家乡，
低视一切你就洒遍在泥土里，
然而常常向着更高处飞扬，
随着风，不留一点泪湿的痕迹。
　　　　　　　　　　　1945 年 11 月

手

原载《益世报·文学周刊》1947 年 11 月 22 日；《中国新诗》第一集，1948 年 6 月。

我们从哪里走进这个国度？
这由手控制而灼热的领土？
手在条约上画着一个名字，
手在建筑城市而又把它毁灭，
手掌握人的命运，它没有眼泪，
它以一秒的疏忽把地球的死亡加倍，
不放松手，牵着一个个的灵魂
它拿着公文皮包或者按一下门铃，
十个国王都由五指的手推出，
我们从哪里走进这个国度？

万能的手，一只手里的沉默
谋杀了我们所有的声音。

一万只粗壮的手举起来
可以谋害一双孤零的眼睛，
既然眼睛旋起像黑夜的雾，
我们从哪里走进这个国度？
既然五指的手可以随意伸开，
四方的风都由它吹来，
紧握着钱的手到处把我们拦住，
我们从哪里走进这个国度？

1947年10月

吕剑

吕剑（1919～2015），原名王延觉、王聘之。山东莱芜人。历任文协昆明分会常务理事、文协港粤分会理事、《扫荡报》文艺副刊主编、《华商报》副刊主编、《人民文学》编辑部主任、《诗刊》编委等。著有《诗与斗争》《诗论集》《吕剑诗集》等。

我的歌是眼泪和朝霞

朝霞从东方升起来了。
好友啊，打开你的柴门吧！
我要骑上我的马儿，
风一样地驰向草原。

草原迎面扑来把我搂住，
我的马儿踏碎了草叶上的露珠；
河流歌唱着，放着光辉，
我的马儿就快快赶到河边去饮水。

草原啊，我是你的亲生孩儿，
在你面前我是多么天真和年少；
我说，我的歌唱就是你的言语，
而我的歌呀是眼泪和朝霞。

我虽然年小，可也懂得不少事啦，
我本有快乐的天性如今却是满心悲怆；

因为呀，丰美的草原竟是贫苦的摇篮，
我拜访了无数乡村，听见家家都在哭泣……

哦，太阳呀，被横暴的云层遮蔽，
哦，漫天飞雪呀，夺去了金色的星群；
哦，俊俏的姑娘呀，偷偷地吊上了屋梁，
哦，绯红的蔷薇呀，都已减退了颜色。

广阔的草原是人民的见证，
人们无声无息地出生和死亡；
我们人民还是皇臣们的奴隶，
我们的命运是跟囚牢和镣铐结亲。

人民呀，唱起你的歌来吧！
人民呀，擂起你的响鼓吧！
草原将挺身而起帮他的儿女进行战斗，
我们的草原啊将永不再有哭泣和悲苦。

我是永远忠心于你呀，草原！
而我的歌呀是眼泪和朝霞；
草原呀，我是你的小儿子呢，
请接受我对你的衷心的歌唱。

我要骑上我的马儿，
风一样地驰向草原！
好友啊，快打开你的柴门吧，
朝霞从东方升起来了！

1946 年

打马渡襄河

—— 寄风磨

选自《诗歌初集》，作家出版社，1954 年。

七百里风和雪，
我向东方，

打马渡襄河。
你从枇杷坪，
写诗来送行，
嘱我 ——
赶着春天去，
去丰收一个秋天。……

1940年

司马军城

司马军城（1919～1943），本名牟伦扬，又名顾宁，笔名司马军城，湖北利川人，1938年1月入陕北安吴堡战时青年训练班，2月转入陕北公学11队学习。后任《抗敌报》编辑、记者，冀东《救国报》编辑和《新长城》杂志主编、《救国报》燕山版主编等。1943年4月7日在丰润白官屯附近牺牲。著有《我们的宣言》《世界是我们的》等。

我们的宣言

选自晋察冀边区《抗敌报》副刊《海燕》创刊号，1938年10月26日。

我们写诗，我们不是在写"诗"
而是愿意 ——
在我们生命的奔流里，
迸流出鲜红的血；
我们面对着千百万的伙伴
人类解放的战士，
我们伸出了双手：
"同志，请饮一杯吧！
今宵是一个长夜的战斗！
我们在队伍里，
和大炮、机关枪站在一起。"
我们将鲜血洒向前面：
"同志，放射吧！
对准那鲜血洒向的地方！"
我们写诗，难道我们是在写"诗"？

长河颂

选自《晋察冀诗钞》，中国青年出版社，1984年。

四月梨花开了。
梨花不开在长河，
长河啊，寂寞。
四月我来了，
伴着太阳。

用太阳的温暖，
把你抚摸，
啊，长河！

四月我来了，
带来鲜艳的花朵。
如今将你装扮，
你就变得这样年轻，
这们美丽，
这样活泼，
这样快乐。

啊，幸福的处女 ……

钱丹辉

钱丹辉（1919～2007），笔名丹辉。江苏金坛人。历任《诗战线》月刊主编、新华社察哈尔分社副社长、皖南日报社社长、安徽省文化局局长、安徽省作协主席等。著有《丹辉诗选》《红羊角》等。

孕育新的中国

选自《晋察冀诗钞》，中国青年出版社，1984年。

我们
早已从暖房里
跑出来，
背叛了
肺病的

过去。

今天
像热带森林一样，
我们
在光彩的土地上，
勇敢地
战斗。

把火热的诗句
写给民众，
用粗野的声音
呼喊着
前进！

而且
在壕沟里
向敌人开枪，
从尸骸堆
拖出受伤的俘虏，
告诉他们
谁是他们的敌人！

同志
让我们战斗吧！
在跳跃的生活里
孕育
新的中国！

1939年6月草于河北易县北娄山村

夏收

选自《晋察冀诗钞》，中国青年出版社，1984年。

健康的笑，
健康的歌，
从田野里

播送出来了。

熟透的麦粒，
像顽皮的孩子一样，
在战士手里
跳跃呵！

1939年5月晋察冀军区一分区保卫麦收动员大会诗传单。

1939年5月草于易县北娄山村

禾波

禾波（1920～1998），生于四川荣县，原名刘志清，曾编辑《诗激流》丛刊等。1950年冬到北京中央文学研究所学习，1953年后在北京市文联创作研究部、《北京文艺》编辑部、北京市作家协会工作，著有诗集《创造者》《三门峡的歌》《煤海浪花》《禾波诗选》等。

战斗情曲

原载《诗激流》，1946年8月第2期。

我希望你不要朝夕为我盼望
请你抽掉那根爱情的红线
更不必因远隔而忧伤
连梦中你有时也哭泣
谁不愿像那奋飞的鹰隼无忧
快活的翱翔在浅蓝色的天宇

我希望你不要沉溺在感情的大海
请你用欢乐赶跑心底的忧郁
更不必回忆到爱情的甜蜜
连饮食也毫无兴趣
谁不知只有爱情的品价最高
除了它我们还有甚么更大的鼓励

我希望你珍惜眼泪像明珠
不要让它为忧思而洒滴

更不要让它愁苦深嵌在你的面颊
人们见你憔悴会暗中太息

谁不知道祖国的爱情比海还深
为了她的受难因此我们忍心分离

我希望总有那么好的一天
我们胜利了唱着凯歌回来
我们轻叩着你惯常斜倚的门窗
因久别的重逢我们以至流泪
让你的眼泪像秋水洗净我的征衣
我将战斗的故事销溶你的怀念

那时候我们永不分离
我陪着你天天在绿野中幽叙
我们去看对对的燕子衔泥
去看双双的天鹅在浅汀上游戏
我们把可怕的战争认作恶梦
也感谢战争将我们磨练

假使我闻到不幸我也欢快
请你不必为我光荣的战死而悲哀
顶好你将我埋葬在村前的那座高山
我就做个历史上光辉的明证
我好听朴素的歌谣缭绕在山腰
看你去选撷青芜日夜经过我的墓地

32年9月2日

杜谷

杜谷（1920～？），原名刘锡荣，现名刘令蒙，江苏南京人。曾任四川人民出版社副总编辑、编审，重庆市文学工作者协会第一届理事，四川省作家协会常务理事、主席团顾问。代表作有诗集《泥土的梦》等。

泥土的梦

泥土的梦是黑腻的

当春天悄悄来到北温带的日子
泥土有最美丽的梦

泥土有绿郁的梦
灌木林的梦
繁花的梦
发散着果实的酒香的梦
金色的谷粒的梦
它在梦中听见了
孩子们的刈草镰
和风车水磨转动的声音

它在梦中听见了
潺潺的流水
和牝牛低沉的呜叫
和布谷鸟催耕的歌
和在温暖的池沼
划着橘色的桨的白鹅的恋曲

我们从南方回来的漂亮的旅客
太阳，正用它金色的修长的睫毛
搔痒着它
春风又吹着它隆起的乳房
它美丽的长发
它红润的裸足

吹卷着
它的宽大的印花布衫的衣角

一天夜里
旷野降下了滂沱的大雨
雨以它密密的柔和的小蹄
不停地吻着泥土
激动地摇拍着泥土
热情地抚摩着泥土

泥土从深沉的梦里醒来
慢慢睁开晶莹黑亮的大眼
它眼里充满了喜悦的泪
看，我们的泥土是怀孕了
                    1940 年 3 日

春夜

星光如此璀璨，
风也如此柔美。

夜是太静谧了，
风也如此柔美。

夜是太静谧了，
旷野也太岑寂。

今晚天上想有豪华的夜宴，
广庭密集着银色的灯烛。

今晚天上仿佛晶莹的花园，
海上开满洁白的水仙。

我愿倦怠的人慢慢入睡，
轻轻打开你梦的门扉。

以上选自《白色花》，人民文学出版社，1981年。

愿弦月的微波流进你的梦，
让你困乏的心灵得到洗沐。

明天阳光将要燃烧你的窗帘，
你会看见原野到处长满花的树。

梅娘

梅娘（1920～2013）本名孙嘉瑞，笔名敏子、孙敏子、柳青娘、青娘、落霞等，生于海参崴。沦陷区著名作家。著有《鱼》《蟹》。

女人犹如蚌里的肉

选自《梅娘作品集——伪满时期文学资料整理与研究》，北方文艺出版社，2017年。

潮把她掷在滩上，
干晒着，
她忍耐不住 ——
才一开壳，
肉仁就被啄去了。

郭小川

郭小川（1920～1976），笔名马铁丁。河北丰宁人。历任冀察热辽分局机关报《群众日报》副总编辑，中宣部理论宣传处副处长、文艺处副处长，中国作协书记处书记、秘书长，《人民日报》特约记者等。著有诗集《投入火热的斗争》《平原老人》《致青年公民》《郭小川诗选》等。

我们歌唱黄河

选自《新诗选》，上海教育出版社，1979年。

我们在河边上住了几百代，
我们对黄河有着最深的乡土爱，
我们知道河边上
有多少村庄，
多少山崖；

我们知道
什么时候浪头高，
什么时候山水来；
我们歌唱黄河，
也歌唱我们的乡土爱。

来呀，
今天这样好日子，
为什么不唱起来!
来呀，
今天这样好日子，
你还把谁等待!

来呀，
你们这脸上没有胡子的，
额上没有皱纹的，
这正是我们歌唱的时代!

来呀，
你们这和强盗厮杀的战士们，
和浪涛搏斗的水手们，
和土地拼命的农民们，
大胆地跳上舞台!

唱吧，
今儿天上没有阴霾，
我爱呼吸就呼吸个痛快；
今儿天上缀满星星，
给我们生命无限的光采；
今儿这广大的黄河西岸
是你的舞台，
是我的舞台，
是大家的舞台。

唱吧，
你敲家伙，

我道白，
扬起你的歌喉，兄弟，
泛起你的酒窝呀，朋友！

我们唱出黄河的愤怒，
唱出黄河的悲哀，
让我们集体的歌声
和黄河融和起来！

唱吧，
我们的歌声
不叫敌人过黄河！
唱吧，
我们的歌声
不许我们周围有破坏者，
我们不停息地唱，
我们不停息地歌，
直到这北方的巨流 ——
属于工人的河，
属于农民的河，
属于学生旅行的河，
属于青年人唱情歌的河，
属于将士胜利归来饮马的河 ……

那时候，我们站在河岸上
静静地听
黄河给我们唱
最动人
最快乐
最幸福的歌。

          1940年5月4日　陕北绥德

冀汸

冀汸（1920 ~ 2013），原名陈性忠，祖籍湖北天门，生于印度尼西亚爪哇岛。历任中国作协浙江分会副主席等职。著有《跃动的夜》《有翅膀的》等。

今天的宣言

鞭子不能属于你
铁链不能属于我
我可以流血地倒下
但不会流泪地跪下

1947 年

彭燕郊

彭燕郊（1920 ~ 2008），原名陈德矩，曾任《光明日报》副刊编辑、湖南大学中文系副教授、湘潭大学中文系教授等。著有《彭燕郊诗选》《高原行脚》等。

爱

选自《彭燕郊诗选》，湖南人民出版社，1984年。

　　　　爱是人生理想的实体。
　　　　　—— 摘自手记

爱是这样的，是比憎还要锐利的，
　以锐利的剑锋，刀刀见血地镂刻着，
雕凿着，为了想要完成一个最完美的形象
　爱者的利刃是残酷的。

激荡的漩流，不安宁的浪涛，
　比呼救的信号灯还要焦急，深情的双眼闪烁着，
找寻那堤坝的缺口，急于进行一次爆炸式的溃决，
　爱者，用洪水淹没我吧，我要尝尝没顶的极乐！

去，站到吹刮着狂飙的旷野上去，
　站到倾泻而下的哗哗大雨里面去，
爱者，狠起心不顾一切地冲刷我，
　更加，更加猛烈地摇撼我，让我感到幸福！

而且执拗地纠缠我，盘曲的蛇一样
　紧紧地，狂野地抓牢我，
以冲击一只小船的滔天巨浪的威力，
　以那比大海还要粗暴的威力，震动我！

不是心灵休息的地方，不是的。
　爱者呵，从你这里，我所取得的不止是鼓舞和抚慰；
这里，往往少一点平静，多一点骚乱，
　爱者，你的铁手的抚摸是使人战栗的。

心灵撞击心灵，于是火花迸射，
　随着热泪而来的，是沉痛的倾诉。
爱是这样地在揪心的痛苦里进行的，
　在那里，在爱者的伴随长叹的鞭挞里。

安宁吗？ 平静吗？ 不！ 池塘有一泓碧水
　澄清地照出一天灿烂的云霞。
但那只是云霞，云霞的绚丽，云霞的瑰奇，
　而澄清的池塘失去了它自己。

而沐着阳光有晶莹的心灵
　却以其结晶的多棱的闪动，
以千万道颤抖的光芒的跳跃，迎接着光和热，
　爱者心辉的交映就应该是这样的。

多么苛刻，多么严峻而且固执，
　只想成为彼此理想的体现，爱者和被爱者
是如此迫不及待的心情
　奔向对方，去为自己的理想找寻见证的。

而他们也都终于看到了并且得到了
　　捧在彼此手上的那个血淋淋的生命，
那突突地跳着的，暖烘烘的理想
　　赫然在目，这生和死都无法限量的爱的实体！
　　　　　　　　　1948年春，桂林红庙狱中

古承铄

古承铄（1920～1949），四川南川人。共产党员。诗人、音乐家，著有《薪水是个大活宝》《这样不是那样》《宣誓》等。

宣誓

在战斗的年代，
我宣誓——
不怕风暴，
不怕骤雨的袭击！

一阵火，一阵雷，
一阵狂风，一阵呼号
炙热着我的心；
脑际胀满了温暖与激情。

我宣誓——
爱那些穷苦的、
流浪的、无家可归的、
衣单被薄的人民；
恨那些贪馋的、
骄横的、压榨人民的、
杀戮真理的强盗。

我宣誓——
我是真理的信徒，
我是正义的战士，
我要永远永远

为人类的自由幸福而战！

1948年作于渣滓洞楼下一号牢房

无题

假如山崩地裂，
假如天要垮下，
假如一动就会死，
假如有血才有花……
只要能打开牢笼，
让自由吹满天下；
我将勇敢上前，
毫不惧怕！

1947年6月"六一"大逮捕有感

这样不是那样

这样不是那样，
事实不是想象，
黑夜不是白天，
月亮不是太阳。

苦闷不是悲哀，
欢喜不是奸笑；
黑夜处处有强盗，
谨慎不是胆小。

黎明之前黑暗，
黑暗之中混乱，
世上总有阳光，
黑夜毕竟很短。

1947年4月于重庆

薪水是个大活宝

选自《革命烈士诗抄》，中国青年出版社，1962年增订版。

薪水是个大活宝，
想和物价来赛跑，
物价一天涨一天，
薪水半年赶不到。
赶不到呀赶不到，
公教人员啷开交？
这个日子天知道，
怎么能够过得了？
年老的爹妈要活命，
小小的孩儿要温饱；
自己忽然得了病，
那时有谁来照料？
过不了呵吃不消，
竟有人还在旁边哈哈哈哈笑！
可恨可恨又可恼，
这样的日子要改造，要改造！

　　　　　　1946年6月于北碚

陈辉

陈辉（1920～1944），原名吴盛辉，湖南常德人，曾任平西四区区委书记兼武工队政委等。著有《十月的歌》等。

为祖国而歌

我，
埋怨，
我不是一个琴师。

祖国呵，
因为
我是属于你的，
一个大手大脚的

劳动人民的儿子。

我深深地
深深地
爱你！
我呵，
却不能，
像高唱马赛曲的歌手一样，

在火热的阳光下，
在那巴黎公社战斗的街垒旁，
拨动六弦琴丝，
让它吐出
震动世界的，
人类的第一首
最美的歌曲，
作为我
对你的祝词。

我也不会
骑在牛背上，
弄着短笛。
也不会呵，
在八月的禾场上，
把竹箫举起，
轻轻地
轻轻地吹；
让箫声
飘过泥墙，
落在河边的柳阴里。

然而，
当我抬起头来，
瞧见了你，
我的祖国的
那高蓝的天空，

那辽阔的原野，
那天边的白云
悠悠地飘过，
或是
那红色的小花，
笑眯眯的
从石缝里站起。
我的心啊，
多么兴奋，
有如我的家乡，
那苗族的女郎，
在明朗的八月之夜，
疯狂地跳在一个节拍上，
……

我的祖国呵，
我是属于你的，
一个紫黑色的
年轻的战士。

当我背起我的
那枝陈旧的"老毛瑟"，
从平原走过，
望见了
敌人的黑色的炮楼，
和那炮楼上
飘扬的血腥的红膏药旗，
我的血呵，
它激荡，
有如关外
那积雪深深的草原里，
大风暴似的，
急驰而来的，
祖国的健儿们的铁骑……
祖国呵，
你以爱情的乳浆，

养育了我；
而我，
也将以我的血肉，
守卫你啊！

也许明天，
我会倒下；
也许
在砍杀之际，
敌人的枪尖，
戳穿了我的肚皮；
也许吧，
我将无言地死在绞架上，
或者被敌人
投进狗场。
看啊，
那凶恶的狼狗，
磨着牙尖，
眼里吐出
绿色莹莹的光……
祖国呵，
在敌人的屠刀下，
我不会滴一滴眼泪，
我高笑，
因为呵，
我——
你的大手大脚的儿子，
你的守卫者，
他的生命，
给你留下了一首
崇高的"赞美词"。
我高歌，
祖国呵，
在埋着我的骨骼的黄土堆上，
也将有爱情的花儿生长。

　　　　　　　　1942年8月10日，初稿于八渡

献诗

—— 为伊甸园而歌

那是谁说
"北方是悲哀的" 呢?
不!
我的晋察冀呵,
你的简陋的田园,
你的质朴的农村,
你的燃着战火的土地
它比
天上的伊甸园,
还要美丽!

呵, 你 ——
我们的新的伊甸园呀,
我为你高亢地歌唱。

我的晋察冀呵,
你是
在战火里
新生的土地,
你是我们新的农村。
每一条山谷里,
都闪烁着
毛泽东的光辉。
低矮的茅屋,
就是我们的殿堂。
生活 —— 革命,
人民 —— 上帝!

人民就是上帝!
而我的歌呀,
它将是
伊甸园门前守卫者的枪枝!

以上选自《十月的歌》,
作家出版社,1958年。

我的歌呀，
你呵，
要更顽强有力地唱起，
虽然
我的歌呵，
是粗糙的，
而且没有光辉……

我的晋察冀呀，
也许吧，
我的歌声明天不幸停止，
我的生命
被敌人撕碎，
然而，

我的血肉呵，
它将
化作芬芳的花朵，
开在你的路上。
那花儿呀——
红的是忠贞，
黄的是纯洁，
白的是爱情，
绿的是幸福，
紫的是顽强。

魏巍

魏巍（1920～2008），原名魏鸿杰，笔名红杨树，河南郑州人。曾任北京军区文化部长，北京军区政治部顾问。著有诗集《红叶集》《两年》，散文集《谁是最可爱的人》等。

午夜图

选自《黎明风景》，人民文学出版社，1955年。

午夜里，
在敌人多路扑来的山村，

电话铃急急地响着。

听，听不见枪声，
树叶在簌簌地飘落……

呵，这时，
葫芦架那边，
一堆红艳艳的灶火，
照花了我。

哦哦，红火边坐着一个巨人，
像风里的树影跳跃在大地，
那跳跃的红色的火光，
飞满了他一身。

他那滚过大雷雨的胸膛，
总是这样半袒露着。
你看他，
一块，一块，
把劈柴投向灶火，
谁能从这个战士的灵魂，
看出我们被重兵围困？

午夜里，
红艳艳的灶火，
照花了我。
看哪，葫芦架那边，
山草呼啸中，
坐着的是我们的民族……

蝈蝈，你喊起他们吧

选自《晋察冀诗钞》，中国青年出版社，1984年。

战斗了一夜一早晨，战士啊，
用满挂露水的刺刀，
割一枝红酸枣吃下你便睡了！

睡得这样甜呵，
树影在你的军衣上绣起了花朵，
大红枣跳到子弹袋上你也不知道。

螳螂，你这个勇敢美丽的昆虫，
也站在战士的脚上，触须轻轻舞动。
你可是在偷看他们的梦？

你可曾看见，在他们的梦里：
手榴弹开花是多么美丽，
战马奔回失去的故乡时怎样欢腾，
烧焦的土地上有多少蝴蝶又飞上花丛！

呵，蝈蝈，你喊起他们吧！
在升起笔直的青烟那边，
早饭已经熟了。

　　　　　　1941年9月24日易县铁管沟门反"扫荡"中。

井岩盾

井岩盾（1920～1964），原名井延盾，山东东平人。曾任中国作协创作研究室副主任，辽宁省《处女地》月刊编辑，北京中央电影局剧本创作所编剧，中国社科院文研所副研究员。著有作品集《辽西纪事》《在晴朗的阳光下》，诗集《摘星集》等。

磷火

选自重庆《新华日报》，
1943年5月29日。

"那边在山脚下的黑暗里，
是谁打着小蓝灯笼在游戏？
他玩耍得多么快乐，
他的灯笼多么美丽！"

"你说得好，孩子，
它是一切中最美丽的。
比田野里的花朵还美丽，

比秋天的果实还美丽。

"明天，我领你出去，
穿过没有人迹的森林和野草深深的土地，
你将发现半山上有许多破烂的窑洞，
那就是有人在这山峡里住过的证据。

"他们曾和我们一样，
在夜晚烧起野火；
他们曾和我们一样流着汗，
将这块土地开辟。

"他们死了，没有墓碑，
没有任何纪念的标志，
可是，那生命的火焰啊，
并没有从他们劳作过的土地上消逝……"

1942年春天于延安

郑敏

郑敏（1920～　）福建闽侯人，生于北京。1943年毕业于西南联大。1952年在美国布朗大学研究院获硕士学位。回国后曾在中国社会科学院文学研究所工作，后任教于北京师范大学外语系。著有《诗集：1942～1947》《寻觅集》《心象》等。

金黄的稻束

金黄的稻束站在
割过的秋天的田里，
我想起无数个疲倦的母亲，
黄昏的路上我看见那皱了的美丽的脸，
收获日的满月在
高耸的树巅上，
暮色里，远山
围着我们的心边
没有一个雕像能比这更静默。
肩荷着那伟大的疲倦，你们

在这伸向远远的一片
秋天的田里低首沉思，
静默。静默。历史也不过是
脚下一条流去的小河，
而你们，站在那儿，
将成为人类的一个思想。

秘密

天空好像一条解冻的冰河
当灰云崩裂奔飞；
灰云好像暴风的海上的帆，
风里鸟群自滚着云堆的天上跌没；
在这扇窗前猛地却献出一角蓝天，
仿佛从凿破的冰穴第一次窥见
那长久已静静等在那儿的流水；
镜子似的天空上有春天的影子
一棵不落叶的高树，在它的尖顶上
冗长的冬天的忧郁如一只正举起翅膀的鸟；
一切，从混沌的合声里终于伸长出一句乐句。

有一个青年人推开窗门，
像是在梦里看见发光的白塔
他举起他的整个灵魂
但是他不和我们在一块儿
他在听：远远的海上，山上，和土地的深处。

白苍兰

在你的幽香里闭锁着像蜂鸣的
我对于初春的记忆
那是造物的赐予，但哪里会有一种沉醉
被允许在这有朽的肉体里不朽长存？

在你的苍白里储存着更苍白的

是我的年青的颤栗，
那是造物的赐予，但哪里会有一首
歌被允许永远颤动在这终于要死于哑静的弦上？

当地上幽怨的绿草和我的揉合了
蓝天和苍鹰的遐想都没入冬天的寂寥
呵，突然，不知是你，还是神的意旨
让我宁静的心再一次为它燃烧，哭泣。

永久的爱

黑暗的暮晚的湖里，
微凉的光滑的鱼身
你感觉到它无声的逃脱
最后只轻轻将尾巴
击一下你的手指，带走了
整个世界，缄默的

在渐渐沉入夜雾的花园里。
凝视着园中的石像，
那清晰的头和美丽的肩
坚固开始溶解，退入
泛滥着的朦胧 ——

呵，只有神灵可以了解
那在一切苦痛中
滑过的片刻，它却孕有
那永远的默契。

生的美：痛苦，斗争，忍受

以上选自《诗集：1942～
1947》，文化生活出版社，
1949年。

剥啄，剥啄，剥啄，
你是那古树上的啄木鸟，
在我沉默的心上不住的旋绕
你知道这里藏躲有懦怯的虫子

请瞧我多么顺从的展开了四肢

冲击，冲击，冲击，
海啸飞似的挟卷起海涛
朝向高竖的绝壁下奔跑
每一个冷漠的拒绝
更搅动大海的血液

沉默，沉默，沉默，
像树木无言地把茂绿合弃
在地壳下忍受黑暗和压挤
只有当痛苦深深浸透了身体
灵魂才能燃烧，吐出光和力。

唐祈

唐祈（1920～1990），本名唐克蕃，江苏苏州人，毕业于西北联大文学院历史系。曾任兰州省立工专教师、上海《中国新诗》编委、《人民文学》小说散文组组长、《诗刊》编辑、甘肃师范大学学报副主编、西北民族学院汉语系代主任等。著有《诗·第一册》《唐祈诗选》（1990）等。

旅行

你，沙漠中的
圣者，请停留一下
分给我孤独的片刻。

时间与旗（节选第八章）

通过风，将使人们日渐看见新的
土地；花朵的美丽，鸟的欢叫：
一个人类的黎明。
从劳动的征服中，战争的警觉中握住了的
时间，人们虽还有苦痛，

而狂欢节的风，
要来的快乐的日子它就会吹来。

过去的时间留在这里，这里
不完全是过去，现在也在内膨胀
又常是将来；包容了一致的
方向，一个巨大的历史形象完成于这面光辉的
人民底旗，炫耀的太阳光那样闪熠，
映照在我们空间前前后后
从这里到那里。

1948年作于上海

故事

湖水这样沉静，这样蓝，
一朵洁白的花闪在秋光里很阴暗；
早晨，一个少女来湖边叹气，
十六岁的影子比红宝石美丽。

青海省城有一个郡王，可怕的
欲念，像他满腮浓黑的胡须，
他是全城少女悲惨的命运；
他的话语是难以改变的法律。

我看见他的兵丁像牛羊一样地
豢养，抢掠了异域的珍宝跪在他座旁。
游牧人被他封建的城堡关起来，
他要什么，仿佛伸手到自己的口袋。

秋天，少女像忧郁的夜花投入湖底，
人们幽幽地指着湖面不散的雾气。

1940年

十四行诗

—— 给沙合

以上选自《唐祈诗选》，人民文学出版社，1990年。

虽说是最亲切的人，
一次离别，会划开两个人生；
在微明的曙色里，
想象不出更远的疏淡的黄昏。

虽然你的影子闪在记忆的
湖面，一棵树下我寻找你的声音，
你的形象幻作过一朵夕阳里的云；
但云和树都向我宣告了异乡的陌生。

别离，寓言里一次短暂的死亡；
为什么时间，这茫茫的
海水，不在眼前的都流得渐渐遗忘，
直流到再相见的泪水里……

愿远方彼此的静默和同在时一样，
像故乡的树守着门前的池塘。

                                    1945 年

唐湜

唐湜（1920 ~ 2005），原名唐扬和。生于浙江温州。毕业于浙江大学外文系，历任《戏剧报》编辑、浙江永嘉昆剧团临时编剧、温州市艺术研究所研究员等。著有《骚动的城》《幻美之旅》《飞扬的歌》和历史叙事诗《海陵王》等。

我的欢乐

我不迷茫于早晨的风
风色的清新
我的欢乐是一片深渊

一片光景
芦笛吹不出它的声音
春天开不出它的颜色
它来自一个柔曼的少女的心
更大的闪烁，更多的含凝

它是一个五彩的贝壳
海滩上有它生命的修炼
日月的呼唤，水纹的轻柔
于是珍珠耀出夺目的光华
静寂里有常新的声音
袅袅地上升，像远山的风烟
将大千的永寂化作万树的摇红
群山在顶礼，千峰在跃动
深谷中丁丁的声音忽然停止
伐木人悄悄归去
时间的拘束
在一闪的光焰里消失

我看你 ……

我看你奔突在草丛里，
如一匹寻找同伴的小野猫，
幽暗里流荡着无限的爱娇，
生命像沸腾的一片光耀；

沉默里我望着你的柔发，
朦胧给我们添加了丰富，
也添上了更大更多的恍惚，
我怕你身子长大，心灵反而窄小；

多少山、水、阳光在记忆里褪色，
春去秋来，欢乐将会换来苦涩；
有一天你会看到自己的贫乏，
血液里奔流过一阵寒冷的颤抖！

我想说 ……

我想说你原是水底下一团小水藻，
遇上谁的魔扇，着了谁的魔，
波涛里乃吐出盈盈的花朵；

我想说我抛出满斛时辰的珍珠，
遇上谁的魔扇，着了谁的魔，
在日落的河上却化作一片小水涡；

我想说酒的芳香比剑更柔和，
遇上谁的魔扇，着了谁的魔，
两样都比不上你眸子里的漩波；

我知道你的弯弓早变成帆篷，
遇上谁的魔扇，着了谁的魔，
我献上的红珊瑚成了不燃的焰火！

诗

当汹涌的潮水退去，
沙滩才能呈献光耀的排贝；
诗如果可以在生活的土壤里伸根，
它应该出现在生活的胜利里；

果实是为了花的落去，
闪烁的白日之后才能有夜晚的含蓄；
如果人能生活在日夜的边际，
薄光里将会有一个新的和凝；

看一天晴和，平野垂地而尽，
灰色的鸽笛渐近，渐近；
呵，苦难里我祈求一片雷火，
烧焦这一个我，又烧焦那一个我；

以上选自《唐湜诗卷》，人民文学出版，2003年。

圆周重合，三角楔入，
在自己之外又欢迎另一个自己！

青勃

青勃（1921～1991）原名赵青勃，河北隆尧人。1949年后曾任《河南文艺》编辑部主任，
河南省作协副主席等。著有诗集《号角在哭泣》《巨人的脚下》等。

苦难的中国，有明天

选自《号角在哭泣》，
星群出版社，1947年。

冻结的日子
有火

月黑夜
有灯

沙原上
有骆驼

土地下面
有种子

堤岸里头
有激流

鞭子底下
有咆哮

被欺侮的
有仇恨

穷苦的人
有骨头

哭泣的天空
有响雷

打抖的冬天
有春梦

血汗灌溉的地方
有不凋的花

苦难的中国
有明天

1946 年

吴兴华

吴兴华(1921～1966)，笔名兴华、钦江，原籍浙江杭州，生于天津塘沽，历任北京大学西语系副主任、教授等。其作品二十世纪五六十年代曾被朋友在香港、台湾等地以"梁文星"笔名发表，颇有影响。著有《森林的沉默》《吴兴华诗文集》等。

SONNET

我是夏天最后一朵玫瑰，虽然我觉到
在我凋落之后将会来临多果实的秋，
但那时我已不复能抬起我苍白的头
向原上与群云为伍的牧女招手微笑。
不要问我过去殷红的时光如何失掉，
现在接受我吧！趁我的色香仍然残留，
趁我还能吸引你的转移无定的双眸
在你寒冷的光中像一颗卫星的照耀。

因为我早已预感到寒冷的手指抚摸
我的两颊，听见时光的镰刀霍霍欲试，
看见同根的姊妹们依次从枝上扭脱，
陪伴着地下的死叶一齐腐烂。尘土是
我的运命，让我闭眼在你的胸上安眠，

然后醒来，被风吹到遥不可及的天边。

绝句四首

原载《新语》，1945年
第5期。

一

仍然等待着春风吹送下暮潮
陌生的门前几次停驻过兰桡
江南一夜的春雨乌桕千万树
你家是对着秦淮第几座长桥

二

一轮满月滑移下无垢的楼台
微步起落下东风使桃李重开
仿佛庭心初舒展孔雀的丽尾
万人惊叹的眼目都被绣上来

三

昨天我曾献给你朝日的蔷薇
引来十里的蜂蝶上你的素衣
如今我带来一束无色的花朵
空际疏疏的几点，伴白云齐飞

四

天才表面上总要人力的凝妆
暴露在群众眼中听凭说短长
从生到灭被一切误解所颠倒
美人盛时的颜色才子的文章

筵散作

选自香港《人人文学》，
1953年第20期。

月上梧桐墙缺处光影正微茫
静听车马与笑语沉没在远方
砌下哀虫尚思效弦管的幽咽

院角花枝犹颤摇美人的鬓香
薪当尽处有谁知火焰尚未死
梦已醒时怕听说人事的凄凉
车尘十丈奔波在邯郸的衢市
不知它人在何处炊煮着黄粱

袁可嘉

袁可嘉（1921～2008），浙江余姚（现属慈溪）人。1946年毕业于西南联合大学。历任北京大学西语系助教、中宣部毛泽东选集英译室翻译、外文出版社翻译、中国社科院研究生院教授、博士生导师等。著有《西方现代派文学概论》《现代派论·英美诗论》《论新诗现代化》等。

沉钟

让我沉默于时空，
如古寺锈绿的洪钟，
负驮三千载沉重，
听窗外风雨匆匆；

把波澜掷给大海，
把无垠还诸苍穹，
我是沉寂的洪钟，
沉寂如蓝色凝冻；

生命脱蒂于苦痛，
苦痛任死寂煎烘，
我是锈绿的洪钟，
收容八方的野风！

1946年

母亲

迎上门来堆一脸感激，

仿佛我的到来是太多的赐予；
探问旅途如顽童探问奇迹，
一双老花眼总充满疑惧。

从不提自己，五十年谦虚，
超越恩怨，你建立绝对的良心；
多少次我担心你在这人世寂寞，
紧挨你的却是全人类的母亲。

面对你我觉得下坠的空虚，
像狂士在佛像前失去自信；
书名人名如残叶掠空而去，
见了你才恍然于根本的根本。

上海

不问多少人预言它的陆沉，
说它每年都要下陷几寸，
新的建筑仍如魔掌般上伸，
攫取属于地面的阳光、水分

而撒落魔影。贪婪在高空进行；
一场绝望的战争扯响了电话铃，
陈列窗的数字如一串错乱的神经，
散步地面的是饥馑群真空的眼睛。

到处是不平。日子可过得轻盈，
从办公房到酒吧间铺一条单轨线，
人们花十小时赚钱，花十小时荒淫。

绅士们捧着大肚子走进写字间，
迎面是打字小姐红色的呵欠，
拿张报，遮住脸：等待南京的谣言。

走近你

以上选自《半个世纪的脚印：袁可嘉诗文选》，人民文学出版社，1994年。

走近你，才发现比例尺的实际距离，
旅行家的脚步从图面移回土地；
如高塔升起，你控一传统寂寞，
见了你，狭隘者始恍然身前后的幽远辽阔；

原始林的丰实，热带夜的蒸郁，
今夜我已无所舍弃，存在是一切；
火辣，坚定，如应付尊重次序的仇敌，
你进入方位比星座更确定、明晰；

划清相对位置变创造了真实，
星与星间一片无垠，透明而有力；
我像一绫山脉涌上来对抗明净空间，
降伏于蓝色，再度接受训练；

你站起如祷辞：无所接受亦无所拒绝，
一个圆润的独立整体，"我即是现实"；
凝视远方恰如凝视悲剧 ——
浪漫得美丽，你决心献身奇迹。

李季

李季（1922～1980），原名李振鹏，笔名里计、于一帆等。河南唐河县人。曾任中国作协创作委员会副主任，《人民文学》副主编、主编，《诗刊》主编等，著有《王贵与李香香》《杨高传》《玉门诗抄》《海誓》等。

掏苦菜

山丹丹开花红姣姣，
香香人材长得好。

一对大眼水汪汪，
就像那露水珠在草上淌。

二道糜子碾三遍，
香香自小就爱庄稼汉。

地头上沙柳绿蓁蓁，
王贵是个好后生。

身高五尺浑身都是劲，
庄稼地里顶两人。

玉米开花半中腰，
王贵早把香香看中了。

小曲好唱口难开，
樱桃好吃树难栽；

交好的心思两人都有，
谁也害臊难开口。

王贵赶羊上山来，
香香在洼里掏苦菜。

赶着羊群打口哨，
一句曲儿出口了：

"受苦一天不瞌睡，
合不着眼睛我想妹妹。"

停下脚步定一定神，
洼洼里声小像弹琴：

"山丹丹花来背洼洼开，
有那些心思慢慢来。"

"大路畔上的灵芝草，
谁也没有妹妹好！"

"马里头挑马四银蹄，
人里头挑人就数哥哥你！"

"樱桃小口糯米牙，
巧口口说些哄人话。

"交上个有钱的花钱常不断，
为啥要跟我这个揽工的受可怜？"

"烟锅锅点灯半炕炕明，
酒盅盅量米不嫌哥哥穷。

"妹妹生来就爱庄稼汉，
实心实意赛过银钱。"

"红瓤子西瓜绿皮包，
妹妹的话儿我忘不了。

"肚里的话儿乱如麻，
定下个时候说说知心话。"

"天黑夜静人睡下，
妹妹房里把话拉。"

"满天的星星没月亮，
小心踏在狗身上！"

羊肚子手巾

崔二爷他把良心坏，
李德瑞支差一去不回来。

老雀死了公雀飞不出窠，
香香一个人怎过活？

以上节选自《王贵与李
香香》，《解放日报》，
1946年9月22～24日。

有心去找游击队，
狗腿子照着走不开。

又送米来又送面，
崔二爷想把香香心买转；

请上这个央那个，
一天来劝两三遍；

硬的吓来软的劝，
香香至死心不变；

一天哭了三回，天天哭九转，
铁石的心儿也变软。

人不伤心不落泪，
羊肚子手巾水淋淋。

羊肚子手巾一尺五，
拧干了眼泪再来哭。

房子后边土坡坡，
了见寨子外边黄沙窝。

沙梁梁高来沙窝窝低，
照不见亲人在那里。

房子前边种榆树，
长的不高根子粗；

手扒着榆树摇几摇，
你给我搭个顺心桥！

隔窗子了见雁飞南，
香香的苦处数不完。

人家都说雁儿会带信，
捎几句话儿给我心上的人：

"你走时树木才发芽，
树叶落净你还不回家！

"牛儿不走鞭子打，
人不能回来捎上两句话；

"一圪塔石头两圪塔砖，
你不知道妹妹怎么难；

"满天云彩风吹乱，
咱俩的婚姻叫人搅散。

"五谷里数不过豌豆圆，
人里头数不过咱俩可怜！

"庄稼里数不过糜子光，
人里头数不过咱俩凄惶！

"想你想的吃不进去饭，
心火上来把嘴燎烂。

"阳洼里糜子背洼里谷，
那里想你那里哭！

"端起饭碗想起你，
眼泪滴到饭碗里；

"前半夜想你点不着灯，
后半夜想你天不明；

"一夜想你合不着眼，
炕围上边画你眉眼。

"叫一声哥哥快来救救我，
来的迟了命难活；

"我要死了你莫伤心，
死活都是你的人。

"马高镫短扯首长，
魂灵儿跟在你身旁。"

……

蓝曼

蓝曼（1922～2002），原名蓝文瑞，河北武强人。历任《人民装甲兵》副总编辑、公安部队文化部副部长、第二炮兵文化部副部长等。著有诗集《老艄公》《绿野短笛》《海阔山高》《青龙湾》《坦克奔驰》《蓝曼诗选》等。

延河颂歌

延河 ——
一根晶亮的琴弦，
从杨家岭走来，
经过党校的身边，
一路把琴儿轻弹。
用这振奋人心的歌，
叩响人们心上的门环。

延河 ——
一条清朗的血管，
从杨家岭流来，
一直向南，向南，
路过王家坪，
在宝塔山下急转一个弯，
流向敌后，流向前线。

1944

曾卓

曾卓（1922～2002），原名曾庆冠。笔名还有柳红、马莱、阿文、方宁、方萌、林薇等。原籍湖北黄陂，生于湖北武汉。1940年曾组织诗垦地社，编辑出版《诗垦地丛刊》。1943年入重庆中央大学历史系学习。历任《诗文学》编辑、《大刚报》副刊主编、湖北省教育学院和武汉大学教师、《长江日报》副社长、武汉市文联副主席等。著有《门》《悬崖边的树》《老水手的歌》等。

断弦的琴

将我的断弦的琴送你
从此不愿再弹奏着它
在你明月照着的绿窗前唱一支小夜曲
因为我不愿
让时代的洪流滔滔远去却将我的生命的小船
系在你的柔手上
搁浅于爱情的沙滩
我知道要来的
是怎样难忍的痛苦

但我仍以手
扼窒爱情的呼吸

      1942年4月，黄桷树

祝福

  ——怀念一个人

选自《曾卓文集》（三卷本），长江文艺出版社，2004年。

风暴要随黑夜来……
落日从乌云与乌云之间放射的金线如凝固的闪电。
嘶啸着，击扑着，
疯狂的海。
动荡着，挣扎着，
疯狂的海上的渔舟。

白帆承负黑夜与风暴的重压，猎猎飘响如求援的旗。舵要掌稳，
有灯塔，有路。
夜好黑，风好大，浪好险恶。未归的海航者的平安呵。燃着灯亮的海岸
茅屋中，披发的少妇倚站在颤栗的窗前，守着未用的晚餐
凝望着大海。
焦灼而虔诚的祝福……

1942 年 8 月

黎·穆特里夫

黎·穆特里夫（1922~1945），诗人、维吾尔族剧作家，又译鲁特夫拉·穆特里夫、鲁提普拉·穆特里甫、黎·木特里夫、鲁特拉·木塔里甫等。20世纪40年代新疆著名诗人之一。1945年被国民党杀害，后追认为革命烈士。著有《黎·穆塔里甫诗文选》《黎·穆特里夫诗选》《天山上的一颗明星》等。

给岁月的答复

选自克里木·赫杰耶夫译《黎·穆特里夫诗选》，作家出版社，1957 年。

时间太匆忙，一点也不肯停留，
岁月便是时间的最快脚步。
畅流的水，破晓的黎明依然清晰，
疾驰的岁月却是窃取寿命的小偷。
窃取后，头也不回地，
一个追着一个，匆忙逃走。
在青春的花园里听不到黄莺拍翅，
树叶枯萎凋零，树枝变成秃头。
青春是人们最美妙的季节，
然而它又是何等短暂。
当你撕掉日历上的一页，
便会预感到青春的花朵凋落了一瓣。
岁月之风在飘舞，落叶掩盖了大地，
落了叶的树显得格外可怜……格外悲凄。
岁月那么慷慨地给姑娘们带来了皱纹，
给男子们带来了满面的胡须。
但是，不能咒骂岁月，
让它流过去吧，这是它必然的规律……

人们不会放松时间，
把戈壁变为绿洲的还是人们的双手。
岁月的胸襟辽阔，机会无穷，
山一般重大的事还是在岁月里耸立。
你瞧，昨夜还那么幼小的婴儿，
啊，今天他就会站起来走路了！
战斗的人们追随着战斗的岁月，
一定会留下他战斗的子孙；
昨晚为幸福而牺牲的烈士的墓上，
明天一定会布满悼念他的花丛。
尽管岁月给我带来了胡须，
但我会在岁月的怀抱里锻炼自己。
在我面前败走的每个岁月里，
早已铭刻了我的创作 —— 不朽的诗篇。
在斗争最激烈的时候我不会衰老，
我的诗、像天空的繁星在我面前闪耀。
我时时不能忘记，坚韧 —— 果敢就是胜利，
在斗争重重的陡坡上，死亡对我是何等渺小。
我要跟射手们牵起手来，
在前进的道路上紧紧地跟随旗手。
在战斗的疆场上始终不显出疲倦，
我要走遍一切走向胜利的道路。
岁月，你别得意地擂胸狂笑，
在你面前我宁肯断头，绝不受你凌辱。
你别为催我衰老而过分地枉费心机，
我会把我的儿子许给最后的决斗。
岁月之海，尽管你的浪涛那样汹涌起伏，
我们的舰队一定会突破你的浪头。
尽管你以飞快的速度想恫吓我们，
但是创造必定会使你衰老 ——
这就是我们对你的答复！

     1943年，乌鲁木齐

绿原

绿原（1922～2009），原名刘仁甫，又名刘半九，湖北黄陂人。曾任人民文学出版社副总编辑，中国诗歌学会副会长。著有《童话》《集合》《又是一个起点》等。

航海

人活着，
像航海。
你的恨，你的风暴；
你的爱，你的云彩。

信仰

罗马斗兽场中间，
基督教圣处女
站在猛兽面前
以微笑祈祷：
——上帝与我同在啊。
斗争养育着生命：
胜利一定与我们同在！
站在断头台前
我们微笑，
我们不祈祷。

1943 年

诗人

有奴隶的诗人
他唱苦难的秘密
他用歌叹息
他的诗是荆棘
不能插在花瓶里

有战士的诗人
他唱真理的胜利
他用歌射击
他的诗是血液
不能倒在酒杯里

1949 年

无题

半夜惊醒过来
我常常听到一阵阵
砍岩石的声音
使我再也没有梦
它是那样严厉
就像旷野里一个巨人
折断自己的肋骨在磨剑 ……

它又常常是醉人的
我兴奋得很
到外面奔跑
我想去答应
那个召唤，最后一次召唤

天象是可怕的
星星飞溅着，嘶叫
月亮逃走了
仿佛天空要翻过来
我忘掉一切
向前面跑去
那声音却又凭附着我
好像正是我的心跳

1946 年

忧郁

太阳呈扇形的放射没落了

耶稣骑着驴子回到耶路撒冷去
行脚者买一只风灯
摸索向远村的旅栈

圣人想
黄昏的烟水边
（田螺儿回到贝壳里去了），
雨落着的城楼
（晚钟被十字架的影子敲响了），
常有一个透明的声音
召唤着你的名字 ——
好，你该醒着做梦的客人了。

这是童话。

夜深了，
请给我一根火柴……

小时候

以上选自《人之诗》，人民文学出版社，1983年。

小时候
我不认识字，
妈妈就是图书馆。
我读着妈妈 ——

有一天，
这世界太平了：
人会飞……
小麦从雪地里出来……
钱都没有用……

金子用来做房屋的砖，
钞票用来糊纸鹞，
银币用来飘水纹……

我要做一个流浪的少年，
带着一只镀金的苹果，
一只银发的蜡烛
和一只从埃及国飞来的红鹤，
旅行童话王国，
去向糖果城的公主求婚……

但是，妈妈说：
"你现在必须工作。"

牛汉

牛汉（1923～2013），本名史承汉，后改史成汉，又名牛汀，曾用笔名谷风，山西省定襄县人。曾任《新文学史料》主编、《中国》执行副主编、人民文学出版社副总编、中国诗歌学会副会长。著有《牛汉诗文集》等。

山城与鹰

从远古，灰色的山城
哺育着灰色的鹰

山城衰老了
城角流水里的影子啼泣着

山城衰老了，鹰仍在高天漫飞
蓝色的梦里滑下嘹亮的歌音

鹰旋飞着，歌唱着：
"自由飞翔才是生活呵……"

山城在浑浊的雾中匍匐着
诉述着远古的悲哀

山城在鹰的歌声的哺育下
复活了，鹰成为它的前哨

种子有翅膀

种子
长着翅膀
要飞
找寻远方肥沃的草原

芦苇的种子张着白亮的翅膀飞在灌木林上
蒲公英的种子旋转着向日葵似的圆翅膀
榆树的种子是绿色的会飞的星星
柳树的种子有白色的云朵似的羽翎
蛋里有萌生翅膀的小鸟儿
海水里的鱼卵自由地飞翔
大雷雨的翅膀是黑云闪电和暴风

不怕
土地上的陷阱，监狱
心灵的种子
有翅膀
是种子
就长着翅膀
要飞
要找寻远方肥沃的开垦过的黑土地带
从荒凉的土地上起飞

1945年，城固

春天

没有花吗？
花在积雪的树枝和草根里成长。
没有歌吗？ 歌声微小吗？
声音响在生命内部。
没有火吗？
火在冰冻的岩石里。
没有热风吗？
热风正在由南向北吹来。

以上选自《牛汉诗文选》，人民文学出版社，2010年。

不是没有春天，
春天在冬天里，
冬天，还没有溃退。

1947年春，开封

鲁煤

鲁煤（1923～2014），原名王夫如，河北望都人，曾任中国戏剧出版社副总编辑、编审等，著有《红旗歌》《扑火者》等。

默悼几只扑火者的死

对着灯默默地敬奠这些
苍翠精致的英雄们——

箭
射向靶

你
射向火

小河
奔突、冲撞、搏击
追求海

你
奔突、冲撞、搏击
拥抱火……

火
火呵
以它兽性的贪馋
吞吃你的生命

你
你呵

以你心血的异彩
爆破这寂寞的黑夜

死了
你——
那么残酷
又那么宁静

死了，你
甘心瞑目——
死于追求
死于理想……

我愿越过墙去

我愿越过墙去，
看遍地的油菜开花；
我愿越过墙去，
听小鸟说些什么话；
我愿越过墙去，
把那争执的孩儿劝解；
我愿越过墙去，
向着春天出发！

     1945年春，重庆磐溪，国立艺专

年青的

这儿是年青的……

这儿歌是年青的
这儿舞是年青的
这儿笑是年青的

这儿笑使我看见从雪里绽开的蕾
这儿歌使我听见从冰里迸发的河

选自《鲁煤文集－诗歌卷：在前沿》，中国戏剧出版社，2006年。

这儿舞使我想起从黑夜亮起的星辰
从严冬和死亡战斗而来的春风

年青的蕾有繁花的季节
年青的河有澎湃的季节
年青的风载负着春天
年青的星辰照明中国

贺敬之

贺敬之（1924～ ），笔名艾漠、荆直。山东枣庄人。毕业于延安鲁艺文学系。历任鲁艺文工团创作组成员、华北联大文学院教师、《人民日报》文艺部副主任、中宣部副部长、文化部代部长、中国作协副主席等。著有《贺敬之文集》《放歌集》等。

我们的行列

数下吧：
一个，两个，三个，四个……

这只是数而已，
而我们的伙伴，
很多很多……
那是数不清的。

请看这些黑色的脸，
发着光呢；
请看这些红色的心，
烧着火呢。

生活

我们的生活：
太阳和汗液。

太阳从我们头上升起，

太阳晒着我们。

像小麦，
我们生长
在五月的田野。

我们是小麦，
我们是太阳的孩子。
我们流汗，
发着太阳味，
工作，
在小麦色的愉快里。

歌唱！
歌唱
在每个早晨和晚上。

生活
甜蜜而饱满的穗子，
我们兄弟般地
结紧在穗子上。

我们 —— 熟透的麦粒呀。

不要注脚

　　　　　—— 献给"鲁艺"

"鲁迅"，
解释着我们，
像旗帜，
解释着行列。

早晨的阳光，
铺上那院落，小路 ……
刺槐树茂密的叶子，

环绕着
教堂的尖顶。
早安呵，
我们的小溪，
我们的土壤。
这里是我们的学校 ——
"鲁艺"！

在时代的路程上，
教堂
熄灭了火焰，
耶和华
走下了台阶 ……

今天，
"鲁迅"
领导着我们，
我们集合在旗帜下。

今天，这里，
红星照着，
铁锤拥抱着镰刀
在跳跃。

一切都在唱歌：
"同志们！"
一切都在呼喊：
"伙伴呦！"

艺术，不要注脚，
我们了解 ——
生活
和革命。

在我们的场园里，
我们赶出了

"伤感"的女神，
摒弃了
镀金的哀愁。

叫旧世界的堡垒发抖吧，
我们的火把 ——
"鲁迅"
将燃烧不熄！

歌唱给全世界听吧，
我们的旗帜高举 ——
"鲁迅"！

像春天般歌舞，
我们跳跃！
热情，
泛滥的大河，
歌声，
像夏夜的雷雨⋯⋯

手风琴的嗓音
彻叫在白天；
欢笑
汇集，在蓝色的夜晚。

人的丛林
在高呼：
"诗人
和共和国的工作
是完全一致的！"

看吧！
木刻家、
农民一样的勤劳，
在他的田野 —— 木板上，
锋利的刀子

在耕耘着。

小说家，
在纸的阔野上
挺进！

音乐 —— 我们的进行曲！
戏剧 —— 大地是舞台！

在艺术的
兵营和工厂，
我们是
战斗员和突击者，
工作不息！

生活的引擎，
百万匹马力
在奔驰！

我们高举
"鲁迅"的火把，
走向
明天，
用诗和旗帜，
去歌唱
祖国青春的大地！

1940年10月，延安鲁艺

枣儿红

选自《贺敬之文集》，
作家出版社，2005年。

一路上的枣儿属上这挞的红，
陕北的女娃属上这挞的俊。

扛上长竿打红枣，
对对姐妹对对笑。

大队的八路军开步走，
大把的红枣塞进手。

"吃我的红枣不要钱，
嘴里吃了心里甜。"

"吃你的红枣我记账，
流水账写在枪尖上。"

"消灭了敌人勾了账，
回来再闻你枣花香！"

1945年10月5日，吴堡

余祖胜

余祖胜（1924～1949），别名苍扉，江西省湖口县人。革命烈士。

晒太阳

太阳倾泻在石头上，
温暖着我的身躯，
呵，这也触犯了吸血鬼的法律！
"哼！ 不讲羞耻！"
眼珠翻滚，
怒目瞪瞪。

在这人和兽混居的城堡里 ——
道德、法律、武力、金钱……
全是吃人的野兽！
春天，是强盗们的，
穷人永远生活在冬天里。

忿怒的站在石头上，
我要回答 ——

总有一天，我们将
站在这个城堡上，
高声宣布：
太阳是我们的！

1947年3月9日

明天

选自《革命烈士诗
抄》，中国青年出版
社，1962年增订版。

我伏在窗前，
让黑夜快点过去。
希望的梦呵 ——
总是做不完的。
黑夜里总有星光，
白天怎能叫太阳躲藏？
明天，是个幸福的日子，
明天是我的希望！

1947年春

蔡梦慰

蔡梦慰（1924～1949）又名懋慰、德明、蔡琨。四川遂宁人。新闻记者，诗人，革命
烈士。1948年4月被捕，囚于重庆"中美特种技术合作所"渣滓洞集中营。在狱中坚持
写作，用竹签子笔蘸着棉花烧成灰烬调作的墨汁，写出《黑牢诗篇》。

黑牢诗篇（节选）

选自《革命烈士诗
抄》，中国青年出版
社，1962年增订版。

禁锢的世界
手掌般大的一块地坝，
箩筛般大的一块天；
二百多个不屈服的人，
锢禁在这高墙的小圈里面，
一把将军锁把世界分隔为两边。

空气呵，

日光呵，
水呵……
成为有限度的给予。
人，被当作牲畜，
长年的关在阴湿的小屋里。
长着脚呀，
眼前却没有路。

在风门边，
送走了迷惘的黄昏，
又守候着金色的黎明。
墙外的山顶黄了，又绿了，
多少岁月呵！
在盼望中一刻一刻的挨过。

墙，这么样高！
枪和刺刀构成密密的网。
可以把天上的飞鸟捉光么？
即使剪了翅膀，
鹰，曾在哪一瞬忘记过飞翔？
连一只麻雀的影子
从牛肋巴窗前掠过，
都禁不住要激起一阵心的跳跃。
生活被嵌在框子里，
今天便是无数个昨天的翻版。
灾难的预感呀，
像一朵乌云时刻的罩在头顶。
夜深了，
人已打着鼾声，
神经的末梢却在尖着耳朵放哨；
被呓语惊醒的眼前，
还留着一连串恶梦的幻影。

从什么年代起，
监牢呵，便成了反抗者的栈房！
在风雨的黑夜里，

旅客被逼宿在这一家黑店。
当昏黄的灯光
从帘子门缝中投射进来，
映成光和影相间的图案；
英雄的故事呵，
人与兽争的故事呵……
便在脸的圆圈里传叙。

每一个人，
每一段事迹，
都如神话里的一般美丽，
都是大时代乐章中的一个音节。
—— 自由呵，
—— 苦难呵……
是谁在用生命的指尖
弹奏着这两组颤音的琴弦？
鸡鸣早看天呀！
一曲终了，该是天晓的时光。

化铁

化铁（1925～2013），原名刘德馨，武汉人。曾任南京军区空军司令部气象参谋，后曾受胡风案牵连。著有《暴雷雨岸然轰轰而至》。

请让我也来纪念我的母亲

选自《白色花》，人民文学出版社，1982年。

但我的母亲却是愚蠢的。
她没有被染上诗人的金色的智慧，
也更没有梦想她的儿子在用诗篇纪念她。
—— 我的母亲
是愚蠢的。
她是从另一个世界里爬出来；
从肥皂泡沫里爬出来
从浆硬的衣裳堆里爬出来
从富人们替她造好的窄门里爬出来

用她自己的那双粗糙而裂缝的佣人的手茧!

我的母亲。
她还从战争的这头到那头里,
用她农民的纯朴想念已往;
向她的儿子诉说一些诚恳的废话。
但同她共度那些岁月的儿子
却不得不走了。
—— 她应该痛哭流涕吗,
嗨,
我的可怜的
伟大的
母亲?

怎能不痛哭流涕呢?
那应该痛哭流涕的
太多了呀,
昨天,
她给我来信说:——
百物高涨。
但这里并没什么人能欺侮我,
我自己过活得很好。
你四舅昨天夜里独自跳江死了;
到第二天别人才把他捞起。
我哭着,又伤心着;
伤心着又哭着。
大家都知道他的仇人是谁,
邻人们都瞧着尸体,
没有人敢讲话。

······
请让我也来纪念我的母亲吧!
(你古老的国土,
你的人民的光辉呀,)
但她的唯一的儿子应该拿什么给她呢?

1942年7月9日夜

张央

张央（1925~1988），原名张世勋。生于四川康定。历任《西康日报》编辑、《康巴文艺》副主编、甘孜州作协主席等。著有散文集《康巴旧闻》《康藏烟尘千叠》《康定春秋》，诗集《康巴星云》等。

星花

原载重庆复旦大学《新人周报》副刊《新人公园》，1945年。

我爱依偎在星花树下，
描绘一幅幅明日底梦。

梦里，我见星花，
向夜行人的怀内，
洒下一把光亮的种子；
用闪光的手，
向倦旅指引一条
去明天的路。

梦里，我见星光，
挂一角微笑，流水一般，
向天野
讲她开花的故事。

在星花树下，
我见星朵，
为黎明，
编织了个绚丽的花环。

在星花树下，
我看见一个诗人，
为夜底花园，
写了一首风景诗。

星花收获了一个丰美的白日，
我拾到了一片明天的花瓣。

1945年8月

李瑛

李瑛（1926～2019），河北丰润人。1949年毕业于北京大学。历任第四野战军南下新闻队队长，解放军文艺出版社总编辑、社长，总政文化部部长，中国文联副主席等职。著有《在燃烧的战场》《我骄傲，我是一棵树》《春的笑容》等。

历史的守卫者

夜晚，在接近炮火的前方，
我看见我们的哨兵
守望在一棵大树的隐蔽下，
那一副永远闭着深厚嘴唇
收着下颚的庄严的面容，
像一座古希腊神话里青铜的铸像，
整个的地球都旋转在他的脚下；
像铁山一样的屹立着，
仿佛凝视着无穷的远古直到现在，
凡所有属于他的每一秒钟，
都灌注了真实的代价和意义。
就在这时，我忽然想起，
今天这样黎明以前的夜晚，
正像我们今天这样黎明以前的时代，
无数的人在战斗，在呐喊，在工作，
眼看着那咯着血丝的恐怖和
暗杀的统治已经完了，
一个又红又亮的
辉煌的太阳就将升起，
就将照射着我们伟大的民族和土地，
就将照射着那矿山的烟突和丰饶的农场，
而且就将把着担负了历史守卫的战士，
镀成不朽的黄金的铸像一样。

1949年

闻山

闻山（1927~2011）原名沈季平，清华大学毕业，广东高州人。历任《文艺报》编辑组长、《诗刊》编辑部副主任、《文艺研究》编辑部主任、中国艺术研究院编审等。著有《诗与美》《闻山百诗书画展作品选》等。

山，滚动了！

选自《闻山全集》，作家出版社，2016年。

山，拉着山
山，排着山
山，追着山
山，滚动了！
霜雪为他们披上银铠
山群，奔驰向战场啊！
奔驰啊！
你强大的巨人行列
向鸭绿　黄河　扬子　怒江
奔流的方向：
和你们在苦斗中的弟兄
长白　太行　大别　野人山拉手啊！
当你们面前的太平洋掀起了胜利的狂涛
山啊！　我愿化一道流星
为你们飞传捷报。

罗洛

罗洛（1927~1998），原名罗泽浦。四川成都人。历任《上海青年报》记者，上海新文艺出版社编辑，中国科学院兰州图书馆馆长，中国大百科全书出版社副总编辑及上海分社社长、总编辑，上海市作协主席等，著有《春天来了》《雨后》《阳光与雾》等。

我知道风的方向

我走过平原丘岭和山谷
春天，久雨初晴，太阳正好

春风不断地吹着，温柔地吹着
给人带来幸福和欢乐地吹着……
群树摇摆着身子欢迎
群叶狂拍着手掌欢迎
群鸟自由自在地飞翔
鼓动着矫健的双翅欢迎
啊，我知道风的方向
从麦穗低俯的头
我知道风的方向
从池沼的笑的波纹
我知道风的方向
从山坡上倾斜的树干
我知道风的方向
从我的凉爽的脸
我知道风的方向
风打从冬天走向春天
我知道风的方向
我们和风正走着同一条道路啊

1947年

L. Y.

L. Y. 生平不详，香港第一代新诗作者，1924年起在《小说星期刊》发表诗作共十多首。

微波

你只微微的一笑，
已经感动我心了。
我的好心儿呀！
"出来，用你的爱情去迎接他！"

但你只微微的一笑，
已经感觉到将来了。
可怕的将来呀，

"我们怎样来固结现在的爱情呢？"

月夜

黄昏月拉胡琴，
拉得处处黄昏：
一阵清风来，
吹得烦恼去无痕，
去无痕，
夜沉沉。

以上转引自犁青主编
《香港新诗发展史》，人
民文学出版社，2014年。

吴其濑

吴其濑，生平不详，香港第一代新诗作者，1920年代在香港报刊发表诗作。

彻夜无眠

彻夜无眠，彻夜无语，默对着；
彻夜的秋风雨在飘洒着芭蕉。……
忘却悲欢，丢弃苦乐，收拾起：
我深锁的愁眉；你巧倩的微笑。……

不要挑起案头欲灭的寒灯，
让彼此的灵魂在黑暗中扑索，
休管它扑索到的是铮锵的心琴一座，
抑是槁死了的衰黄的心花一朵？

伴着飘洒的芭蕉的窗外的秋风秋雨，
这样地数遍了更筹，直到天晓。
忘却悲欢，丢弃苦乐，收拾起：
我的愁眉；你的微笑。

1930年10月

以上转引自犁青主编
《香港新诗发展史》，人
民文学出版社，2014年。

应寸照

应寸照，生卒不详，浙江人，曾在上海某工厂任会计，上海沦陷期间曾在《人间》《上海艺术月刊》《风雨谈》《诗领土》等报刊发表诗作。

天蓝色的宝石

选自《人间》第1卷第4期，上海人间出版社，1943年。

天蓝色的宝石，
是黄昏前的湖面，
是睁在云涡里的天的眼睛，
是我的诗情之序曲。

它有半身冷露，
又沾了半身的春意。
他是动着凡心的天使 ——
幽思底女神。

像静趣也像恬适，
如秀逸又如绰约，
那飘然而又峻洁的，
宜人底光辉哪！

白天，
它告诉你宇宙的玄奥；
入晚，它描摹着人间的灯华。
它会将镜里的良宵，
捻成点点碎屑；
它会将团栾之月，
裂成星星。

它更投向你一瞥闪烁的眉语。
正当你在午夜的梦回十分 ——
要不是带个含羞的赧笑，
便是个轻颦。

它有千百种亲切的谜，
它有十万个缓摆的音符。

天蓝色的宝石啊！
是我底诗情之序曲！

铁依甫江·艾力尤夫

铁依甫江·艾力尤夫（1930～1989），笔名居尔艾提。维吾尔族。新疆霍城人。1948年后历任伊犁《前进报》编辑，新疆文化局文艺科干部，新疆自治区党委宣传部文艺处副处长，《新疆文艺》编辑部负责人，新疆文联党组副书记，中国作协副主席等。著有诗集《东方的歌声》《春的灵感》《和平之歌》《铁依甫江诗选》等。

怀抱红日的黎明来到了（节选）

选自《铁依甫江诗选》，
人民文学出版社，1982年。

怀抱红日的黎明来到了，
沉重的夜色倏然消退，
穷苦人自豪的日子来到了，
祖国啊，笑得满脸光辉。
啊哈，我们洒下的鲜血
已化作含苞的玫瑰！

参考文献

艾青著《艾青全集》，花山文艺出版社，1991年。

阿垅著《阿垅诗文集》，人民文学出版社，2007年。

巴金著《巴金全集》，人民文学出版社，2000年。

冰心著《春水》，新潮社文艺丛书，1927年。

北京大学、北京师范大学、北京师范学院中文系中国现代文学教研室主编《新诗选》，上海教育出版社，1979年。

北京师范学院中文系现代文学教研室编《诗歌 —— 中国现代文学史参考资料》，1981年10月内部编印。

卞之琳著《雕虫纪历》，人民文学出版社，1984年。

陈辉著《十月的歌》，作家出版社，1958年。

陈荒煤总主编，公木主编《中国新文艺大系·诗歌卷（1937~1949）》，中国文联出版公司，1996年。

陈敬容著《陈敬容诗文集》，复旦大学出版社，2008年。

曹积三、阎桂笙编《中国影人诗选》，北京出版社，1992年。

陈梦家编《新月诗选》，新月书店，1931年。

陈梦家著《梦家诗集》，中华书局，2007年。

常任侠著《毋忘草》，土星笔会，1935年。

丁景唐主编《中国新文学大系·诗集（1927~1937）》，上海文艺出版社，1984年。

杜运燮著《杜运燮六十年诗选》，人民文学出版社，2000年。

飞白、方素平编《汪静之文集》，西泠印社出版社，2006年。

方冰著《战斗的乡村》，作家出版社，1957年。

废名著，王风编《废名集》，北京大学出版社，2009年。

冯雪峰著《真实之歌》，重庆作家书屋，1943年。

方殷著《方殷诗选》，人民文学出版社，1984年。

冯至著，解志熙编《冯至作品新编》，人民文学出版社，2009年。

关露著《关露诗文选》，文化艺术出版社，2001年。

公木著《公木文集》，吉林大学出版社，2001年。

公木主编《新诗鉴赏辞典》，上海辞书出版社，1991年。

郭沫若著《郭沫若全集文学编》，人民文学出版社，1982年。

胡风著《胡风诗选》，人民文学出版社，1986年。

贺敬之著《贺敬之文集》，作家出版社，2005年。

胡明扬主编《中外名诗赏析大典》，四川辞书出版社，1993年。

何其芳著，蓝棣之、龚远会编《何其芳作品新编》，人民文学出版社，2010年。

黄药眠著《黄花岗上》，创造社出版部，1928年。

何云春、江岚、唐力编《中华红诗精选（珍藏版）》，线装书局，2013年。

金重子编《抗战诗选》，战时文化出版社，1938年。

金克木著《蝙蝠集》，上海时代图书公司，1936年。

蹇先艾著《蹇先艾文集》第三卷，贵州人民出版社，2004年。

贾芝著《水磨集》，泉社，1935年。

孔范今主编《中国现代文学补遗书系·诗歌卷》，明天出版社，1991年。

蓝棣之编选《现代派诗选（修订版）》，人民文学出版社，2011年。

蓝棣之编《九叶派诗选》，人民文学出版社，2009年。

刘半农著《扬鞭集》，北新书局，1926年。

刘大白著《旧梦》，商务印书馆，1924年。

刘大白著《邮吻》，开明书店，1927年。

李广田著《李广田文集》，山东人民出版社，1983年。

林庚著《林庚诗选》，人民文学出版社，1985年。

黎·穆特里夫著，克里木·赫杰耶夫译《黎·穆特里夫诗选》，作家出版社，1957年。

李季著《王贵与李香香》，《解放日报》1946年9月22～24日。

李金发著《微雨》，北新书局，1925年。

鲁藜著《鲁藜诗选》，人民文学出版社，1983年。

绿原、牛汉编《白色花》，人民文学出版社，1981年。

鲁煤著《鲁煤文集－诗歌卷：在前沿》，中国戏剧出版社，2006年。

罗念生著《龙涎》，上海时代图书公司，1936年。

犁青总主编《香港新诗发展史》，人民文学出版社，2014年。

李叔同著，商金林编注《李叔同集》，花城出版社，2012年。

雷石榆著《八年诗选集》，粤光印务公司，1946年。

绿原著《人之诗》，人民文学出版社，1983年。

刘心皇著《刘心皇自选集》，成文出版社，1980年。

刘晓丽主编《梅娘作品集——伪满时期文学资料整理与研究》，北方文艺出版社，2017年。

力扬著《我的竖琴》，诗文学社，1944年。

路易士著《易士诗集》，中和印刷公司，1934年。

路易士著《三十前集》，诗领土社，1945年。

路易士著《出发》，太平书局，1944年。

路易士著《火灾的城》，上海新诗社，1937年。

陆志韦著《渡河》，亚东图书馆，1923年。

穆旦著《穆旦诗选》，长江文艺出版社，2003年。

马凡陀著《马凡陀的山歌》，生活书店，1948年。

马海甸主编《梁宗岱文集》，中央编译出版社，2003年。

纳·赛音朝克图著《幸福和友谊》，作家出版社，1956年。

南星著《石像辞》，上海新诗社，1937年。

蒲风著《茫茫夜》，国际编译馆，1934年。

蓬子著《银铃》，上海水沫书店，1929年。

彭燕郊著《彭燕郊诗选》，湖南人民出版社，1984年。

青勃著《号角在哭泣》，星群出版社，1947年。

钱光培编《现代新诗一百首》，北京出版社，1983年。

瞿秋白著《瞿秋白诗文选》，人民文学出版社，1982年。

钱理群主编《中国沦陷区文学大系·诗歌卷》，广西教育出版社，
1998年。

阮章竞著《阮章竞诗选》，人民文学出版社，1985年。

石民著《良夜与恶梦》，北新书局，1929年。

孙望著《小春集》，独立出版社，1942年。

孙毓棠著《孙毓棠诗集》，商务印书馆，2013年。

田汉著《田汉文集》，中国戏剧出版社，1983年。

唐祈著《唐祈诗选》，人民文学出版社，1990年。

唐湜著《唐湜诗卷》，人民文学出版社，2003年。

陶行知著《行知诗歌集》，大孚出版公司，1947年。

铁依甫江著《铁依甫江诗选》，人民文学出版社，1982年。

王独清著《王独清诗歌代表作》，亚东图书馆，1938年。

王独清著《圣母像前》，上海光华书局，1926年。

温流著《我们的堡》，青岛诗歌出版社，1936年。

汪铭竹著《自画像》，重庆独立出版社，1940年。

闻山著《闻山全集》，作家出版社，2016年。

魏巍编《晋察冀诗钞》，中国青年出版社，1984年。

闻一多著《闻一多全集》，湖北人民出版社，2004年。

闻一多编《闻一多全集》之《现代诗钞》，开明书店，1948年。

韦晓东编著《以笔为枪：重读抗战诗篇》，南京师范大学出版社，

2015年。

辛笛著《辛笛诗稿》，人民文学出版社，1983年。

徐迟著《徐迟文集·第一卷》，作家出版社，2014年。

许德邻编《白话诗选》，崇文书局，1926年。

肖三主编《革命烈士诗抄》，中国青年出版社，1962年增订版。

徐玉诺著《徐玉诺诗歌精选》，长江文艺出版社，2015年。

徐讦著《灯笼集》，怀正出版社，1948年。

严辰著《严辰诗选》，人民文学出版社，1980年。

严辰著《晨星集》，作家出版社，1957年。

郁葱编《抗战诗篇》，花山文艺出版社，2015年。

殷夫著《殷夫诗文选集》，人民文学出版社，1954年。

于赓虞著《世纪的脸》，上海北新书局，1934年。

俞平伯著《忆》，志成印书馆印刷，朴社出版，1925年。

杨骚著《受难者的短曲》，上海开明书店，1928年。

袁可嘉著《半个世纪的脚印:袁可嘉诗文选》，人民文学出版社，1994年。

应修人、潘漠华著《应修人潘漠华选集》，人民文学出版社，1958年。

杨志学编《新中国颂》，河南文艺出版社，2010年。

杨志学编《太阳要永远上升 —— 中国红色诗歌经典读本》，新华出版社，2011年。

宗白华著《宗白华全集》，安徽教育出版社，1994年。

邹荻帆著《邹荻帆抒情诗》，长江文艺出版社，1983年。

周恩来著，中共中央文献研究室编《周恩来青年时代诗集》，中央文献出版社，2008年。

中国四十年代诗选编委会编《中国四十年代诗选》，重庆出版社，1985年。

《中国新文学大系》编辑委员会编《中国新文学大系·诗集（1937～1949）》，上海文艺出版社，1991年。

周红兴主编《现代诗歌名篇选读》，作家出版社，1986年。

赵家璧主编，朱自清编选《中国新文学大系·诗集（1917～1927）》，上海良友图书印刷公司，1935年。

钟敬文著《未寄的情书》，尚志书屋，1929年。

作家出版社编辑部编《诗风录》，作家出版社，1958年。

臧克家著《泥土的歌》，桂林今日文艺出版社，1943年。

臧克家著《臧克家文集》，山东文艺出版社，1985年。

曾卓著《曾卓文集》（三卷本），长江文艺出版社，2004年。

郑敏作《诗集:1942～1947》，文化生活出版社，1949年。